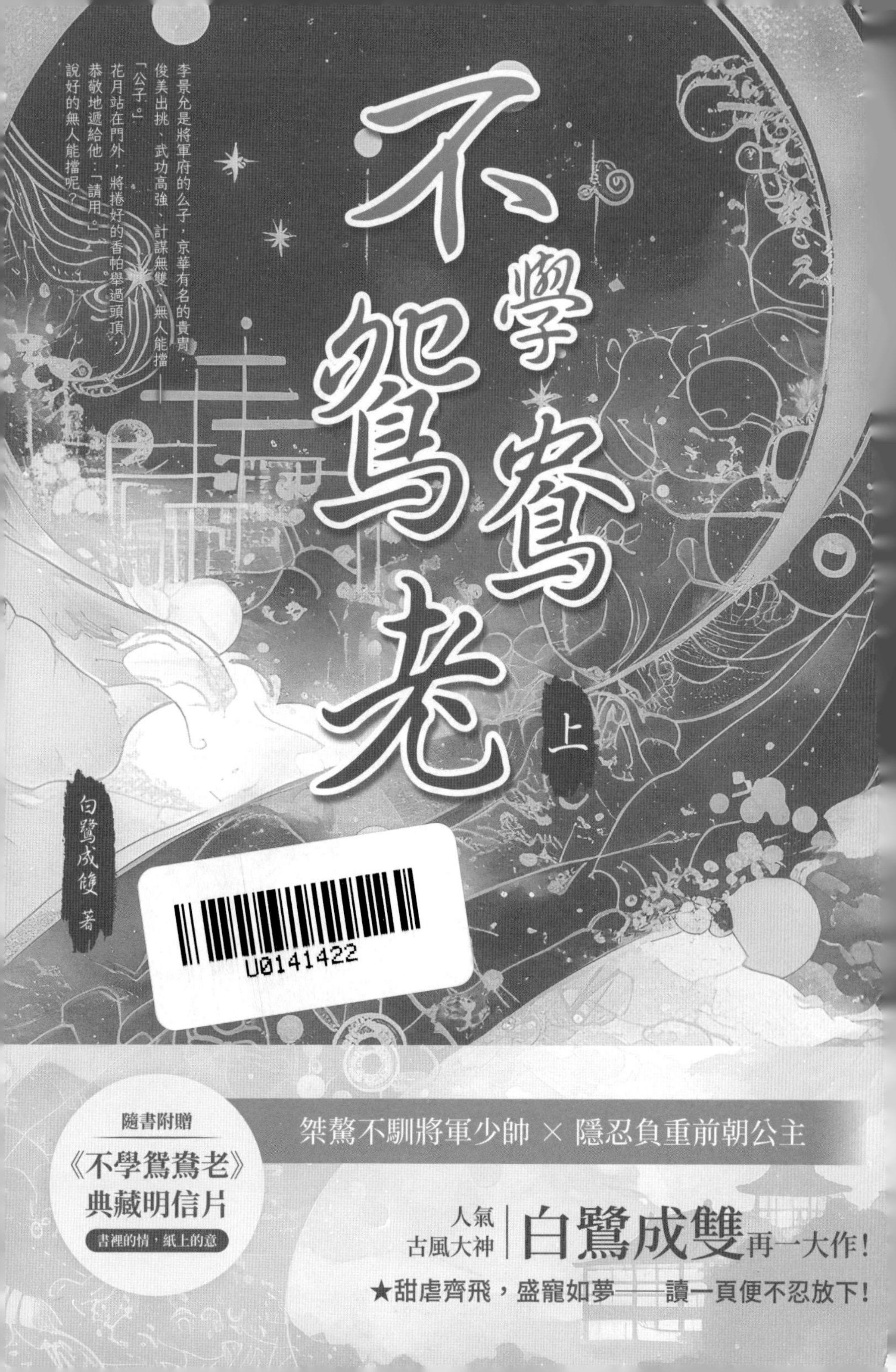
李景允是將軍府的公子，京華有名的貴胄，
俊美出挑、武功高強、計謀無雙、無人能擋
「公子。」
花月站在門外，將捲好的香帕舉過頭頂，
恭敬地遞給他：「請用。」
說好的無人能擋呢？
不學鴛鴦老
上
白鷺成雙 著
隨書附贈
《不學鴛鴦老》
典藏明信片
書裡的情，紙上的意
桀驁不馴將軍少帥 × 隱忍負重前朝公主
人氣
古風大神
白鷺成雙再一大作！
★甜虐齊飛，盛寵如夢——讀一頁便不忍放下！
U0141422

目錄

第1章　東院這個孽障

花月最喜歡的就是將軍府的清晨，庭院裡玉蘭吐蕊，打從樹下過，就能沾上兩分香，而夫人向來是最愛玉蘭香的，一聽見聲響，就笑瞇瞇地招手讓她過去。

花月行了禮，然後乖巧蹲扶住夫人的膝蓋，任她摩挲著替她抿了鬢髮。

「玉蘭又開了。」莊氏心情甚佳，「今兒是個好日子。」

「是，韓家夫人和小姐辰時便到，內外庭院已經灑掃乾淨，廚房也備了五式茶點。奴婢打聽過了，韓家小姐擅丹青，禮物便準備的是將軍的墨寶。」

花月笑得眉眼彎彎：「為這墨寶，奴婢可沒少去將軍跟前討嫌。」

莊氏聽得直笑，伸了食指來點：「妳這小丫頭實在機靈，竟能把主意打到將軍身上去，也算妳有本事，能討得來，我討他都不一定給呢。」

食指點歪了地方，花月連忙撐起身，將鼻尖兒湊過去受這一下，然後笑得更開懷：「將軍也是惦念著您，才饒了奴婢一命。前堂的屏風已經立好了，給韓夫人的禮數也都沒落下，您可還有什麼吩咐？」

莊氏滿意地點頭，拉她起來給自己梳妝，對著銅鏡笑：「還能吩咐什麼？妳安排的定是周全妥當的。」

花月莞爾，撚起玉簪替她戴上，又理好她的裙擺。

鏡子裡的莊氏看起來嫻靜端莊，只是鬢邊最近又添了幾根華髮，按理說這將軍府深院裡錦衣玉食的，夫人定是青春快活，可莊氏不同。

她有個天大的煩惱。

「對了。」摸到妝臺上的簪花，莊氏突然想了起來，「景允可起身了？」

說煩惱煩惱到。

花月面上笑著，心裡慪火不已。要不是生了李景允這麼個混世孽障，莊氏哪裡會三天兩頭地被氣得難以安眠，以藥為膳。

李景允乃將軍府么子，京華有名的貴冑，少時便得皇帝賞識誇讚，大了更是俊美出挑，文韜武略都是王公貴族裡拔尖兒的，外頭人提起來，都會讚一句「公子爺厲害」，按理說有這樣的孩兒，莊氏應該過得很好。

但很可惜，這位公子與莊氏天生犯沖，打小便不親近，長大後更是處處忤逆。莊氏愛子心切不忍責備，李景允便更是得寸進尺目中無人。

今兒是與韓家小姐相面的日子，這廝竟然半夜想離府，幸虧她反應及時，派人守住了。

不過這話不能給莊氏說。

「來之前奴婢讓人問過了。」花月笑道，「東院裡傳話說公子一早就起身了。」

「這倒是難得。」莊氏欣喜，「那妳先將廚房燉著的燕窩給他送去，我這兒不用擔心，讓霜降來伺候便好。」

「是。」花月應下，彎著眼退出了主屋大門。
門一闔，笑容盡失，她轉身，陰沉了臉問小丫鬟：「東院如何了？」
「回掌事，院子裡二十多個護衛看著，三個時辰沒換崗。」
「後門院牆呢？」
「掛了六十六串鈴鐺，任是輕功絕頂，也不能悄無聲息地越出去。」
「公子院子裡的奴才呢？」
「全捆緊扔柴房裡了。」
很好。
恢復了和善的笑容，花月交疊雙手放於腹前，放心地帶著人去送燕窩。
在將軍府三年了，與這位公子爺鬥法，沒有人比她更熟練，誰都有可能被李景允鑽了空子，但她絕對是滴水不漏，手到擒來，魔高一尺，道高一丈。
花月自信地跨進了東院主屋。
然後……
僵在了門口。
外頭的守衛站得整整齊齊，屋子的門窗也都鎖得死死的，照理說這屋子裡應該有個人。
花月在空中比劃了一個人形，然後手指落下。
該站著人的地方立著一副盔甲，空空的頭盔裡塞了枕頭，早膳送來的新鮮黃瓜被切了長條，拉在上頭，變成了一張嘲諷之意極濃的笑臉。

花月笑著點了點頭，然後伸手拽過門邊的守衛，咬牙：「這就是你們看牢了的公子爺？」

守衛被她勒得臉漲紅：「殷……殷掌事，咱們確實一直看著的啊。」

扔開他，花月走去窗邊輕輕一推。

「吱呀」一聲，看似鎖得牢實的花窗陡然大開，朝陽灑過來，橙暖傾洩，照出從窗臺到正門的一串足跡。

……

練兵場不是什麼好地方，血沫和著沙土凝固成深黑色，武器架上的刀劍散發出一股生鏽的味道，和著刀柄劍鞘上的汗漬，打從旁過都能徒生幾分暴躁。若是遇上休沐之日，這地界兒半個人影都不會瞧見。

可李景允怎麼瞧怎麼覺得舒坦，天湛山遠，廣地黃沙，連刮過來帶著塵土的風裡，都是自由的味道。

他深吸了一口氣，腳尖往武器架上一踢，抄過飛出來的長矛便挽了個槍花，指向旁邊副將：「打一場？」

副將秦生拱手：「請賜教。」

刀劍都是開了刃的，來往之間沒半分情面可講。秦生自認天賦過人，身手不弱，可對上這錦衣玉冠的公子爺，竟是占不得上風。

長矛凜凜，劈開幾道朝陽，狐袍翻飛，墨髮掠過的眉眼殺氣四溢。

花月遠遠看見人群，就知道那孽障定然在這裡，她三兩步上來撥開兵衛，正待發難，就見生花的長矛狠劈於劍鋒之上，火花四濺，金鳴震耳。

李景允背光而立，手裡紅纓似火，眼神凌厲懾人，袖袍一捲黃沙，尖銳的矛頭堪堪停在秦生喉前半寸。

四周響起喝彩聲，李景允一笑，正想說承讓，結果一抬眼，他看見了站在一群新兵裡的殷花月。

花月怔了怔。

「……」

「……」

肯定是眼花了，她怎麼可能找到這裡。

李景允一把拉過秦生就往反方向走。

「你府上最近可有什麼事？」他邊走邊問。

秦生滿臉頹勢，嗓子還沒緩過來，沙啞地道：「屬下孤家寡人一個，能有什麼事？」

「那正好，待會兒我隨你一起回去。」

腳步一頓，秦生無奈：「公子，您又擅自離府？」

「笑話。」李景允冷哼，「將軍府是我家，出來一趟而已，何來擅自一說？」

「那殷掌事可知此事？」

別開臉，李景允含糊地道：「她自然是知道的。」

話音落，兩人繞過回音壁，正撞見站在路口的一群人，為首的那個交疊著雙手放在腹前，一張臉清清冷冷。

第2章　妳拿我沒辦法的

迅雷不及掩耳盜鈴之勢，李景允一把將秦生拽回了回音壁後頭。

秦生被他一勒，直翻白眼：「公子……你怕什麼……那是殷掌事。」

就因為是她才怕啊！

呸，也不是怕，一個奴婢有什麼好怕的？李景允就是覺得煩，天底下怎麼會有殷花月這種人，鼻子跟狗似的，不管他跑去哪裡，她都能很快找過來。

練兵場看樣子是待不了了。

「走，公子今日帶你去棲鳳樓玩。」

秦生納悶：「您不是說殷掌事知道您出來了嗎？」

「別廢話。」

「哦。」

扭頭往馬廄的方向跑，李景允急急地去解韁繩，結果剛伸出手，旁邊就來了個人，輕巧地替他效了勞。

素手纖纖，乾淨俐落。

「公子。」花月笑得溫軟可人，「將軍有令，請您即刻回府。」

「……」

風沙從馬廄捲過，駿馬打了個響鼻。

食槽裡的草料散發出古怪的香氣，四周寂靜無聲。

李景允不動聲色地往後退了半步，可旁邊這人反應比他更甚，隨他退上兩步，身後呼啦就湧上來十餘護衛。

沉默片刻，李景允轉頭，像是才看見她似的，恍然，「瞧我這記性，府裡今日還有事。」又轉頭對秦生道，「明知最近府上忙，你怎好還拉爺去棲鳳樓？」

秦生：「……？」

花月頷首，妥貼又溫順，絲毫沒有追問之意，只側身屈膝：「公子請上馬。」

李景允爽快地點頭，接了轠繩一頓，又扯了扯衣襟：「方才活動一番，身上出了好些汗。」

花月笑瞇瞇地看著他。

若是一般人接句腔，那他便說要在練兵場沐浴更衣再伺機跑路，可殷花月這又微笑又頷首的，活像在說：編，您接著編。

李景允覺得很煩，編不下去。

「走吧。」

「您今日不該出府的。」花月笑著替他將馬引出來，「韓家主母和小姐一併過來，您若遲到，便是失了大禮數。」

「怪我，一時忘記了。」李景允痛心疾首，「昨日副將說今早有晨練，約我來比劃，我一時高興，忽略了要事。」

他翻身上馬，又回頭看了看她：「妳帶人坐車來的？」

花月點頭。

「那便上來，爺帶妳回去。」他笑著伸手，「馬車那麼慢，若是趕不上回去，他們倒要怪我。」

不該怪你嗎？花月氣得要命，將軍府裡忙碌了三日了，就算是看後門的老頭也知道今日韓家人要來，這位記性甚好的爺，怎麼可能是真忘記了！

但她畢竟是個奴才，再氣也只能笑，拉住他的手上馬坐去後頭，緊緊抓住了馬鞍尾。

「坐穩了。」餘光往後瞥了一眼，李景允一夾馬腹，駿馬長嘶，朝路上疾馳而去。

四周景物飛快倒退，風吹得人睜不開眼，花月連連皺眉：「公子，慢些。」

「不是趕時辰麼？」李景允唏噓，「妳瞧瞧這都什麼天色了，再慢便是失了大禮數。」

花月笑著咬牙，跟他較勁似的抓緊了馬鞍，努力不讓自己摔下馬。

兩炷香之後，馬慢了下來，花月終於得了空睜眼，可這眼一睜，她當真差點摔下去：「公子，回去的路不是這條！」

「吁——」李景允勒馬，納悶地左右看了看，「不是這條，那是哪條？」

花月要氣死了。

日頭已經高升，已經是到了韓家人過府的時辰，這位爺不在，她也不在，夫人那邊該怎麼應付？

「公子請下馬。」

「我下馬？」李景允磨蹭地拽著韁繩，「妳認得路？」

這潑皮無賴的模樣，與沙場上烈火揮槍的那位判若兩人。

花月嘆了口氣，已經懶得與他貧嘴，右腿上勾反踢他的鞋尖，將他從馬鐙裡踢出來，然後自己踩上借力，身子撐起，左腿從他頭上跨過，落座到他身前。

淺灰色的裙擺越過頭頂在面前落下，李景允只覺得手背一痛，韁繩就到了她的手裡。

「駕！」

馬頭調轉，往來路飛馳而去。

李景允有些怔愣，這動作來得太快，他一時沒反應過來，等終於他回過神的時候，前頭已經能看見西城門了。

他臉色很難看。

「殷掌事。」他伸手掐住她的腰側，「身為奴才，沒有妳這樣冒犯主子的。就算有母親在後頭撐腰，妳也只是個奴才。」

「回公子的話，奴婢省得。」她頭也不回地敷衍。

「妳省得？」他咬牙，手上力道加重，「妳分明是有恃無恐。」

花月已經沒心思與他說這些了，心裡盤算的全是待會兒該怎麼圓場子，眼下趕過去，許是要遲上幾炷香，但只要找些合適的說法，那……

「妳是不是覺得，還趕得上？」身後的人突然問了一句。

花月淺笑：「公子不必擔心，奴婢自有辦法。」

只要天還沒塌，任何事情都能有轉圜的餘地，她有這個自信。

「只可惜。」掐著她腰的手指一根根鬆開，李景允的聲音帶著點熱氣從耳後傳來。

「這一回，妳許是沒有辦法了。」

這是何意？

花月怔忪，還未來得及問，馬蹄突然踩進泥坑，濺起一道泥水，顛簸之中，她突然覺得身後一空。

有什麼東西飛快往後落，帶著風從兩側捲過來，吹得她脊背一片冰涼。

第3章　區區一個奴婢

花月是整個將軍府裡最忙碌的奴婢，天不亮便要起來打點主院、準備膳食、伺候夫人。等天亮了，便要給將軍送湯品點心、訓誡下人、歸整雜事。日頭西下之後也沒什麼空閒，要歸整各家夫人小姐的喜好以備後用、要清點一日的帳冊以平收支。

這些事會耗去她全部的精力，每日至多不過兩個時辰好睡。

不過，花月覺得，再多十倍的雜事加在一起，也沒有李景允難應付。

羅帷低垂，大夫收拾好了藥箱退下，李景允靠在軟枕上，墨髮四散，神情慵懶。

「怎麼就沒拉住呢？」貓哭耗子似的嘆息。

花月跪在他床尾，仍舊朝他露出了溫軟的笑意：「是奴婢的過失。」

「那妳什麼時候去領罰啊？總跪在這裡，也怪礙眼的。」

花月朝他低頭：「回公子的話，將軍有令，讓奴婢先伺候公子用藥。」

床邊矮几上的藥碗散發出濃苦的氣味，李景允斜了一眼，哼笑，「妳害我墜馬，不先領罰，侍什麼藥？」

也真好意思說。

花月捏緊了手，面上笑得如初春之花，心裡早把這人從頭罵到了尾。

好歹是個公子爺，就為了不與韓家人見面，竟然自己跳馬。若真摔斷了腿也好，偏生是毫髮無傷地躺在床上裝病，害得夫人擔心了個半死。

「公子喝過藥，奴婢便去領罰。」

李景允懨懨地推開她遞來的藥碗：「妳端的藥，我可喝不下。」

喝不下就別喝，痛死活該。

收回藥碗，花月繼續溫順地跪著，不聲不響地攪弄湯匙。

「怎麼。」他有些不耐煩，「妳還想賴我這院子裡不走了？」

「回公子的話。」花月無辜地抬眼，「公子傷重，身邊也沒個近侍，將軍放心不下，特命奴婢前來伺候，直至與韓府順利定親。」

話音落，不出所料，床上這人立馬暴躁起來，紅木手枕「唰」地飛過，花月側頭一躲，耳邊刮過去一陣風，接著就是「哐啷」一聲重響。

「公子當心。」她笑，「大夫說了，公子今日受驚過度，需要靜養。」

真讓他靜養，會把她這條莊氏的狗給栓過來一直吠？李景允氣得眼前發黑。

他不喜歡被人跟著，所以東院只有幾個粗使奴才，沒有貼身丫鬟小廝，父親也是知道的。還讓殷花月過來，那就擺明了是想監視他。

掃一眼花月手裡的藥碗，李景允伸手接了過來，仰頭喝下一口，皺眉。

「蜜餞呢？」

花月起身，從袖袋裡掏出一包蜜餞，打開遞給他。

竟隨身帶著這種東西？

李景允別開頭，沒好氣地道：「我要吃京安堂的梅花蜜餞，妳現在出門去買。」

旁邊這人交疊好手，笑瞇瞇地答：「將軍吩咐，奴婢不得離開公子身邊半步，任何需要出府的雜事，都得交由院子裡其他奴才代勞。」

「……」

低咒幾句，李景允起了身。

「公子要去何處？」

「如廁。」他往外走了兩步，頓住，不敢置信地回頭，「如廁妳也要跟？」

花月笑著朝他屈膝：「奴婢在外頭候著。」

一甩袖子，李景允大步出門，花月亦步亦趨，一直走到後堂門口才停下。

餘光瞥了身後一眼，他輕哼，進了後堂便從旁邊的院牆上翻身而過，無聲無息地落去了外頭的牆根邊。

剛過午時，府裡還忙著收拾韓家人過府後的殘局，外頭這條小道無人，只要繞過前頭的廚院，便能從後門溜出去。

區區一個奴婢，就想把他困在府裡？

沒門兒。

李景允警覺地看了看左右，足尖點地，身輕如燕地避開了所有家奴。一摸到後門的門環，他鬆了口氣，站直身子替自己理了理衣襟。

到底是將軍府的公子，武功高強、計謀無雙、無人能擋。真是遺憾啊，殷掌事。

替她掬一把同情淚，李景允興致勃勃地拉開了後門。

「公子。」

花月站在門外，將捲好的香帕舉過頭頂，恭敬地遞給他：「請用。」

「……」

啪地一聲闔上門，李景允轉過身來揉了揉眼。

看錯了吧？殷花月方才還在東院，怎麼可能跑得比他還快？一定是他心虛看錯了。

來回幾遍說服自己定了神，李景允再將後面的銅環輕輕一拉——

捲好的香帕從開著的門縫裡遞進來半截，殷花月的聲音溫柔地響起：「韓家小姐喜茉莉，這香味也好聞，公子不妨試試。」

黑了半張臉，李景允甩開門扇，冷聲道：「本公子還喜殺人呢，妳怎不讓韓家小姐來試試？」

「韓家小姐說了，公子乃京華瑰寶，公子喜什麼，她便喜什麼。」花月笑著躬身，「若公子有意，奴婢便將韓小姐請來，試試也無妨。」

李景允伸手抹了把臉。

他覺得這些女人都有病，不講道理，死乞白賴嫁給他到底有何好處？他不願意，對方進門了也是個守空閨的，還不如在繡樓上逍遙自在。再說了，他尚未立業，為何要急著成家？

往外走了半步，殷花月跟著擋在他身前，端著一張溫順的臉，看得人來氣。

李景允瞇眼：「妳是不是覺得小爺拿妳沒法子？」

「奴婢不敢。」

嘴上說的是不敢，身子卻沒讓半寸，李景允氣極反笑，也懶得出門了，一把拽過她就往回走，穿過走廊，越過行禮的家奴，一腳踹開了主事院的大門。

「不是說小爺喝了藥，妳便來領罰？」將她往院子裡一扔，李景允冷笑，「領吧，爺看著。」

花月踉蹌兩步站好，笑應：「是。」

主事院的人愕然，皆不知發生了何事，倒是主掌事的荀嬤嬤上來問：「公子怎麼親自過來了？」

李景允抬著下巴指了指殷花月，臉色陰沉。

荀嬤嬤了然，輕聲道：「花月今日連累了公子，將軍那邊已有責令，公子只管養傷，其餘的交給奴婢們便是。」

「那便交給妳們。」神色稍霽，李景允拍了拍手，「打老實了再給我送回來。」

「是。」

花月沒吭聲，也沒反抗，順從地跪在荀嬤嬤面前，姿態溫軟。

可是，李景允剛往外邁了一步，衣擺就被人拽住了。

衣料皺起，其間的手指纖長柔軟，看起來沒什麼力道，他想扯回，可一時竟是掰扯不過。

第4章　果然是狗

「妳鬆手。」他瞪她。

「奴婢領罰，心服口服。」花月沒有回頭，手上的力道也沒有鬆，「請嬤嬤動手。」

李景允當真是給氣樂了：「妳領妳的罰，拉著小爺做什麼？指望小爺替妳接著？」

花月淺笑，側身以背朝著荀嬤嬤，臉側過來，黑白分明的杏眼望進他的眼裡：「受將軍之令，奴婢不會離開公子半步。」

扯拽一番，李景允咬牙：「荀嬤嬤，這等犯上的奴婢，不打死還留著好看不成？」

荀嬤嬤賠笑，立馬讓人拿來短鞭行罰。

其實原是用不著短鞭的，殷掌事立功甚多，又得將軍和夫人庇護，公子墜馬之事，將軍也未追責，至多是挨頓訓。但公子親自來了，殷掌事也沒有退縮之意，荀嬤嬤無奈，只能硬著頭皮上。

別看殷掌事平日裡嚴厲，身子骨著實薄得很，一鞭子下去，她都能察覺到她皮肉的驟然緊縮。

春衫本就薄，饒是下手再輕，也是劈啪作響。

花月跪得筆直，紋絲不動。

李景允本是想看笑話的，哪怕她露些狼狽，他也能覺得心裡舒坦幾分。

然而沒有，直到鞭聲落盡，殷花月除了臉色有些發白，就連眉頭也沒皺一下。

李景允很惱，一把拽回自己的衣擺，抬步就往外走。

花月想也不想地就攔了上來：「時辰不早，還請公子回東院用膳。」

送她來挨打，是想把她打老實了自個兒好開溜的，可偏生這人挨完打竟還跟沒事一樣，照舊交疊著雙手站得筆直，同他說這些聽著就煩的話。

李景允閉眼，咬牙回東院。

他一轉身，身後這人肩膀便垮了下來，伸手探了探後背，指尖微微瑟縮。

荀嬤嬤瞧見，連忙想上來扶她，可她的手剛伸出去，面前這人就挺直了背脊，像什麼也沒發生一般，追著公子出去了。

李景允走得飛快，一路穿花過門，半步不歇，可身後那碎步聲如影隨形，怎麼也甩不掉。他越走越急，到最後幾乎是用輕功躍進了東院大門。

身後沒那個聲音了。

李景允一喜，回頭看了看空蕩蕩的小道，舒心一笑。他就說麼，哪有人挨了打還能行動自如的，又不是怪物。

「公子。」

花月從東院裡出來，將捲好的香帕遞給他：「請用。」

「……」

殷花月真的是個怪物。

李景允覺得很頭疼，他看著荀嬤嬤下的鞭子，沒省力，她的背也的確是腫得跟個單峰駱駝似的，看起來不輕鬆。

可就算如此，殷花月還是站在他跟前，交疊著雙手，用她那虛偽至極的笑容朝他行禮：「公子。」

公子，請用膳。

公子，前面在修牆，這條路出不了府。

公子翻牆辛苦，請用香帕。

公子，這上頭熏的是茉莉花香。

公子……

他現在聽見公子這兩個字都想吐。

要是以前，聞說要去同什麼小姐上香逛廟，李景允肯定二話不說連夜跑出府，等麻煩事過了再回來。

可是眼下，在被堵回來第六次之後，他只能黑著臉站在內室，任由殷花月擺布。

花月熟稔地替他繫好扣帶，剛打了個漂亮的結，就被他煩躁地揮開。

「這穿的是什麼東西？」

「回公子。」花月淺笑，「這是新製的藍鯉雪錦袍，顏色淺，適宜外頭春光，剪裁料子也是一等一的好，京華貴人們最近正推崇呢。」

「難看。」

溫柔地替他撫平褶皺，花月滿眼欣賞：「是夫人親自挑的，奴婢私以為，好看極了。」

與之前的虛偽假笑不同，說這句話的時候，面前的殷花月眼裡有光，像晴日下瀲灩的湖心，波光流轉，愉悅歡喜。她臉上嫣紅，耳根也微微泛赤，若除去這一身老土掌事灰鼠袍不瞧，顧盼之間，便是個桃花相映處的懷春少女。

李景允一怔，莫名其妙地低頭看了看自己。

真有這麼好看？

打也打過，罵也罵過，眼下殷花月驟然對他露出這種神情，李景允覺得渾身不自在，別開頭冷聲道：「手腳俐落些。」

「是。」

替他綰好髮髻，花月看了看銅鏡。

鏡子裡的人劍眉星目，當真是一副好皮囊，這模樣往那兒一擺，任他有多目中無人，韓小姐想必也能容忍。

「這又是什麼東西？」李景允嫌棄地抓住她的手腕，「爺是要去上香還是遊街示眾？」

花月拿著一塊鴛鴦佩，笑道：「這是夫人挑的掛飾，昨兒寶來閣送來了二十幾樣，夫人獨看好這一式，說精巧，也稀罕。」

李景允不能理解一對禽鳥到底有什麼稀罕的。

「不戴。」

「公子，今日去見韓小姐，這東西是要送出去的，您戴著過去再取下，也顯得誠意些。」

額角起了兩根青筋，李景允緩緩轉過頭來，目光含刃：「殷掌事是不是有什麼誤會。」

他答應去見人，已經是讓了一萬步，竟還想安排他去送這沒意思的玩意兒，真以為他好說話？

花月掙不開他，便換了隻手拿過玉佩，柔聲勸道：「既然都要去了，公子又何必在意這點小事？」

食指勾過他的腰帶，將絲繩往裡一帶，再用拇指穿過，往鴛鴦半佩上一套。

花月滿意地看了看，「公子原就是人中龍鳳，通身的俠氣盈天，再有這麼一塊玉佩戴上，便是江湖刀劍與兒女情長齊全，再沒有更好的了。」

李景允：「……」

殷花月雖然人真的很討厭，看著就煩，可有時候說話還挺中聽。

冷哼一聲，他拂袖往外走，身後的單峰駱駝亦步亦趨地跟上。

未時一刻，西城門外。

與韓家人說好在這裡碰面，可等了許久，路上也沒看見馬車的影子。

李景允已經把不耐煩寫在了額頭上。

花月溫和地笑著放下車簾：「韓家小姐是京華閨閣裡人人稱讚的好相貌，又有獨一份的賢慧，多等她些時候也無妨。」

但這一等就是半個時辰。

外頭鳥語花香，車廂裡一片死寂。

李景允目光陰沉地掃過去，原以為殷花月會繼續賠笑說好話，誰曾想她臉色比他還難看。

「遲上一兩炷香也罷，算是小女兒撒嬌。」她冷聲道，「但遲這麼久，便是不曾將夫人放在眼裡了。」

李景允很納悶，在這兒白等半個時辰的人是他，怎不見替他喊半聲冤，倒氣人家怠慢夫人？

果然是莊氏身邊最忠誠的一條狗。

第5章　瞎操心的狗

她一生氣，李景允反而覺得心情好了，伸手墊著後腦勺靠在車壁上，哼聲道：「看來韓家小姐也不想過將軍府的門吶。」

花月看他一眼，心道以韓家小姐對他那迷戀不已的模樣，日夜想的都是怎麼過將軍府的門才是。除非出了什麼意外，否則她不可能不來。

心裡沒由來地一緊，花月掀開車簾吩咐車夫：「往韓府的方向走。」

「是。」

李景允不樂意了：「人家不來，妳還上趕著去接？」

「公子，奴婢擔心韓小姐出了什麼事。」

「京華天子腳下，能有什麼事好出？」李景允嗤笑，「不過就是不滿家裡安排，找藉口不赴約，這路數小爺熟著呢。」

你以為人人都跟你一樣孽障？花月面上微笑，心裡惱怒不已。

一出生就被人捧在手心的天之驕子，做事但憑心情，壓根不分對錯，連半分人性也沒有。將來是要遭報應的。

車廂裡安靜了下來，李景允把玩著腰間掛飾，餘光漫不經心地瞥向旁邊這人。

殷花月側身對著他，嘴角刻板地揚著，眼裡卻沒什麼笑意，整個人看起來清清冷冷，像霜降時節清晨的起的霧。

奴才下人身上，多的是卑微怯弱，戰戰兢兢，可她不同，她的卑躬屈膝十分虛偽，就如同她現在掛著的假笑，怎麼看怎麼讓人不順眼。

她不再開口，他亦懶得說話，馬車搖搖晃晃地繼續往前走。

城門附近慣是熱鬧，可往韓府的方向走，越走人越少。車輪滾過青石橋，橋口驟然出現一輛馬車。車簷上掛著韓府的風燈，可馬不見了影子，也沒瞧見車夫，只剩車廂向前傾斜著擱置在橋邊。

暗道一聲糟，花月叫停了車，連忙跑過去看。

車輪上有刀劍劃痕，風燈破了一個，顯然是經歷過打鬥，車廂裡沒人，倒是散落了不少雜物，髮簪上的珠子、皺成一團的手帕、還有一簇黑棕色的絨毛。

捏起那古怪的絨毛，花月還沒來得及細看，就聽得身後的孽障催促。

「看完了沒？」李景允坐在車轅上打了個呵欠，「滾回來，回府了。」

花月轉過身，嘴裡似乎罵了一句。

李景允新奇地挑眉：「妳說什麼？」

遠處那人理了理衣裙，似乎很快平靜了下來，回到他跟前雙手交疊，微微屈膝：「回公子，奴婢是說，韓小姐出事了，咱們應該給韓府送個信。」

「她出事是我害的？」

「回公子，不是。」

「那不就得了。」李景允哼笑，「爽約已經讓小爺很不高興了，爺還得去替她跑腿？」

花月緩緩抬頭，眼神逐漸充滿懷疑。

李景允翻了個白眼：「別瞎猜，小爺還不至於下作到對女人動手。」

「公子也說了，京華天子腳下，怎麼會出事。」花月左右看看，「這裡雖少人煙，但也不是無人途經之地，馬車擱置許久，也不見有官差來，公子就不覺得奇怪？」

「奇怪，很奇怪。」李景允附和地點頭，「可這跟我有什麼關係？」

「……」

「妳一個當奴婢的，聽主人話便是，哪兒來那麼多心好操？」李景允伸手將她拽上馬車，懶洋洋地吩咐車夫，「回府。」

車簾緩緩落下之間，李景允看似不經意地往外掃了一眼。

孤零零的風燈被沙土一捲，破碎的紙窟窿呼啦作響。傾斜著的車廂上有凌亂的刀痕，重疊之中，每一抹痕尾都是固執地往左飄了個尾巴。

他收回了目光。

花月踉蹌著在車內跪坐下，欲罵又止，最後還是溫和地道：「韓小姐仰慕公子已久，就算為這份情分，公子也不該如此冷漠。」

「哦？」李景允倚在軟枕上，眼皮都懶得掀，「妳哪隻眼睛看她仰慕我？」

「女兒家的心思顯而易見，若是喜歡誰仰慕誰，眼睛是斷不會離開他的，韓小姐在公子面前，眼神向來專注，隔老遠也一定是望著公子的。」

「但凡公子喜歡的東西，她都會上心，公子受傷一回，她能急得在大堂裡繞上好幾圈。」

花月心平氣和地給他解釋：「這便是仰慕公子。」

李景允不以為然：「她仰慕我，我便得顧及她？但凡是個聰明人，被拒絕一回就該知曉分寸，死纏爛打自然換不得人青睞，這還用想？」

「……」

花月氣笑了，她知道這小畜生沒心沒肺，可不曾想會冷漠至此，雖說兩家婚事未定，可外頭也是早有風聲的，韓小姐生死未卜，他竟能半點情分也不念。

李景允不悅地睇眼：「妳這是在怪我？」

「回公子，奴婢不敢。」

「那就別等了，啟程回府。」

忍下一口氣，花月溫順地低頭，掀開車簾吩咐車夫。

韓家小姐出了事，對將軍府沒有半點好處，甚至極有可能令將軍府蒙羞，李景允薄情寡義，將軍府卻不能置身事外。

可是，韓家怎麼也算是大戶，與不少朝廷官員都有往來，有誰敢在京華對韓小姐下手，還這麼悄無聲息？

花月百思不得其解，忍不住又看了李景允一眼。

李景允黑了臉。

他沒見過這麼膽大放肆的奴婢，把他當什麼了？他要真想做點什麼，包管連車廂都不會剩下。

真想再把她送去掌事院打一頓，讓單峰駱駝變雙峰。

「公子，到了。」

馬車在將軍府東小門停下，花月突然殷勤地替他搬來踩腳凳，又扶著他進門。

李景允嫌棄地揮開她的手：「爺認識路。」

「公子有所不知，最近府內多處修葺，雜物甚多，還是隨奴婢走更為妥當。」她替他引路，姿態恭敬。

想想昨日翻牆都屢遭不順，李景允覺得也有道理，便跟著她七拐八繞地往府裡走。

結果走著走著就跨進了他最不喜歡的地方。

「夫人，今日路上出事，公子怕夫人擔心，特來給夫人請安了。」一過門檻，殷花月歡喜的聲音就傳遍了整個主院。

李景允步子一僵，轉身就要走。

花月一把拽住他，力氣突然比之前大了好幾倍，任憑他雙腳不動，都被她在地上拽出兩道蜿蜒的長印。

「……」

李景允覺得，殷花月此人一日不除，他一日難消心頭之恨。

第6章　她的軟肋

在面對殷花月的時候，李景允顯得可惡又詭計多端，讓人恨不得把他扔出京華。

可每回坐在莊氏面前，他總是沉默寡言，渾身上下都透著疏離。

這個時候花月會慶幸莊氏眼睛不好，甭管李景允露出多麼討打的神情，她也能溫柔地對莊氏道：「今日花開得好，公子一回府就說來看看您。」

莊氏意外又感動，拉著她的衣袖小聲道：「快先給他上茶。」

花月應是，從茶壺裡隨意倒了茶給李景允送去，然後清洗杯盞，濾水入壺，給莊氏端了上好的鐵觀音。

李景允：「……」

他覺得殷花月可能是不想活了。

莊氏笑瞇瞇地摩挲著手裡的茶杯，眼裡只隱約看見太師椅上坐著的人影，她張了唇瓣又緩緩合上，猶豫許久，才輕聲問：「你身子可好些了？」

「回母親，甚好。」

「那……練兵場那邊還好嗎？」

「回母親，甚好。」

「你院子裡那幾棵樹，花開得好嗎？」

「回母親，甚好。」

再無別話可說了，莊氏侷促地捏緊了裙擺。

她很想同景允親近，也很想聽自己的兒子同自己撒撒嬌，哪怕是抱怨什麼也好，說說每日遇見了什麼煩心事，或者說說有什麼值得慶賀的喜事。

可是沒有，景允從來沒有半句話想與她多說。

莊氏嘆了口氣，兀自笑著，摸了摸自己的眼睛。

「夫人。」花月含笑的聲音突然在旁邊響起，「咱們回來的路上呀，路過了寶來閣，奴婢本是急著回來報信的，誰曉得公子突然看上了個玉蘭簪，非讓奴婢買回來給您看看。」

「您看，喜不喜歡？」

沁涼的玉石，入手光滑，莊氏摸了摸輪廓，眼眸微亮：「景允買的？」

「是呀。」看一眼滿臉僵硬的李景允，花月貼近莊氏耳邊，輕聲道，「咱們公子打小就是個嘴硬的，面兒上斷說不出什麼好話，可他一直記得您喜歡什麼。」

眼眶微紅，莊氏摩挲了好幾遍簪子，顫著手往髮髻上插，花月接過來替她戴好，讚嘆地道：「夫人天生麗質，本就戴什麼都好看，偏生公子爺眼光獨到，這玉蘭與夫人相映成色，端的是桃羞李讓，風華無雙。」

李景允一副被噎住的表情。

他張口想說這狗奴才胡謅，可唇剛動一下，殷花月就掃了他一眼。眼神冰冷，帶著警告。

李景允不明白，區區一個奴才，為什麼敢瞪主子？可他一時也沒反應過來，就看著這人將莊氏哄得高興了，然後過來引著他往外走。

「妳什麼時候買的髮簪？」他茫然地問。

「回公子，前些時候一直備著的。」

「那為什麼要說是我買的？」

「回公子，任何東西，只要是您買的，夫人都會喜歡。」

了然地點頭，李景允終於回過神，一把掐住她的肩，陰側側地道：「當奴才的，什麼時候能替主子做主了？」

花月雙手交疊放在腹前，任由他抓著自己，笑得溫順極了：「公子教訓得是。」

「別把妳這副樣子給爺掛出來，沒用。」李景允冷笑，「在裡頭瞪爺瞪得挺歡啊，離了主子就夾起尾巴了？」

「公子教訓得是。」

「妳是不是覺得有人撐腰，所以不把爺放眼裡？殷花月，妳到我院子裡，就是我的人，我可以尋著由頭一天將妳扔進掌事院三回。」

花月恍然，然後點頭：「公子教訓得是。」

額角迸出青筋，李景允怒不可遏：「別拿這場面話來敷衍，聽著就讓人來氣。」

臉上的笑意淡了些，殷花月抬眼打量他：「親母子尚說得敷衍的場面話，主僕爾爾，為何說不得？」

還教訓起他來了？李景允咬牙，捏著她的下巴湊近她：「送了人的狗，還替原主人叫喚，夠忠誠的。妳既然這麼護著夫人，那滾回主院不好？」

如果可以，她也很想回主院。

花月垂眸，不甘地往身後看了一眼，不過只一眼，她便冷靜了下來。

「公子車馬勞頓，還是先回東院更衣洗漱。」

李景允覺得很煩，面前這人就像一團棉花，任憑他使多大的力氣都不能把她擊垮，倒是她，幾句軟綿綿的話，聽得他火冒三丈。

得想個辦法治治她。

得了空，李景允去主院拎了個奴才，納悶地問：「你可還記得殷掌事是什麼時候進將軍府的？」

小奴才想了想：「有三年了，三年前宮裡遣送出來一批奴僕，府上收了十個，殷掌事就在其中。」

竟在宮裡當過差。

李景允撇嘴，又問：「那她平日裡可有什麼偏好？」

小奴才費勁地撓了撓頭：「要說偏好，殷掌事當真沒有，她每天就幹活兒，忙裡忙外。不過每個月發了月錢，她倒是會去一趟寶來閣。」

寶來閣是京華有名的首飾鋪子，她月錢全花這上頭了？李景允納悶，平日也沒見她頭上有什麼好首飾。

想起那日殷花月憑空摸出來的玉蘭簪子，李景允一頓，突然靈光大現。

花月從後院打了水回來，就見李景允站在走廊邊等她。

「公子有何吩咐？」她戒備地抱著水桶。

李景允伸了個懶腰，十分自然地道：「爺今晚與人有約。」

「回公子的話，將軍有令……」

「妳要是裝作沒看見，明日爺便買那寶來閣的首飾，親自給主院送去。」

「……」瞳孔驟縮，花月怔愣地抬頭。

他，給夫人，主動送首飾？

她來府裡這麼久，李景允回回都幾乎是被硬綁著進主院的，輕易不肯與夫人示好，要不是一直有她哄著，夫人早被他氣死了。

可是眼下，她聽見了什麼？

面前這人將臉側到一旁，眼眸微瞇，顯得有些不耐煩，察覺到她的目光，他腦袋沒動，眸子微微轉回來，睨著她輕笑：「將軍的命令和夫人開心，哪個重要？」

殷花月的臉色一瞬間很精彩。

她是個聽話的奴婢，將軍作為府裡的大主子，命令她是一定遵從的。就算拿夫人來與她說道，她作為掌事，也萬不可能徇私。

風從走廊捲過，簷下風鈴清響，叮咚不休，襯得四周格外寂靜。

半晌之後，略微沙啞的聲音在走廊間響起。

「公子要去多久？」

不知為何，李景允倏地就笑了出來，笑一聲還不夠，他撐著旁邊朱紅的石柱笑得雙肩顫抖，直把花月笑得臉色發綠。

花月想把手裡的水桶扣到他頭上，當然也只是想想。

耐心地等這位爺笑夠了，她屈膝又問了一遍：「公子要去多久？」

「一個時辰。」李景允抹了把笑出來的淚花，朝她伸了食指，「一個時辰爺就回來，保證不會讓人發現。」

花月想了片刻，道：「簪子夫人有了，勞煩公子帶個髮梳回來，要玉蘭花樣式的。」

頓了頓，她又補充：「若有步搖，那更好。」

李景允是當真沒想到還能從這裡打開門路，之前還誓死不違抗將軍命令的人，眼下正一本正經地給他放水。

「酉時末從西小門出去，務必在亥時之前回來。」

「西小門養了犬，回來之前勞煩公子先朝院牆扔個石頭，奴婢好接應。」

「公子，可聽明白了？」

許是他眼神太過揶揄，殷花月終於是惱了，抿著唇，語調也冷淡了下去，「若是被人發現，奴婢會立馬帶人擒拿公子。」

「真是冷血無情。」

李景允唏噓，又覺得好笑。

殷花月像一把沒感情的刀，鋒利冰冷慣了，能處處給人添堵。可驟然露出點軟肋來，又像是變回了個活生生的人。

有那麼一瞬間，他想伸手去碰碰她那白皙高昂的脖頸。

但這動作說不定會被她潑一臉水。

李景允搖頭，遺憾地收回了手。

第7章　妳對爺意見不小啊

酉時末。

一輛馬車來將軍府西小門停頓片刻，又往官道上駛去。

秦生坐在車廂裡，一邊打量車外一邊回頭看旁邊坐著的人。

李景允生了一副極為俊朗的皮相，若是不笑也不動，便是從畫裡走出來的名士謫仙。

但是眼下……

公子爺笑得可太歡了，馬車走了一路，他便笑了一路，墨眸泛光，唇角高揚。

「公子。」秦生看不下去了，「府上有何喜事？」

李景允斜他一眼：「爺被關得要發霉了，能有什麼喜事。」

「那您這是樂什麼呢。」

抹一把自己的臉，李景允莫名其妙：「誰樂了，爺正煩呢，只能出來一個時辰，待會兒就要趕回去。」

他唇邊弧度平整，眼神正氣凌然，端端如巍峨之松，絲毫不見笑意。

秦生左看右看，艱難地說服了自己方才是眼花了，然後問：「將軍最近忙於兵器庫之事，還有空親自看著您？」

「倒不是他。」李景允撇嘴，「院子裡栓了條狗，比我爹可厲害多了。」
那隻狗狗牙尖、爪利、鼻子靈，差點耽誤了他的大事。
可是。
方才好像氣得臉都綠了。
想起殷花月當時的表情，李景允一個沒忍住，噗哧笑出了聲。
秦生：「？？」
花月綠著臉在東院守著。
她知道李景允是個離經叛道的性子，非要出門，定是不會去做什麼好事的，可他難得肯主動去見夫人，她為虎作倀一次，似乎也值得。
打點好東院雜事，花月踩上了去主院的走廊，迎面過來一個低著頭的奴婢。
兩人擦肩而過之時，花月聽見她輕聲說：「那位今日出宮了。」
腳步一頓，花月沉了臉。
「去了何處？」
「人手不夠，跟不上，只收到了風聲。」
花月嘆了口氣，繼續往前走。
「掌事？」小丫鬟想叫住她，可回頭看去，那抹瘦弱的影子已經走到了走廊盡頭。
風吹竹動，庭院裡一片清冷。

出了走廊，花月又變回了體貼周到的奴婢，將剛出爐的湯恭敬地送到將軍書房。

李守天正在忙碌，抽空看她一眼，問：「景允可有出什麼岔子？」

「回將軍，一切安好，公子在院子裡休養。」

「那便好。」李守天放下筆墨，靠在椅子上嘆了口氣，「最近京華事多，他若能少添亂，便是給老夫增壽。」

花月覺得有點心虛，朝將軍行了禮，匆忙退出來看了看天色。

天際漸漸染墨，府裡的燈也一盞一盞地亮了起來。

亥時一刻。

已經過了約定的時辰，西小門處連個人影都沒看見。

花月臉色不太好看。

她就知道不能相信李景允那張騙人的嘴，真是老馬失前蹄，老漁夫陰溝裡翻船，都吃了那麼多回虧了，她怎麼還能上當呢？

咬牙切齒地掰下一塊饅頭，花月餵給門邊坐著的旺福，陰側側地道：「等會見著人，甭管三七二十一，先咬他一塊肉下來！」

旺福是全府最凶惡的看門狗，好幾次賊人翻牆越院，都是被牠給逮住的。牠平日與府裡奴僕不太親近，唯獨肯吃花月餵的東西，所以花月吩咐，牠立馬「汪」了一聲，耳朵一立，尾巴直搖。

看這亮晶晶的小眼睛，花月忍不住抱起牠兩隻前爪：「狗都尚且通人性，有的人倒是不做好事，他要是有你一半聽話，我都能長壽兩年。」

話音未落，牆外突然扔進來一塊石頭。

花月反應極快，起身便後退了兩步，石頭「啪」地落在她面前，骨碌碌地滾開了。

拍拍胸膛鬆口氣，她漫不經心地抬眼，卻突然瞳孔一縮。

今晚的月亮又大又圓，在牆頭上看起來像皮影戲的幕布，旁側生出來的樹枝將幕布割出些裂縫，有人突然撐著牆頭從其中躍了出來。

一身藍鯉雪錦袍被風吹得烈烈作響，上頭錦鯉躍然如活，袖袍翻飛，勾卷幾縷墨髮，墨髮拂過之處，李景允低眼看著她，似嘲似惱。

「……」

花月一愣，剛想讓開，結果這人幾乎是想也不想地，徑直就撲到了她的身上。

要不是早有準備，她得斷兩根骨頭。

咬牙將他接了個滿懷，她深吸一口氣，勉強露笑：「公子。」

寬大的袖袍從她肩的兩側垂下，李景允將下巴緩緩擱在她的肩上，輕輕吐了口氣：「妳對爺，意見不小啊。」

「公子說笑。」花月勉強找補，「奴婢能伺候公子，是修來的福分，哪裡敢有忤逆。」

哼了一聲，他伸手碰了碰她發燙的耳垂：「撒謊。」

花月腹誹，沒敢吭聲。

旁邊的旺福被這突如其來的天降之人嚇得渾身毛倒豎，齜著牙正打算咬人，結果就見面前兩人抱成一團。

旺福傻在了原地，喉嚨裡滾出一聲疑惑的「嗷嗚？」

一把匕首「唰」地就橫到了牠跟前，月光下寒氣凜凜。李景允側過頭來看著牠，舔著嘴唇道：「爺正好餓了，這兒還有肉吃？」

旺福：「……」

露出的尖牙乖乖地收了回去，旺福坐在角落裡，不吭聲了。

李景允失笑：「這色厲內荏的，妳親戚啊？」

「……」

花月想把他也掰成塊兒餵親戚。

「勞煩公子站好。」她推了推他，「時辰不早，該回東院了。」

李景允嗯了一聲，鼻音濃重：「爺走不動。」

溫熱的氣息噴在她耳邊，有些癢，花月別開頭：「公子，按照約定，若是被人發現，奴婢會第一個帶人擒拿公子。」

他撇嘴：「妳可真無情。」

她懶得再與他貧嘴，強硬地將他的手從自己肩上拿下，想讓他自己滾回東院。

然而，一捏他的袖口，有什麼黏稠帶腥的東西倏地就染了她滿手。

花月一怔，低頭想藉著月光看看是什麼東西，結果還不等看清，遠處就有人怒斥一聲：「什麼人在那邊！」

幾支火把瞬間往西小門靠攏過來，光亮晃得人眼疼，已經竄去了牆角的旺福重新躥了出來，對著李景允一頓狂吠。

李景允：「……」

這隻見風使舵的狗，果然是殷花月的親戚。

第8章　擾亂人心的狗啊

什麼叫屋漏偏逢連夜雨，什麼叫人背了喝涼水都塞牙，李景允靠著院牆嘆了口氣，心想今日真是天要亡他，原本還能跑，但一瞥面前站著的是誰，他連挪挪腿的欲望都沒有了。

——按照約定，若是被人發現，奴婢會第一個帶人擒拿公子。

一語成讖。

撇了撇嘴，李景允伸出雙手，朝殷花月遞過去。

火光圍繞之中，花月有點走神，不過只片刻，她就轉身迎上了過來的護院。

「殷掌事？」護院一看是她，都停下了步子，「這麼晚了，您怎麼在這兒？」

「公子半夜睡不著，我陪他出來散散步。」花月瞥一眼旺福，唏噓，「就著夜色，牠還沒起戒備，你們這火把一照，倒是讓牠把公子爺當壞人了。」

「……」

李景允愕然地抬頭。

面前這人背脊挺得很直，從後頭看過去，正好能看見她燙得發紅的耳垂。

「這……可需要小的們送公子爺回去？」

「不必，你們且繼續巡邏，我這便引公子回東院。」

「是。」

護院們一步三回頭地散開了去，花月轉身，朝那靠在陰影裡的人伸手。

她的手指修長柔軟，月色下看起來格外溫柔。

李景允瞳孔裡滿是不可置信。

「妳不是要帶人抓我？」

花月微笑：「公子，掉在桌上的排骨，但凡還能夾起來，是不會被扔去地上的。」

「妳敢說爺是排骨？」

「嗷嗚？」旺福歪著腦袋，分外不解地看著面前這人，尋思怎麼看也不像漂亮好吃的排骨吶。

花月拍拍牠的腦袋，然後越過牠，一把抓住李景允的胳膊，搭在了自己肩上。

「妳幹什麼？」

花月攙著他，將他大半個身子都壓在自己身上，「奴婢引您回院子去。」

心裡有些異樣，李景允不情不願地跟著她走，嘴裡含糊地擠兌：「殷掌事吃錯什麼藥了。」

「想讓小爺承個人情？」

「想要便直說，爺又不是小氣的人。」

「走這麼慢做什麼？爺的腿又不是廢了，磨磨唧唧的等天亮呢？」

花月一句話也沒回。

等回到東院，關上主屋的門，花月去櫃子裡找了藥箱，抱著跪坐在了他的床邊。

李景允的臉色瞬間很是精彩，五顏六色，姹紫嫣紅。

「什麼時候發現的？」

花月低著頭攪著藥粉：「在院牆邊的時候。」

他有點惱：「那妳路上一聲不吭，等著看我笑話？」

花月抿唇，伸手去撩他的袖口，可剛一碰著，面前這人就收回了手，死死捂著。

她抬眼：「公子不必害羞。」

「害羞……我有什麼好害羞的。」

說是這麼說，整張俊朗的臉上卻分明寫著惱羞成怒。

懶得與他強氣，花月徑直拉過他的手，替他將袖口一點點捲上去，一邊沾藥一邊溫聲道：「伺候公子是奴婢當做之事，公子不必介懷。男兒在外闖蕩受傷也是常事，沒什麼好遮掩的。」

話剛落音，花月就看見了他手臂上的傷口，刀傷，割了好深一道，皮肉都翻捲了。

心裡微微一跳，她看了他一眼。

富貴人家的公子，身上哪會有這種傷，而面前這位似乎習以為常，一點也不驚訝，只瞪著她，像隻受傷的猛獸，磨著牙考慮吃了她補補身子。

不動聲色地捲好衣袖，花月拿了藥來給他塗在傷口周圍。

李景允不耐煩地道：「塗藥就塗藥，妳吹什麼氣，爺又不是怕疼的三歲小孩兒。」

話是這麼說，但渾身炸起的毛終歸是一點點順了下去，他沒好氣地靠在軟枕上，眼角餘光一瞥，就看見殷花月那因為低著頭而露出來的後頸。

這人生得白，哪怕燭光給她照成淺橙色，瞧著也覺得沒什麼暖意。

就著沒受傷的手碰了碰睡帳勾上的玉墜，白玉觸手冰涼，李景允側眼，鬼使神差地朝她後頸伸了手去。

竟然是熱的？

溫熱的觸感從他指腹間傳至心口，李景允一頓，像是沒反應過來似的，墨色的瞳子裡染上一層薄霧，眼睫也微微一顫。

這感覺太奇怪了，他甚至沒想明白是怎麼回事，就看見殷花月的臉近在咫尺。

花月捏著藥瓶，眼神冷冽地看著他。

李景允覺得背脊莫名一涼。

他不著痕跡地鬆開手，將頭別去一側，頓了頓，微惱地催：「還沒包紮好？」

「這傷是箭頭割的，裡頭雖沒什麼殘物，但是皮翻得厲害，隨意包上定不能行，明日準要起高熱。」花月拿了針來在燭火上燒紅，「公子還得忍一忍。」

李景允瞪大了眼：「妳想幹什麼？」

「縫上兩針便好。」花月熟練地穿了線，「公子是頂天立地的男子漢，刀劍都受得，還能怕這點小東西？」

「爺怕的不是針，是妳。」他皺眉，「妳又不是大夫，妄自動手，萬一行錯，爺還得把命給妳搭上？」

花月搖頭：「奴婢熟諳此道，請公子放心。」

話落音，也不等他繼續掙扎，轉過身就用手臂夾住他半隻胳膊，將傷口露在燭光下，俐落地落了針。

李景允倒吸一口涼氣，又氣又痛，想喊叫吧，男子漢大丈夫，怪丟人的。可要忍吧，又實在是痛得厲害。

殷花月背對著著他，是打定主意不會理睬他的掙扎了。李景允悶哼一聲，張口露出獠牙，狠狠地咬在了她的肩膀上。

花月身子一僵，無聲地罵了兩句，可只一瞬，她就恢復了動作，繼續縫合。

鼻息間充盈著這人身上的香氣，李景允咬著咬著就鬆了力道，不自在地抬頭看看，身前這人正專心致志地盯著他的傷口，眉心微皺，眼瞳縮緊。

這人的瞳仁竟然是淺褐色的，映著燈光看著，像極了一塊琥珀。

伸手又想去碰，李景允這次及時回神了，瞪了自己的手一眼，心想這什麼毛病，怎麼老想去碰人家。

要是碰個傾國傾城的美人兒也就罷了，可身前這個分明是隻牙尖嘴利的狗。

「公子今晚去了何處？」狗開口說了人話。

第9章　不死不休！

李景允撇嘴：「妳一個下人，懂不懂知道越少活得越久？」

「公子今日出府，是奴婢的過失，帶傷而歸，也是奴婢的責任，奴婢應當詢問。」

「那妳怎麼不直接把我交出去？」

「奴婢怕夫人擔心。」

果然。

李景允覺得好笑：「妳現在是我院子裡的丫鬟，只要爺樂意，將妳一直留在這東院裡也可以，妳也該學著將爺當成妳的主子。」

花月翻了個白眼。

微微一哽，他氣極反笑地捏住她的下頷：「妳當爺瞎了？」

「公子小心手。」花月微笑，「奴婢方才是眼睛疼，並沒有藐視公子之意。」

不僅當他瞎，還當他傻。

抽回包紮好的手臂，李景允磨牙：「妳可以出去了。」

慢條斯理地收拾好床邊的瓶瓶罐罐，花月抬眼問，「公子買的東西呢？」

「……」微微一愣，李景允氣焰頓消，十分心虛地別開了頭。

花月盯著他看了片刻，臉色驟沉：「公子食言？」

「這說來話長，也非我之過。」他含糊地道，「回來的路上出了點事，沒來得及去寶來閣。」

「公子出去的時候應允了奴婢。」

「我也正要去買，誰曾想……」李景允撇嘴，「要不明日妳再讓我出去一趟。」

「……」

花月假笑著指了指雕花大門，然後篤定地搖了搖頭。

沒門。

出去一次還不夠，還想出去第二次？當她是什麼？將軍府的出府腰牌嗎？

「公子好生休息。」她起身行禮，「奴婢就在門外候著。」

「誒……」他還待說什麼，殷花月已經飛快地關上了門。

「呯」地一聲響，帶著些火氣。

李景允是真想把她拉回來打一頓啊，哪有下人給主子甩臉子的？就算……就算是他有錯在先，也沒她這麼囂張的奴婢。

不就是個破簪子，什麼時候買不是買？

氣惱地躺下身子，李景允嫌棄地看了看手臂上包著的蝴蝶結，沉默半晌，最終還是決定明日找人去一趟寶來閣，讓這齜牙咧嘴的狗消消氣。

結果不等他動作，殷花月先動作了。

東院皆知這位公子爺有嚴重的起床氣，任憑是誰去喚他，都得挨砸，花月反應一向敏銳，回回都能躲過他扔的手枕和掛件。

可今日一大早，花月沒躲。

她拿了李景允最愛的八駿圖，快準狠地將紅木手枕給接了下來。

轉身一周半，滿分；落地姿勢，滿分；笑容真誠，滿分。

只是八駿圖破了個洞。

李景允終於睡醒，睜眼一看，差點被氣得又昏過去。

「妳做什麼！」

花月萬分憐惜地摸著八駿圖，聞聲就眼含責備地望向他：「公子在做什麼？」

「我？」

「這圖可是唐大師的手筆，將軍花了好些功夫替您買回來的，全京華就這麼一幅，論工筆論裝裱，都是寶貝中的寶貝，您怎麼捨得砸了的？」

「我……」

李景允很納悶：「我砸的？」

花月看向身後站著的幾個粗使奴才，目擊證人們紛紛點頭：「是公子砸的。」

「公子早起再不悅，也不能往畫上砸啊，怪可惜的。」

李景允迷茫了片刻，表情逐漸猙獰：「妳伺機報復我？」

「公子。」花月滿眼不敢置信，「您怎會有此等想法，奴婢一心伺候公子，自然事事以公子為重。這晝若不是公子的寶貝，奴婢斷也不會如此在意。」

她的眼神實在太過真誠，以至於李景允開始懷疑自己，難道真的想錯了？

結果一轉眼，他吃到了她端來的早膳，拉了半個時辰的肚子。

李景允給氣樂了。

一山不容二虎，哪怕是一公和一母。

簪子不用買了，他同殷花月不死不休！

春日天朗氣清，將軍府裡百花盛開，可東院裡卻是硝煙彌漫，氣氛凝重。

花月有了更多的活兒要做，基本是朝著累死她的方向去的，可她又不傻，出了門該找幫手就找幫手，實在找不了，自個兒忍一忍也不能讓這位爺看了笑話。

李景允亦不甘示弱，變著花樣地折騰她，為了顯得有格調，還特意讓人尋來《魏梁酷刑大集》、《前魏囹圄》等佳作以供參考。

一向清冷安靜的東院，不知怎麼的就熱鬧了起來。

沒幾日就到了韓家小姐的生辰，據可靠消息稱，韓小姐已經歸府，也給將軍府遞了請帖。

李景允翹著二郎腿躺在庭院裡，聽完下人傳話，吐掉嘴裡的橘子籽，嗤笑：「不去。」

秦生撓撓頭：「將軍府與韓家一向交好，按理說公子當去一回的。」

「爺沒空。」

秦生納悶了：「也好久不見公子去練兵場，都這麼些天了，傷也應該好了，公子在忙些什麼？」

側頭看向院子的某個角落，李景允十分不悅地努了努嘴。

秦生順著他的目光望過去，就看見了頂著一碗水在除草的殷掌事。

「這……她做什麼呢？」秦生不解，「練功？」

「殷掌事神功蓋世，頭上那一碗水，能整日都不灑半滴，還用練什麼功？」

秦生滿眼敬佩，然後好奇地問：「要是灑了會如何？」

「也不會如何。」李景允嚼著橘子道，「就去掌事院領十個鞭子罷了。」

秦生：「……」

李景允左看右看，分外不舒坦：「你有沒有什麼法子能整整她？」

「公子，殷掌事一介女流，您同她計較什麼。」

「一介什麼？女流？」李景允掰著秦生的腦袋朝向殷花月的方向，不敢置信地道，「你知道她是個什麼樣的怪物？放去練兵場，那就是個齊落，刀劍槍不入，五毒不侵。」

「何至於……」

「不信是吧？」李景允拍拍他的肩，「你能想個法子讓她滾出東院，爺把煉青坊新送來的寶刀贈你。」

秦生覺得李景允太過幼稚，他堂堂男兒，怎麼可能為一把刀就去對付女人？

眼珠子一轉，秦生義正言辭地道：「公子，屬下有個好主意。」

第10章　油煎糖醋魚

莫名消失的韓小姐又回來了，韓府沒有任何聲張，只發了生辰請帖，邀將軍府過去用宴。

花月雖然很好奇那日到底發生了什麼，但作為下人，她也不會多嘴，只替李景允更衣束髮、準備賀禮。

這位公子爺難得乖順，沒出任何么蛾子，老老實實地站在內室，任由她擺布。

花月有點不習慣。

「公子。」她輕聲道，「將軍吩咐，賀禮由您親自贈與韓小姐。」

「嗯。」李景允點頭，沒掙扎，也沒反抗。

花月覺得不對勁：「公子沒有別的看法？」

「我能有什麼看法。」他張開雙臂穿上她遞來的外袍，合攏衣襟，斜眼道，「總歸是要做的，推也推脫不掉。」

一夜之間竟能有如此長進？花月覺得稀奇，倒也開心，他肯聽話，那她就省事多了。

打開佩飾盒子，花月找了找，疑惑：「公子那日出府戴的鴛鴦佩怎麼不見了。」

李景允跟著看了一眼，滿不在意：「不見就不見了，也不是什麼好物件，俗得很。」

那可是寶來閣的珍品白玉，請上好的工匠雕的，在他嘴裡還不是好物件了。花月唏噓，真是朱門自有酒肉臭，取腰間明珠作狩。

換了個七竹環結佩給他戴上，花月正要轉身去收拾別的，手腕冷不防就被他抓住了。

「妳今日要隨爺一起出門，總不能丟了爺的臉面。」抬眼打量她那空無一物的髮髻，李景允嫌棄地捏了個東西往她頭上一戴。

花月一愣，順手去摸，就碰著個冰涼的東西。

盤竹玉葉簪，與他那七竹環節佩是相襯的一套，李景允嫌它女氣，一直沒戴過。

「哎，別摘，東西貴著呢，也就借妳今日撐撐場面。」他拉下她的手，左右看看，「等回府記得還我。」

都這麼說了，花月也就作罷，老實戴著。

莊氏慣常不出門，將軍今日也推說朝中有事，故而去韓府的只有李景允這一輛馬車。不過韓家夫人與長公主交好，來慶賀其愛女生辰的人自然也不少，幾個側門都擠滿了車馬奴僕。

花月以為要等上片刻才進得門去，誰曾想他們的車剛一停，就有小丫鬟跑來，將他們引到緊閉而無一人的東側門。

「我家小姐說了，李家公子人中龍鳳，斷不能與魚蝦同流，這門呀，她來替公子開。」小丫鬟笑得甜，說得話也甜得能掐出蜜來。

花月忍不住唏噓，這年頭皮相是真值錢啊，就算李景允脾氣差不理人，韓家小姐也願意為他敞開一片芳心。

她下意識地看了旁邊這人一眼。

李景允沒看那說話的小丫鬟，倒是倚在車邊看她，神情專注。見她看過來，他也不避，墨瞳裡淺光流轉，別有深意。

「……」花月莫名打了個寒顫。

東側門應聲而開。

「景允哥哥。」韓霜撲將出來，像隻小蝴蝶一般，到他跟前堪堪停下，歡喜地行禮，「你可來了。」

花月只看一眼就知道她今日定是打扮了許久，唇妍眼媚，花鈿綴眉，望向李景允，滿目都是小女兒歡喜。

再看李景允，人是生得挺好，鬢裁眉削，身量挺拔，若是站著不開口，倒也襯得上旁人贊他「犀渠玉劍良家子，白馬金羈俠少年」。

可惜，不消片刻，這位爺就開口了。

「我來送禮。」

「……」花月恨不得朝他後頸來一棍子。

哪有這麼說話的，就算同人說今日是個好日子，在下特來慶賀也好啊，半個彎子也不繞，聽著壯烈得很。

韓霜臉上的笑意也僵住了，她有那麼一瞬的委屈，不過很快就又笑開，拉著他的胳膊道：「景允哥哥裡頭坐，小女特地備好了你愛吃的點心。」

李景允跟著她走了兩步又停下，扭頭望向身後：「花月。」

「奴婢在。」

「妳愣著幹什麼，早膳都沒用，還想在外頭餓著？」

花月很驚奇，這位爺還會管她餓不餓呢，先前尋著由頭餓了她好幾頓的人是誰？

應了一聲是，她碎步跟上去，想尾隨李景允一起進門。

結果李景允端詳她片刻，竟是走到她身側皺眉問：「妳身子不舒服？」

「回公子，沒有。」

「那唇色怎麼淺成這樣，昨兒沒睡好？」

花月莫名其妙地看他一眼：「回公子，奴婢睡得甚好。」

李景允上下打量她一圈，目光落在她頭上的盤竹玉葉簪上，突然微笑。

韓霜跟著看過去，眼神霎時一變。

花月眼角微抽，往後退了半步。

「妳躲什麼？」李景允滿眼不解，轉頭看看臉色發青的韓霜，恍然，「韓小姐該不會連個下人也容不得？」

這話要人家怎麼回答，今日是韓小姐的生辰，主角自然應當是她，結果這個孽障，竟還不知分寸地提點一個奴婢。

韓霜耷拉著眼尾，已經是欲哭之狀，聞言勉強撐著答：「怎麼會，景允哥哥喜歡的人，小女自然……自然也喜歡。」

音尾都能聽出她的委屈。

「那妳要不要請她進去吃點心？」

「好……好啊。」她轉過身來看向花月，目光有些哀怨，「裡面請吧。」

李景允聞言便開懷一笑，朝花月招了招手：「來來來。」

活像是在喚旺福。

花月咬牙，捏著手走過去，低頭輕聲道：「公子不必在意奴婢。」

李景允彷彿沒聽見，低頭輕聲問：「妳想吃什麼？」

「奴婢不餓。」

「爺心疼妳，妳便接著，顧忌什麼？」李景允挑眉，掃一眼四周，「還是妳不喜歡此處，那爺陪妳去京安堂？」

「……」花月能感受到韓小姐投來的目光，怨懟，刺人。

她覺得自己像一條在鍋裡的糖醋魚，身上有人在撒糖，身下有油在煎熬。

「是不是站累了，怎的都不說話。」他朝她勾手，「快來坐下，讓爺瞧瞧。」

糖醋魚已經煎糊了，花月背對著韓小姐看向他，露出一個猙獰的笑容。

——借刀殺人，一石二鳥，公子爺實在高招。

——哪裡哪裡，兵書十萬卷，用計自有神。

孽障！花月咬牙。

她眼裡冒起了火星子，恨不得撲上去咬掉李景允一塊肉，可這在韓家小姐眼裡看來，就不是這麼回事了。

面前兩人站得很近，郎情妾意，眉來眼去，似是別有一番天地，而天地裡容不得半個旁人。

花月仰著頭盯著景允不放，他不惱，倒是在笑，指節輕敲，墨瞳泛光，眉宇間有他自己都沒察覺到的溫柔寵溺。

這是韓霜從未見過的模樣。

韓霜覺得憋屈，她等了景允哥哥這麼久，可打進門開始他就再也沒瞧過她。

這算什麼？

面前兩人還在糾纏，韓霜起身，想斥這不知天高地厚的奴婢兩句，可她嘴唇剛張，李景允的眼神就掃了過來。

冰冷漠然，帶著告誡。

第11章　下作

韓霜想過一萬種景允哥哥看她的眼神，可以凶，也可以溫柔，她什麼都喜歡。

可她萬萬沒想到，有一天他會因為別的女人用這種眼神看她。

這一天還是她的生辰。

心口悶堵，韓霜委屈至極，一跺腳一甩手，哭著就往外跑。

「韓小姐。」花月下意識地跟了兩步，可手腕還被人拽著，也追不出去，只能眼睜睜看著她跑遠。

按照原本的安排，今日李景允親手贈了韓小姐賀禮，兩人就該風花雪月一番，增進感情，好讓兩家的婚事順利定下。

然而……是她大意了，被早上李景允乖順的表像所迷惑，忘記了這個人孽障的本性，以至於眼前這一場災禍發生時，她根本沒來得及反應。

回過頭，她冷眼看向旁邊這位爺。

李景允絲毫不覺得自己做錯了什麼，起身將賀禮放在桌上，又轉過頭來衝她挑眉：「咱們是不是可以回去了？」

「公子。」她忍著火氣提醒他，「您不去看看韓小姐？」

李景允不可思議地看著她：「人家都哭成那樣了，妳還要去看？」

「就算她與妳非親非故，妳也要有些同情之心，哪能在人傷口上撒鹽？」

他一邊說一邊痛心地搖頭，然後拉著她往外走：「爺雖然不喜歡她，但也不能把人往絕路上逼。」

乍一聽可太有道理了，花月幾乎要內疚於自己的冷血殘酷。

可出了韓府的門，她甩開了他的手。

李景允側過頭，輕笑：「又怎麼了？」

旁邊這人沒吭聲，就這麼站著，一雙眼看著他，蓋也蓋不住地著惱。

在他之前的印象裡，殷掌事是高大冰冷的，像塊油鹽不進的石頭。可眼下湊近了仔細看來，他才發現原來這人骨架很小，頭頂才剛好到他的下巴，琥珀般的眼眸望上來，溫軟得很。

下意識地，他又伸手碰了碰她的耳垂。

軟軟涼涼，像春日簷下滴在指尖的雨。

花月飛快地後退了一步，將距離與他拉開。

李景允一頓，不高興地收回手：「爺今日這般疼妳，妳還有什麼不滿的？」

「公子手段了得，奴婢甘拜下風。」她雙手交疊，朝他屈膝，再抬眼，眸子裡就滿是譏諷。

「但，踩著旁人真心作手段，非君子所為，實屬下作。」

這話說得有些重，李景允跟著就沉了臉：「妳是不是覺得爺當真拿妳沒辦法？」

「回公子，公子為主，奴婢為僕，公子自然有的是法子讓奴婢生不如死。」花月面無表情地說著，雙眼含嘲，「今日單得罪一個韓家小姐，奴婢就已經是吃不了兜著走。」

「……」

倒還挺聰明。

韓霜善妒，今日受氣，定會去將軍府告狀，讓她離開東院。這是秦生的好主意，一針見血，一勞永逸，一箭雙雕，殷花月應該也開心才是。

可是，旁邊這人的臉色是當真難看，與他一同上車，再不多說半句話，垂著的眼尾清清冷冷。

李景允莫名有點惱。

車廂裡的氣氛凝固，花月側頭望著窗外，微微有些走神。

今日的李景允讓她想起了一位故人，恃寵而驕，目中無人，曾也有多少顆真心捧著遞過來，故人不屑，說這亂七八糟的玩意兒，還不如彈珠來得有趣。

談笑間天光正好，宮殿巍峨，簷飛寶鶴，錦繡山河的長裙就那麼拖在地上，鋪成了壯闊的畫。

車軲轆一卡，人跟著往前傾，鮮活的畫面瞬間被泥水一糊，面目全非。

花月回過神，前頭已經是將軍府的側門。李景允先她一步下車，似是在生什麼氣，理也不理地兀自進了門。

她慢吞吞地跟上去，也沒打算跟多緊，他不待見她，她亦不想看見他，乾脆尋了小路，自己回東院。

李景允一路板著個臉，快走到東院門口的時候回頭看了一眼。

得，別說低頭服軟了，殷花月直接連人影都沒了。

冷笑一聲，他拂袖進門。

「公子。」八斗見他回來，迎上來便道，「溫公子他們來了，聞說您不在，便在大堂裡喝茶等著，已經等了一個時辰了。」

「嗯。」

在京華混跡的紈絝，誰要沒幾個朋黨都不好意思出門，不過公子爺這些朋黨格外有排場，放旁人那裡，朋黨定是飲茶碎嘴，鬥鳥鬥雞，可這幾位不同。

他們自己能鬥自己。

李景允一推開門就看見裡頭雞飛狗跳，柳成和拿著他牆上的佩劍與徐長逸打成一團，劍光過處，杯盞狼藉。

溫故知倒是在勸架，開口就是一句：「柳兄素來看輕徐兄的，今日又有什麼好打。」

話落音，兩人打得更凶。

李景允「啪」地一聲就將門拉回來闔上了。

屋子裡安靜了一瞬，接著就有三個影子撲上門板來一頓猛拍。

「三爺，你可算回來了。」

「三爺你來評評理，這廝在你的地盤上都要與我找不痛快。」

「呸，分明是你拉長鼻子裝象。」

「你再說一遍！」

裡頭咚哩哐噹鏘一陣亂響，李景允面無表情地站著，突然冷笑一聲。

屋子裡安靜了一瞬。

沒過一會兒，旁邊的窗戶「吱呀」一聲，開了一條縫。

柳成和伸出半個腦袋來，討好地道：「爺，息怒，有話好說。」

李景允慨慨地倚在門邊，朝他伸了個手指：「一炷香。」

「得令！」

一炷香之後，大堂裡乾乾淨淨整整齊齊，三個人模狗樣的東西跪坐在他面前的軟榻上，手裡都捧上了一盞熱茶。

「我們當真不是來砸場子的，只是想著先前你那傷不輕，特意來看看。」

「好些了沒？李將軍怎麼說？」

捏了捏自己的胳膊，李景允想起殷花月每天給他打的那個可笑的蝴蝶結，薄唇微抿：「傷好了，老頭子不知道此事。」

「不知道？」

柳成和瞪大了眼，接著就泛起了憐惜之情，哽咽地拉過他的手：「咱們這些生在貴門之人，難免要少些親人關愛，無妨，就讓我們惺惺相……」

話沒說完，就被人乾淨俐落地扔出了窗外。

「呯」地一聲響，屋子裡安靜了。

李景允垂眸坐回去，表情懨倦。

「怎麼回事？」溫故知終於察覺到了不對，「三爺今日心情不佳啊。」

「傷不是好了麼，也沒出大簍子，韓霜也送回去了。」

是啊，一切都挺好的，李景允也不知道自個兒在煩個什麼，就是覺得心裡憋悶，出不來氣。

想了片刻，他問：「你們覺得我下作嗎？」

溫徐二人滿臉驚恐地看著他，一人飛奔過來探他額頭，一人給他遞了熱茶：「您先清醒清醒？」

李景允「嘖」了一聲：「我認真的。」

認真的就更可怕了啊，整個京華誰敢說這位爺下作？哪怕大家看起來都是不正經的紈絝，他也一定是他們當中最如松如柏的那個。

「三爺今日受什麼刺激了，說給咱聽聽？」

「也沒什麼。」李景允頓了頓，「一個丫鬟信口胡謅。」

「嗨，我當是什麼大事，一個丫鬟？」徐長逸往回一坐，不屑，「三爺喜歡什麼樣的，往我府裡挑，我府裡什麼樣的都有，打包給您送來。」

「不是。」李景允斟酌著開口，想了一個來回，又嘆了口氣，「罷了，當真不是什麼大事。」

一向雷厲風行的人，突然唉聲嘆氣了起來，這還不叫大事？

溫故知琢磨片刻：「是哪個膽大包天的奴才得罪了三爺？您指給我看看，我替您收拾了去。」

李景允斜他一眼：「我府上的人，輪得到你來做主，我自己不會收拾還是怎麼著？」

他已經收拾了，而且收拾得很好，就是收拾的時候被咬了一口，心裡不太舒坦。畢竟長這麼大還沒人罵過他，生氣也是人之常情。

放平了心態，李景允喝了口茶順氣。

被扔出去的柳成和頑強地爬了回來，臉上還帶了點春泥，他拍著衣袍委屈地道：「人家關心你，你怎麼忍心對人家下如此毒手。」

徐長逸哼笑：「關心三爺的人，你看有幾個沒遭毒手？」

「三爺行走江湖，向來不沾兒女情長，兒兒情長也不行，你往旁邊稍稍，別髒了我剛做的袍子。」

柳成和撇嘴，然後道：「你院子裡什麼時候有了個丫鬟啊，不是不喜歡近侍麼？」

臉色一沉，李景允冷笑：「你可真會哪壺不開提哪壺。」

「我不是故意的啊，不關我的事。」瞧著苗頭不對，柳成和連忙舉起雙手，「我就是剛看見後院有個丫鬟被人押走了，才有此一問。」

第12章　我的命很貴重

手裡的茶盞「唼啦」一聲響。

李景允回神，平靜地將它放到一邊，然後抬眼問：「押哪兒去了？」

柳成和攤手：「這是你府上，我哪能知道那麼多？不過看她沒吵也沒鬧，興許就是被李將軍傳話了吧。」

殷花月是掌事，主院裡夫人的寵兒，他爹要當真只是傳話，能讓人把她押走？

李景允有點煩，手指無意識地摩挲著椅子扶手，似乎要起身，但不知想了什麼，又坐下了。

溫故知饒有趣味地打量著他，突然扭頭問柳成和：「什麼樣的奴婢啊？」

「我就掃了一眼，沒看清臉。」柳成和摸了摸下巴，「不過腰是真細，淺青的腰帶裹著，跟軟柳葉子似的。」

他比劃了一下：「估摸一隻手就能握住一大半。」

李景允側頭，面無表情地看向他。

「……」

背脊莫名發涼，柳成和搓了搓手，納悶：「都三月天了，怎麼還冷颼颼的。」

溫故知唏噓，看看他又看看三爺，還是決定拉柳成和一把：「他這裡有毛病，三爺沒必要同他計較。」

「三爺怎麼了？」徐長逸左右看看，點了點自己腦門，「誰這裡有毛病？」

溫故知朝他露出一個微笑：「沒誰，趁著還早，咱們去羅華街上逛逛吧，就不打擾三爺休息了。」

「這就要走了？」柳成和驚奇，「不是說要來與三爺商量事，還要去一趟棲鳳樓麼？」

「改日吧。」溫故知將這兩人抓過來，按著他們的後腦勺朝上頭頷首，「告辭。」

行完禮，飛也似地跑了個沒影。

吵吵嚷嚷的東院又恢復了從前的寧靜。

李景允坐了好一會兒，煩躁地甩了甩衣擺。

就是個丫鬟而已，她不在，就再也沒人攔著他出府了，挺好。況且她有莊氏護著，就算去掌事院，也有的是人給她放水。

他才不操心。

日頭西搖，掌事院裡沒有點燈。

花月跪坐在暗房裡，姿態優雅，笑意溫軟，若不是額間的血一滴滴地往下淌，荀嬤嬤還真當她是來喝茶的。

「沒什麼好商量的了。」荀嬤嬤別開頭，「妳平日不犯錯，一犯就犯個大的，就算是夫人也保不得妳。」

血流到了鼻尖兒，花月伸手抹了，輕笑：「總歸是有活路的。」

「能有什麼活路？那韓家小姐是長公主抱著長大的，她容不得妳，整個京華就都容不得妳。」

隻手遮天啊？花月眉眼彎彎：「那我去求求她如何？」
「要是有這個機會，妳還會在這裡？」荀嬤嬤有些不忍，「別掙扎了，倒不如痛快些受了。」
伸手比了個「八」，花月耷拉下眼角，笑意裡有些委屈：「二十鞭子我咬咬牙倒也能吃下，可這八十鞭子，就算是個身強力壯的奴才，也得沒了命，嬤嬤要我受，我怎麼受？我這條命可貴重了，捨不得丟。」
月光從高高的窗口照進來，落在她的小臉上，一片煞白。
荀嬤嬤有些意外：「這麼多年了，妳也沒少挨打，可每一回妳都沒吭聲，這院子裡的人，都以為妳不怕疼的。」
「哪有人不怕疼啊……」花月扯著嘴角，尾音落下，滿是嘆息。
她打小就最怕疼，稍微磕著碰著，都能賴在榻上哭個昏天黑地，直將所有想要的東西都哭到跟前來了為止。
可後來，她挨的打實在太多了，疼到哭不過來，也就沒關係了。
沒人來哄她，她得學著自己活下去。
側著腦袋想了想，花月拔下頭上的盤竹玉葉簪遞上去：「長公主只說了八十鞭子，沒說打哪兒，也沒說怎麼打。」
「嬤嬤行個方便，今日二十鞭受下，剩下的遲些日子還，可好？」
待在掌事院這麼多年了，殷花月是頭一個同她討價還價的人，荀嬤嬤低頭看她，覺得好笑，又有些可憐。

在這梁朝，奴才的命是最不值錢的，主子一個不高興就能打死，冤都喊不得一嗓子。進了這地界兒來的，多半都心如死灰，發癲發狂。

但殷花月沒有，她想活命，不用要尊嚴，也不用要保全，就給她剩一口氣就行。

荀嬤嬤想拒絕的，可她似乎猜到了她想說什麼，一雙眼望上來，淺褐色的眼瞳裡滿是殷切，眉梢低軟，捏著玉葉簪的手輕輕發顫。

沒人見過這樣的殷掌事，像一把剛直的劍突然被融成了鐵水，濺出來一滴都燒得人心疼。

沉默許久，荀嬤嬤抬手，衣袖拂過，玉葉簪沒入其中。

「多謝嬤嬤。」花月展眉，恭恭敬敬地朝她磕了個頭。

一夜過去，將軍府裡似乎什麼也沒發生，奴僕們進出有序，庭院裡的花也依舊開得正好。

公子爺起床氣依舊很重，一覺醒來，滿身戾氣，將手邊的東西砸了個遍。

八斗進門，不敢與他多話，將水盆放在一邊就要跑。

「站住。」

身子一僵，八斗勉強擠出個笑來：「公子，這也是該起身的時辰了，將軍有安排，您今日要去練兵場的。」

煩躁地抹了把臉，李景允抬眼：「院子裡其他人呢？」

「回公子，五車在灑掃呢，剩下兩個去主院回話了。」

還有呢？

李景允不爽地盯著他的床尾，往日這個地方應該跪了個人的。

八斗雙腿打顫，貼著門無措地看著他。

李景允掃他一眼，更來氣了：「你怕個什麼？」

「回……回公子，奴才沒怕啊。」

瞧這情形，就差尿褲子了，還說沒怕？李景允舌尖頂了頂牙，扯了袍子便下床，一把拎過他：「爺覺得你欠點教訓，跟爺去一趟掌事院吧。」

八斗這回是真尿褲子了，腿軟得站不住：「公子……公子饒命啊！」

這位爺壓根不理會他的求饒，拎著他徑直往外走，一邊走還一邊嫌棄：「你一個男人，還怕掌事院？」

「公子，整個京華哪個府上的奴才不怕掌事院啊。」八斗很委屈，瑟瑟發抖，「那裡頭的刑罰都重得很。」

「沒骨氣，殷掌事上回挨了鞭子出來，可一點事都沒有。」

八斗瞪大了眼，連連搖頭：「誰說沒事的？公子是沒瞧見，殷掌事那背腫了好幾天，疼得她身子都彎不下去，後半夜還發過高熱，要不是奴才發現得早，人怕是都沒了。」

腳步一頓，李景允皺眉：「瞎說什麼，我怎麼沒看見。」

八斗眼淚汪汪：「您睡著了能看見什麼啊。」

「……」

別開眼繼續往前走，李景允加快了步子。

一夜沒闔眼，荀嬤嬤正想去睡覺，餘光往門口一瞥，就見公子爺又拎了個奴才來。

「哎。」她連忙起身去迎，「公子怎麼又親自來了？」

李景允將八斗扔下，漫不經心地掃了四周一眼：「這奴才膽子太小，送來練練，免得回回在爺跟前發抖，看著煩。」

「這……」荀嬤嬤為難，「他犯什麼錯了？」

「沒有。」

「……咱們掌事院有規矩，不罰沒錯的奴才。」

往旁邊走了兩步，李景允「嘖」了一聲：「殷花月也沒犯錯，怎的就被帶走了現在還不見人影？」

荀嬤嬤一愣，不動聲色地一瞥，正好看見他腰上掛著的七竹環結佩。

在這院子裡混的都是聰明人，荀嬤嬤捏了捏袖口裡的玉葉簪，賠笑：「奴婢沒見過殷掌事呢。」

話是這麼說，可她卻側了身子，往後頭暗房看了一眼。

李景允也就是來碰運氣的，沒想到人還真在這兒，他意外地看了看這嬤嬤，輕咳：「怎麼說也是東院的人，問她的罪也該告知一聲，免得爺早起發現少了個端水的，心裡不舒坦。」

說罷，抬步往暗房的方向走。

「公子爺。」荀嬤嬤假意來攔，「您就算是這府裡的主子，也不能壞了掌事院的規矩。」

「什麼規矩？」李景允輕笑，吊兒郎當地繞開她，「我是礙著你們行刑了，還是礙著你們往上頭傳話了？」

此話一出，四下奴僕皆驚，紛紛低頭。

見狀，李景允笑得更懶散：「隨意看看罷了，瞧你們緊張得。」

話落音，他推到了暗房門上的鎖，「嘩啦」一聲響，門開了一條縫。

光照進去，正好能看見個蜷縮的人影。

烏髮披散，混著凝成塊的血，在灰塵和枯草混著的地上蜿蜒出幾道淒厲的痕跡，那人身上穿的是昨日他見過的灰鼠袍，目過之處，豔血浸染，像開得最放肆的海棠，極盡鮮妍。

而半埋在膝蓋裡的那張臉，從下頷到耳垂，煞白得能與光相融。

李景允不笑了。

他碰了碰門鎖，發出嘈雜的響動，可裡頭的人影仍舊安靜地捲著，沒有任何反應。

第13章　公子爺也是凡人吶

喉嚨有點發緊，連帶著肺腑都不太舒坦，李景允擰眉側頭。

「給爺開門。」

冷不防對上他這淩厲的眼神，荀嬤嬤後退兩步，飛快地垂眸。

「公子爺。」她屈膝，「咱們大梁什麼規矩，您心裡清楚，這門都關上了，就沒有把鑰匙交出來的道理。」

「鑰匙不能給？」

「絕對不能給。」

「好。」李景允點頭，「妳吃皇家飯，爺也沒有為難妳的道理。」

鬆了口氣，荀嬤嬤屈膝就朝他行禮：「謝公子體……」

諒。

最後一個字沒能說出來，面前就是「砰」地一聲巨響，厚實的木門被人從門弦上踢斷，繞了兩圈的鎖鏈連帶著完好的鐵鎖「哐」地砸在地上，外頭的風趕著捲兒地往暗房裡衝，吹起滿地的灰塵和草屑。

荀嬤嬤愕然，一股涼意從尾脊爬到背心。

她想伸手去拉李景允一把，可手指就差那麼半寸，青藍色的袖袍拂風而過，這人就這麼踏著塵屑進了門。

光隨他而入，照亮了半個屋子，也將草堆上那人衣上的血照得更加刺眼。

這麼大的動靜那人都沒反應，李景允心裡已經有了準備，可真的走近，看見那襤褸的袍子下頭一道又一道密密麻麻翻皮流血的傷口，他還是步履一僵。

殷花月這個人，嘴硬得像煮不爛的鴨子，有時候氣人得緊，讓人恨不得把她捲起來扔出東院。

可是，扔歸扔，他沒想過要她死。

李景允沉默地看著，半晌之後，終於伸手去探她的鼻息。可能是因為這暗房裡太冷了，他指尖有點顫，停在她面前，許久都沒再往前進一寸。

草堆上的人動了動。

這動靜很小，不過是指尖微抬，蹭在枯草上發出輕弱的聲響，可李景允看見了，瞳孔一震，臉一別，飛快地就收回了手。

「爺就知道，妳這人，哪那麼容易死。」

他頓了頓，輕笑：「煉青坊打的刀都沒妳的骨頭硬。」

花月睜了睜眼，血痂黏著的視線一片模糊，耳邊有聲音傳進她腦子裡，嗡嗡作響，聽不真切。等了好一會兒，她才慢慢看清面前半蹲著的人。

這人逆著光，同那日在練兵場上看見的一樣，烈火驕陽，朝氣滿身，藍鯉雪錦的袍子穿得合宜，正襯外頭春色。

莫名的，花月勾了勾嘴角：「外頭……」

聲音出口就沙啞得不像話。

李景允聽不清，皺著眉靠近她些：「妳說什麼？」

「外頭的花……是不是開得很好？」她費力地把整句話說完，喉嚨上下一滾，又笑，眉梢輕彎，眼裡泛起了一絲光。

這人半個身子都在髒汙裡浸著，灰塵、雜草、乾涸的血泊，與那黃泉裡爬出來的惡鬼也沒什麼兩樣。可她第一句話，竟然是問花。

外頭的花當然開得好，迎春、玉蘭、牡丹，庭院裡養活得好，早早地就綻了個姹紫嫣紅。

李景允看她一眼，沒由來地就有些惱：「問這個做什麼？」

花月輕笑，目光往下移，猶豫片刻，還是伸出滿是血污的手指，捏住了他的衣角。

「奴婢……想出去看看花。」她捏著他的衣角，舌尖輕輕舔了舔乾裂的嘴唇，半隻眼望上來，朝他軟了眉，「可以嗎？」

「……」

李景允垂眸，分外暴躁地低咒了一聲，接著起身，毫不留情地將衣角從她手間扯走。

四周灰塵又起，花月慌忙閉上了眼。

她就知道這人恨不得把她扒皮抽筋，向他求救是最愚蠢的做法。

抱緊了膝蓋，花月想往草堆裡鑽，然而剛一抬頭，她的小腿就被人抓住了。

「瞎動什麼。」李景允俯身，手穿過她的腿彎和後頸，頓了頓，將她整個人抱了起來，「不就是幾朵破花？爺帶妳去看，看個夠。」

雜草撲簌簌地從身上往下落，方向一轉，面前突然光芒大盛，光影斑駁間，她隱約看見了李景允的側臉，鍍著光暈，朝她轉過來。

花月怔住了，睫毛微顫，緩緩抬手擋住眼。

荀嬤嬤的聲音很快在面前響起：「公子爺，人是上頭有令關進來的，若是看丟了，奴婢沒法交代。」

「要交代還不簡單？誰抓她進來的，就讓誰來找爺說話，打狗還要看主子呢，打爺的人，總要給爺遞個帖子吧。」

「這……」

「爺腰上的玉佩，送予妳去交差，給爺滾開。」

他大步出了門，氣息有些不穩，她貼得近，能清楚聽見他的心跳。

亂七八糟，又快又急。

「讓溫故知來東院一趟，別聲張。」

「是。」

好像聽見八斗的聲音了，四周的空氣也漸漸清新，風吹樹搖，庭院裡依舊有玉蘭的香味。

花月想抬頭看看李景允的表情，可這眼皮重得跟捆了兩方石磨一般，她剛看見他的下頷，眼前就是一黑。

溫故知在棲鳳樓小曲兒聽得好好的，突然就被連椅子帶人一起搬去了將軍府。

椅子落地的時候，他手裡端著的茶還冒著熱氣。

僵硬地看了面前這人兩眼，溫故知乾脆就著茶盞繼續喝：「臉色是不太好，伸手來我給你號號脈。」

李景允揉了揉眉心：「不是我。」

「嗯？」溫故知側頭。

內室床榻之上躺了個人，不用走近都能聞見空氣裡濃厚的血腥味。

神色一凝，他起身，大步走過去探了探她的脈搏。

「三爺這實屬過分了。」他皺眉，「怎麼把個姑娘傷成這樣？」

李景允靠在隔斷邊，沒好氣地道：「不是我。」

頓了頓，又別開頭：「也算是與我有關。你只要把人救回來，之前說的那個事，我便應了。」

溫故知意外地看他一眼，不過也沒空深究，拿了隨身的保命藥給她塞下，又讓人去打水。

「三爺迴避，我要給這姑娘清傷口。」

李景允點頭，轉身想退出去，可退了兩步他覺得不對勁：「我迴避，那你呢？」

溫故知莫名其妙：「我是大夫，三爺沒聽過病不忌醫？」

他走回來，順口就接：「我養的狗，也不忌我。」

眉梢高挑，溫故知別有深意地看向床榻：「這就是——那個丫鬟？」

「別廢話。」李景允從旁邊的鑲寶梨木櫃裡拿出件乾淨衣裳，「我給她清理傷口，你先等著，把藥方給我寫出來就是。」

溫故知樂了，兄弟這麼多年，他頭一回看見這人在意誰。原先哥幾個都說，三爺平日見人兩分笑，但最是冷心冷肺的，任憑京華多少芳心捧在他跟前，他也能看都不看地踩個稀碎，那叫一個遠觀人間風流客，近瞧紅塵無情人。

可眼下……

唏噓又幸災樂禍，溫故知替他將藥水調好，然後就出去繼續喝他的茶。

隔斷處的簾子落下，李景允坐去床邊，沒好氣地低聲道：「我院子裡沒別的女眷，妳想活命就得處理傷口，我上回沒怪罪妳，妳也沒道理怪罪我。」

說罷，伸手解開她的腰帶。

淺青色的料子被她染成了深紅，捏在手裡濡溼厚重，李景允嫌棄地扔出去，然後將她擁過來，從背後褪下她的衣衫。

他袍子不厚，又是絲錦，兩人身子這麼貼著，他能清晰察覺到她的溫熱和綿軟。

不自在地抿唇，李景允拿了浸透藥水的帕子就去看她的背。

不看不知道，這人身上的傷還真是不少，衣衫落處，新傷疊舊傷，就沒一塊好皮。上次挨的打還有青紫的印子在，這回再打，舊傷口破開，慘不忍睹。

李景允越看越煩：「女兒家有這一身疤，這輩子都別想找到婆家。」

話落音，他瞥見了她肩頭上的牙印。

這印子還算新，烏青未散，有兩個小血痂，看形狀應該是有人從她身後咬的，姿勢肯定很親昵。

李景允沉了臉，張口就想罵她不知廉恥，可話還沒出口，他腦海裡就閃過去幾個畫面。

燭光盈盈，燒過冰冷的針尖，溫柔的丫鬟夾著胳膊給人縫傷口，可那人吃痛，不由分說地就咬上了人家的肩。

「……」

心虛地摸了摸胳膊，李景允輕咳兩聲，裝作什麼也沒看見，將她傷口周圍的泥灰擦乾淨，單手在藥水盆裡擰了帕子，又清理她的傷口。

溫故知茶喝了三盞，隔斷處的簾子才被掀開。

「喲。」他看向這位爺，輕笑，「怎麼，裡頭熱？」

「別廢話。」李景允皺眉，「你看看她怎麼還沒醒。」

溫故知起身，慢條斯理地道：「姑娘家身子骨本來就弱，挨這一頓好打，失血過多，一時半會兒肯定醒不過來。方才一號脈，她脈形端直，脈來虛軟，定是操勞少睡，有這機會多休息，也沒必要吵醒她。」

李景允鬆了口氣：「那她醒了就沒事了？」

「三爺想得也太輕鬆了。」溫故知搖頭，「她命硬就能自己醒，命不硬，今晚跟著來一場高熱，也就不用醒了。」

將寫好的藥方遞給他，溫故知轉身就道：「到這個份上，御醫也幫不上什麼忙，您按方子抓藥便是。」

腳剛跨出門一步，後領就被人扯住了，溫故知眉心一跳，有個十分不好的預感。

作為御醫，他經常聽人說的一句話就是：治不好某某，你就給她陪葬。

他對這種慘無人道的句式實在是深惡痛絕。

可是，看三爺這意思，大概是也想說這句。

溫故知一臉堅決地看著他，打算給他展示展示御醫寧死不屈的風骨。

然而，李景允沒這麼說。

他居高臨下地看著他，半晌，只道：「你之前說的那件事，我想了想，還是沒空。」

「……」

「爺。」溫故知垮了臉，將跨出去的腳收了回去，「您別著急，小的給您守著，裡頭那位就算是魂歸了地府，小的也給您撈回來。」

第14章　搖尾巴

泛亮的銀針扎進白膩的肌膚，屋子裡藥香四起，光透過花窗，照出一縷縷翻捲升騰的青煙。

李景允安靜地看著，修長的指節有一搭沒一搭地點著腰間掛竹節佩的位置，眼裡墨光暗轉。

「公子。」八斗從外頭回來，站在隔斷外小聲道，「已經打點好了，主院那邊收不到風聲，但掌事院那邊……許是要給個交代。」

溫故知聞言，手下一頓，愕然側頭：「掌事院？」

「嗯。」李景允漫不經心地應著，「你繼續下你的針。」

「不是，三爺，您這一遭要是小打小鬧，兄弟也就不問了。」溫故知皺眉，「可這人要是你從掌事院撈出來的，那總要提前與咱們幾個通個氣。」

掌事院是什麼地方？與內閣同司，由中宮親掌，美名其日替京華官貴唱紅臉，懲治下人，以正家風，可實際是做什麼用的，大家心裡都門清。

這位爺前腳進掌事院救人，後腳宮裡就能收到消息。

且不說事大事小吧，放在平時，就沒有這麼往宮裡遞事的理。

「你救完人再說不遲。」李景允擺手，袖口輕收，「我能解決。」

溫故知神色複雜地看著他，突然尾指一翹，掐著嗓子學著宮裡的公公道：「這行大事者呀，最怕的就是紅、顏、禍、水～小的看您這架勢，頗有前朝昏君的遺韻，要不咱就不救了，一針送這小禍水歸了西，也省得將來您舉棋不定，誤了大局。」

瞳孔往上一翻，李景允給了他個毫不留情的白眼：「滾。」

委屈地收回蘭花指，溫故知嘆息：「三爺行事向來乾淨俐落，半分不會連累兄弟，我是沒什麼好擔心的。」

「可是爺，哥幾個喝過關公酒的，沒道理回回都是您一個人頂著事，那不合適。」

捏起最後一根銀針對著他看了看，溫故知輕笑：「下回有這種事，煩請捎帶上咱們。」

銀光泛泛，襯得面前這人的臉格外冷淡，他眸子掃過來，眼神頗有些嫌棄，可沉默片刻，他還是點了頭。

「嗯。」

溫故知舒坦了，眉目展開，俐落地就將銀針落了下去。

床上的人皺了皺眉，輕哼一聲。

「怎麼？」李景允俯身過來看了看，皺眉，「你這當御醫的，行針還三心二意，是不是扎錯地方了？」

先前的歡喜一掃而空，溫故知鼻子都差點氣歪了：「三爺，我是御醫，御用神醫你懂不懂！哪個神醫能把針扎錯地方？」

「那她哼哼什麼？」

「您身上要是有這麼多口子，不會痛得哼哼啊？她能哼兩聲都算好事，還有得救，您慌個什麼。」

神色微鬆，李景允不屑：「我沒慌。」

「是，那外頭天也沒亮，全是小的眼瞎。」溫故知揉了揉腮幫子，咧著嘴嘀咕：「老鐵樹開花，看得人牙疼。」

床上這人嘴唇好像動了動，李景允也沒空跟溫故知計較了，撐著床弦便貼近去聽。

溫熱的氣息絲絲入耳，這人含糊了半晌，吐出個莫名其妙的詞。

「玉蘭？」他茫然地重複，然後直起身子不敢置信地看向溫故知，「都這模樣了，她還能夢見花？」

溫故知攤手：「這我可醫不著。」

李景允抹了把臉，覺得人真是白救了，旺福吃了饅頭還知道搖尾巴，這人剛逃出生天，不在夢裡好生謝謝他，反去夢些亂七八糟的。

不甘心地又湊過去，他想再聽點別的，可殷花月不說了，乾裂的唇緊緊抿著，抿得又冒了血絲。

「嘖。」

他伸手，想將她的嘴給掰鬆，但剛一用力，兩串淚珠順著她眼角，「唰」地就落了下來。

指尖一顫，李景允飛快地收回了手，頓了頓，望向溫故知，下意識地辯解：「我沒用多大力氣。」

溫故知看樂了，這才多大點事，用得著解釋？

可李景允的表情很嚴肅，瞪著那人眼角的淚痕，活像在瞪什麼案發現場，眼底墨色微湧，下頷線條緊繃。

溫故知捧腹大笑，笑得扶著隔斷喘氣：「這躺著的到底是個什麼寶貝哪？」

黑了半張臉，李景允冷哼：「見鬼的寶貝。」

剛養熟的狗罷了。

「公子。」

八斗又從外頭回來了，恰好聽見寶貝二字，驚訝不已：「您怎麼知道有寶貝？韓府派人送了這個來，將軍的意思，讓您琢磨回個禮。」

溫故知收了聲，兩人對視一眼。

李景允抿唇，掀開簾子朝八斗伸手：「拿來。」

一方檀木盒，打開便是一隻南陽玉蟬，繫了青色絲絛，以作腰間掛飾。

「這是什麼意思？」溫故知沒看明白，「好端端的送個腰飾，這也不是什麼鴛鴦鶼鰈啊。」

眼神有點涼，李景允闔上盒子：「救她出來的時候，爺把七竹環結佩給出去了，估摸是到了韓霜手裡。」

溫故知挑眉，稍微一琢磨，反應了過來：「那她倒是大度，竟不責問，反而還了你一個。」

韓霜對他向來忍氣吞聲，她知道責問也不會有什麼結果。

但相應的，殷花月就不會有好果子吃了。

李景允轉頭看向床上躺著的那人。

巴掌大的臉上依舊沒什麼血色，瘦弱的手腕露在外頭，兩根手指就能圈個來回，她眼角的淚痕未乾，眉心也依舊緊皺，似乎在做什麼可怕的夢。

「玉蘭。」

從齒間溢出去的嘆息，換在夢境裡，便是滿心的歡喜。

花月拖著長長的山河裙站在玉蘭花枝下，仰頭就能看見從枝葉間透下來的春光，她伸手想去碰花，可高度差了那麼一點兒。

嘗試了好多次都碰不著，她扁嘴就想哭，可眼淚剛冒出來，身後慈祥的男人就將她抱上了肩頭，輕聲哄：「再伸手，伸高點，哎，這就對了，囡囡真厲害。」

潔白軟嫩的花落在了手心，花月破涕為笑，回頭遠看，溫柔的女人就坐在石桌邊，捏著繡了一半的手帕繃子朝她拍手：「囡囡過來，來看這個花漂不漂亮？」

淺青的帕子，繡著玉色的花，香氣盈鼻。她驚嘆，伸手就想去摸。

可這回，在她能碰到的地方，指尖一碰，花沒了，帕子也沒了，石桌和男人女人都消失了個乾淨，四周暗下來，一吸氣就能聞見灰塵和枯草的味道。

「吱呀」一聲，旁邊開了一扇門，光從門外洩進來，映出無數飄飛的粉末，照得她眼睛生疼。

有人隨著光一起進來，居高臨下地看著她。

「妳真以為爺拿妳沒辦法？」

冰冷的聲音，聽得她脊背發緊，花月下意識地搖頭，猛地往後退。

身下一空，失重感接踵而至。

「瞎動什麼。」有人惱怒地呵斥了一聲，將她接住，身子瞬間被撈回了一個柔軟溫暖的地方。

手指有了知覺，耳朵也突然聽見了四周的聲音，花月一凜，緩緩睜開眼。

外頭似乎天剛亮，桌上的蠟燭還沒燃盡，李景允在伸手端藥，從她這個角度看過去，能看見他緊繃的側臉。

茫然地眨了眨眼，她開口：「公子。」

聲音啞得像麻線拉在木頭上磨似的，李景允聽見就是一愣，眼睛瞥下來，嘴角抿了抿：「還知道醒。」

一勺藥遞了過來，他板著一張臉道：「醒了就自己喝，免得爺硬灌。」

「……」夢見別的可能是假的，但夢裡夢外，這人都是一樣的凶惡。

花月抿唇，伸手想去接勺子，可她實在乏力，指腹碰著勺柄都捏不住，反將碗撞得叮噹響。

「得了。」他嫌棄地將她的手拿開，「八斗不在，爺勉為其難伺候妳一回，就當還妳上次的人情。」

遲鈍地點了點頭，花月乖巧地張嘴。

這人一看就沒伺候過人，不會斜勺子，也不會拿帕子兜著嘴角，花月吃力地伸舌含飲，盡量不讓藥灑出去。

小而軟的舌尖飛快地捲著藥汁收進去，像極了旺福飲水的時候。

李景允想嘲弄兩句，可看著看著，他不自在地別開了頭：「喝快點。」

她點頭，正想喝大口些，這人卻突然又摸了摸碗壁：「算了，慢慢喝吧。」

花月：「……」

被打的人是她，她還沒出什麼毛病，這位爺怎麼反而不正常了？

不快不慢地將藥喝完，花月想問點什麼，可眼前還一陣陣發黑，她只能閉著眼喘氣。

「溫故知說妳得補血補氣，少說養上十日。」李景允的聲音從上方傳來，「先說好，爺不是個會發善心的人，妳要是覺得我多管閒事，那我立馬把妳送回掌事……」

話沒說完，衣袖就是一動。

李景允一頓，側眼看過去，就見自個兒衣袖上的料子皺起，其間的手指纖長柔軟，絞著那湛藍的顏色，輕輕晃了晃。

像極了凶惡的旺福終於服軟之時的尾巴尖。

花月沒多少力氣，全花在這上頭了，抓著他的衣袖搖一搖，見他沒反應，又搖一搖，動作小心翼翼，柔軟又溫順。

可他還是沒反應。

心裡有些急，花月費勁地睜開眼，想說她絕對不要回掌事院。

可一抬頭，她看見床邊這人將臉轉到一邊。

燭火滅，晨曦起。

光影明滅之中，她好像看見這人在笑。

第15章　調教

殷花月的傷挺重，昏昏沉沉時睡時醒，兩日之後才恢復了神智。能睜眼說話了，但行動還是不便。

她趴在床頭，皺眉看著面前這人。

李景允剛從外頭回來，身上還帶著街上的煙火氣，他在她床邊坐下，心情甚好地問：「是不是餓了？」

她占著的是他的主屋，他沒讓她挪地方，她也沒敢問原因，每天就看著他跟脫韁的野馬似的翻牆出府，再悄無聲息地回來，順道給她帶些吃的。

肚子咕嚕直叫喚，花月朝他點頭：「餓了。」

李景允拿出一個油紙包來打開，直接放在了床邊的矮几上。

京安堂的千層糕色澤鮮亮、香氣撲鼻，放在平日裡，她定能一口氣吃完不帶喘的。但可惜，眼下她是個傷患，傷患只喝得下稀粥。

猶豫片刻，她還是拿過一塊來咬了一口。糕很香甜，但是咽不下去，費勁咽下小半塊，嗓子堵得氣都呼不出來。

茶壺放在矮几另一側，有點遠。

李景允靠在床柱邊安靜地看著她，手指有一搭沒一搭地點著臂彎，似乎在等著什麼，沒有要動的意思。

花月瞥他一眼，還是決定自力更生，手撐著床弦，支起半個身子往外傾，可這動作太大，一伸手就拉扯到背後傷口，疼得她臉色一白。

一隻手越過她的耳側，輕而易舉地就將茶壺勾了起來。

花月一愣，跟著側頭，就見李景允拎了凳子來在她床邊坐下，沒好氣地道：「雙手合攏。」

疑惑地看了他一眼，她照做。

「朝爺這個方向，動一動。」

合在一起的小爪子，遲緩地朝他拜了拜。

李景允滿意地點頭，給她倒了茶塞在手裡：「喝吧。」

花月茫然地睜著眼，咕嚕咕嚕將茶喝了個底朝天，呆呆地將杯子還給他。李景允接過，順手放去一旁，然後又端來了一碗粥。

勺子翻動之間，能看見蒸騰的熱氣。

「想不想吃？」他問她。

肚子裡清晰地一聲響，花月咽了口唾沫，抿唇。

他這擺明是在戲弄她，要真是給她吃的，又何必有此一問。

花月別開臉，捏著千層糕道：「奴婢吃這個就成。」

白花花的粥移到她眼皮子底下，他問：「真的不想吃？」

花月一本正經地答：「清粥無味，哪有千層糕來得軟糯香甜。這糕裡有一層是艾草蒸的，對傷口止血也有好處，吃兩塊下去就飽足了。」

「啊。」

說著說著，自己都快信了，花月捏著油紙，滿臉的清心寡欲。

然而，一勺清粥遞了過來，李景允面無表情地命令：「張嘴。」

清粥入喉，下巴被人合上，李景允慢慢湊近，替她指了指嘴角，一字一句地教：「說好吃。」

「……好吃。」

「說還想吃。」

「……還想吃。」

「說求求了。」

「……求求了。」

露出了個滿意的笑容，李景允又給她舀了一勺：「乖。」

這是她誇旺福用的詞。

花月看著他，心裡滿是悲憤，一口含下，恨不得把勺子咬碎。

「對了。」李景允慢條斯理地攪了攪粥，「等妳傷好得差不多了，就回主院去如何？」

鼓囊囊的腮幫子一僵，花月看了他一眼，咽下：「公子，將軍有令……」

「我爹讓妳守著我，可這回要不是我救了妳，妳就死在掌事院了。」李景允挑眉，「放妳回主院都算恩情，妳還不想領？」

好像是這麼個道理，花月點點頭，恭敬地問：「公子還記得奴婢是為什麼進的掌事院嗎？」

「……」李景允心虛地抬頭去數房梁上的雕花。

花月笑得溫軟：「若是犯了旁的過錯，公子要奴婢回主院，奴婢絕無二話。可得罪了貴人，被掌事院傳喚，奴婢就算回去也是死路一條，甚至還會連累夫人。」

李景允白她一眼：「妳怎麼不怕連累我。」

「公子保得住奴婢。」她垂眸，「整個將軍府，只有公子保得住奴婢。」

若是什麼正兒八經的罪名，那將軍與夫人還能護她一護，可這種說不清也解釋不了的小女兒呷醋再加長公主護短，就算是將軍也沒法子。

這人看事倒是清楚明白。李景允有些意外，盯著她打量兩眼，輕笑：「妳若執意要留在東院，那可就得聽我的。」

花月的笑意凝固了。

面前這人掰起指頭來，眼瞳裡的墨色打著愉悅的卷兒：「第一，我想出府，妳不許攔著。第二，我去哪裡，妳不許告訴我爹。第三，不許把我騙進主院。第四……」

她慌忙伸手按住了他伸出的手指，溫暖的掌心一裹，笑著將它們一根根壓回去，討好地摸了摸：「奴婢要做事討活路的。」

李景允不高興地抬了抬下巴。

花月賠笑，替他將手指一根根豎回來：「第一，奴婢可以不攔著，但奴婢要跟著。第二，奴婢可以不告訴將軍您去了哪兒，但若要撒謊，公子得替奴婢圓著。第三……」

摩挲著他的無名指，她嘆了口氣，有些為難：「夫人真的很想見您。」

李景允別開了頭，神情倏地厭倦，周身的氣息也突然低沉。他想抽回手，花月察覺到了，立馬使出渾身的力氣，將他的手牢牢抱住。

畢竟是親生的母子，哪來這麼大的仇，提都不能提？

不過鑑於她是有求於人，猶豫片刻，花月還是抵著他的無名指豎了起來：「好吧，這第三，奴婢也應了，您不去主院可以，但買簪子讓奴婢去送總行吧？」

李景允分外納悶：「妳哪來的勇氣與爺討價還價？」

花月眨眼，想起他方才教的，雙手合攏，乖巧地朝他拜了拜，眉梢低垂：「求求了。」

李景允：「……」

抹了把臉，他莫名也有點悲憤，拂袖站起來，沒好氣地把碗塞給她：「粥喝完，繼續養著吧。」

這是答應了還是沒答應？花月抬頭，朝著他的背影張了張嘴，可不等她問，這人就已經消失在了門外。

花月抱著粥碗，開始愁眉苦臉。

「殷掌事。」沒一會兒，八斗從外頭探了個腦袋進來笑道，「廚房的小采姑娘說想來看看您，問您可有空？」

花月一愣，想起那日走廊上見過的丫鬟，眼眸微動：「會不會打擾公子休息？」

「不會不會。」八斗往外看了一眼，「公子爺又出去了。」

「嗯，那讓她進來。」花月笑了笑，「我在府裡，也就認識這麼幾個熟人。」

八斗點頭，不疑有他，轉眼就把小采放進了門。

平凡無奇的小姑娘，頰上還有些細斑，幾步走到她床邊跪下，聲音又輕又快：「剛收到的消息，宮裡幾日前進了刺客，那位氣急敗壞在抓人，似乎有意搬出宮來住。」

花月看了看門口，低聲問：「他傷著了？」

「沒有。」小采頓了頓，「但宮裡丟了個人，好像挺重要。」

如今的宮闈守衛有多森嚴自不必說，能從他的眼皮子底下撈人出來，那得是多厲害的刺客？花月難得地覺得好奇，多問了一句：「是哪邊的人幹的？」

小采搖頭：「不清楚，但他們有線索，那刺客落了個玉佩，眼下已經作成了畫，讓人四處在找。」

花月聽樂了，行刺者最忌贅物，竟還有人帶玉佩去幹夜活，那被抓著也是活該。

「這是圖樣，奴婢也拿了一份來，您看看。」

抱著看熱鬧的心情，花月打開了捲著的紙樣。

鴛鴦交頸的玉佩，綴著檀香色的絲條，樣式精巧，也稀罕。

笑著笑著，花月就笑不出來了。

寶來閣的白玉鴛鴦佩。

這是夫人親自挑選、讓李景允拿去送給韓家小姐的信物，那日她親手戴在了李景允的腰上，看著他戴出去的。

摸了摸圖上的花紋，花月瞇眼。

「公子那日出府戴的鴛鴦佩怎麼不見了。」

「不見就不見了，也不是什麼好物件，俗得很。」

「公子今晚去了何處？」

「妳一個下人，懂不懂知道越少活得越久？」

李景允的語調向來是不著正形的，眉梢一挑，眼尾染上輕蔑，便是個不知人間疾苦的紈絝公子哥，兩三句將話岔開，她便真的沒有再追問過。

倏地揉皺紙樣，花月閉了閉眼。

「掌事？」小采疑惑地看著她，「這東西您認識？」

「不認識。」

下意識地否認，花月差點咬著自個兒舌頭。

半晌之後，她才後知後覺地懊惱，否認個什麼，又不是她的玉佩，李景允要真做了什麼蠢事，那也該他自己受著。

將紙團塞回小采手裡，她道：「妳們盯著吧，我還要養傷，最近也幫不上忙。」

小采藏好紙團，又打量她兩眼：「您……無礙吧？」

看她一眼，花月皮笑肉不笑：「現在才問這一句，不覺得多餘？」

尷尬地垂眼，小采起身，似乎還想說什麼，可一眼掃見花月眼裡的嘲意，她抿唇，還是默默地退了出去。

屋子裡恢復了寧靜，花月重新趴在了軟枕上。

事情進展得很順利，她的命保住了，宮裡那位也開始有了破綻，一切都在朝著好的方向前行，至於李景允，他那麼有本事的人，不用她操心。

愉悅一笑，她放心地閉上眼。

可是……半個時辰之後。

花月睜開了眼，眼裡毫無睡意。

李景允的玉佩，為什麼會出現在宮裡？

要真被當成刺客抓起來，那他該怎麼辦？

第16章　他在意得很

今日京華下了小雨，李景允許是嫌打傘麻煩，終於老實待在了東院。他坐在茶榻上沏茶，餘光一瞥，就見床上那人眼神專注地看著自個兒，一炷香過去了，動都不帶動的。

眉梢微挑，他晃了晃手裡的茶壺：「又想讓爺給妳倒茶？」

花月回神，搖了搖頭，目光從他的手臂上掃過，突然關切地問：「公子的傷可好全了？」

李景允不以為然：「那點小傷，都過去多久了，自然是好了。」

她點頭，像只是隨口問了問，臉上恢復血色的同時，也恢復了從前掌事的清冷，安靜地趴著，彷彿與世隔絕一般。

李景允覺得莫名其妙，也沒放在心上，繼續沏他的茶。

可沒一會兒，床上這人又開口了：「公子。」

李景允不滿地「嘖」了一聲：「妳有話能不能一次說完？」

花月抿唇，像是在猶豫，眼波幾轉，終於還是開口：「您能不能站到床邊來？」

哪有奴婢這麼使喚主子的？李景允很不滿，但出於好奇，他還是起身走了過去。

「妳想幹什……」

話還沒說完，手就被人拉住了，殷花月連聲招呼都不打，徑直掀開了他的衣袖。

手臂上一涼，他打了個寒顫，惱怒地低頭就想斥她，結果目光一垂，就見殷花月專心致志地盯著他手臂上的傷。

李景允：「……」

癒合了的口子，變成了蜈蚣一樣的疤，看著猙獰又恐怖，但凡是個女兒家，都該有兩分害怕的。可這人跟個怪物似的，不但不避諱，而且還伸手摸了摸。

溫暖的指腹摩挲在疤痕上，又癢又麻。

渾身都不自在，李景允惱道：「這有什麼好看的。」

花月收回了手，也沒吭聲，就垂著眼眸盯著床弦發怔，完全沒有要答話的意思。她臉色看起來不太好，人也有些晃晃倒倒的。

疑惑地看她兩眼，他拂了衣袖在床邊坐下，伸手探了探她的額頭：「是不是傷口又不舒服了？」

兀自想著事，花月也沒聽清他說的是什麼，含糊地應了一聲。

臉色稍霽，李景允嘴角撇了撇，他覺得自己實在沒必要同個病人置氣，她愛看就看吧，反正嚇著的也不是他。

「主子。」八斗慌慌張張地跑進門，喊了一聲，「有貴客過府。」

李景允斜他一眼：「多貴？」

八斗一噎，傻眼了，掰著指頭算了算，哭喪了臉：「公子，溫公子和韓家小姐有多貴，奴才也不知道啊。」

溫故知和韓霜？李景允有些意外，這兩人怎麼會一道來將軍府？

床榻上「咚」地一聲響，他不明所以地回頭，就見殷花月小臉煞白地抱著撞痛的膝蓋，一雙眼盯著門口的方向，眼神緊繃。

要跟旺福一樣有尾巴，此時就該豎起來了。

看得好笑，他彈了彈她的腦門：「慌什麼？」

「公子，韓家小姐……」花月聲音都緊了，「奴婢先找個地方避避為上。」

「避哪兒？妳下得床了？」李景允一巴掌將她按住，掃了一眼她的後背。

本就沒癒合好的傷，方才不知又扯到了哪一處，潔白的裡衣上染紅了一小塊。

「給爺趴好了別動。」他陰沉了臉，「再動一下，我立馬把妳送去韓府做丫鬟。」

花月：「……」

哪有這樣威脅人的，一時都分不清是為她好還是巴不得她死。

貴客很快就進了門，李景允放下了隔斷處的簾子，轉身就對上了溫故知那張和藹可親的笑臉。

「三爺今日氣色不錯。」

李景允盯著他看了片刻，突然輕笑，伸手替他理了理衣襟：「托溫御醫的福。」

笑意有點垮，溫故知看了看自個兒身後，甚是無辜地朝他搖頭。

不關我的事啊，我這也是被趕鴨子上架。

他讓去一邊，後頭的韓霜款款上前，朝他行禮：「景允哥哥安好，霜兒聽聞景允哥哥身子不舒服，特地隨溫御醫一起來看看。」

李景允斂了笑意，朝她攤了攤手：「看過了，我沒什麼大礙，妳早些回去。」

一點情面都不留。

韓霜有點委屈，可想了想，還是上前半步道：「先前伯母安排，說讓小女隨景允哥哥去廟裡上香，小女有事耽誤，害景允哥哥久等了。明日廟裡有祭祀，不知景允哥哥還能不能帶小女去看看？」

李景允給溫故知遞了杯茶，漠然道：「我房裡丫鬟受了重傷，剛撿回半條命，這幾日許是沒空外出，不然回來就得給她收屍了。」

花月在裡頭聽著，倒吸一口涼氣。

這位爺哪會為她好啊，還是巴不得她死！

要是按下不提，時間久了，韓小姐也許就會忘記她這個小人物，放她一條生路，現在倒是好，舊怨上又添新的一筆，韓小姐估計做夢不會忘記找機會把她塞回掌事院。

外面氣氛有些凝固，溫故知見勢不對，立馬道：「我是來給那小丫鬟換藥的，您二位先聊著。」

說罷，飛快地就躥進了內室。

韓霜站在李景允面前，嘴唇咬得發白：「景允哥哥是在怪霜兒？若霜兒說這件事霜兒不知情，是旁人做的，景允哥哥信是不信？」

「不信。」

韓霜眼裡噙著的眼淚「唰」地就落了下來。

「都這麼久了，你還在怪我。」她哽咽，「五年前也好，五年後也罷，你為什麼就不肯信我一回？」

李景允沒有回答，外室裡只有低泣和嗚咽聲，聽著格外沉重。

花月在內室裡和溫故知大眼瞪小眼。

她瞪眼，是因為來將軍府也不過三年，壓根不知道五年前這兩位有什麼糾葛，聽著似乎有不少故事。而溫故知瞪眼，是因為……

「妳怎麼恢復得這麼快？」他咋舌，小聲道，「我還以為至少要十天才能恢復元氣。」

花月想了想，朝他拱手：「多謝御醫妙手回春。」

「哎，這可謝不著我，我就是一寫藥方的。」他上下打量她一圈，摸著下巴促狹地道，「當真挺水靈，怪不得咱們三爺另眼相待，在意得很。」

花月黑了半張臉：「在意？」

「哎呀，一看妳就是不知道發生了什麼。」溫故知朝她勾了勾手指，讓她湊近些，然後輕聲道，「咱們三爺老鐵樹開了相思花，把妳放在心坎上疼呢，他說妳要有個三長兩短，他也不活了！」

花月：「……」

她當時雖然腦子一片混沌，但不用腦子想也知道，這種鬼話李景允是無論如何也不會說的。

看了看眼前這個長得甚是斯文的御醫，花月在心裡給他打上了一個不可靠的大叉。

「哎，妳這眼神可就傷了我的心了。」溫故知扁嘴，「我這人可從來不說假話，不信妳瞧好了。」

坐直身子，他清了清嗓子，大聲道：「姑娘，要換藥得將這衣裳褪了，病不忌醫，還請姑娘放開些。」

說完，他伸出了手指，無聲地數：三、二……

一沒數到，隔斷處的簾子就被掀開了，李景允面無表情地跨進來，看看她又看看溫故知。

「你帶來的麻煩，你負責收拾。」他伸手按住他的肩，「實在收拾不了，就跟她一起滾。」

溫故知樂了，一邊樂一邊朝花月擠眼：看見沒？

花月怔愣，一時有點沒反應過來，李景允動作卻很快，藥膏留下了，人往隔斷外一推。

外頭的哭聲也戛然而止。

清淨了。

拍了拍衣袍上的灰，李景允轉身，正好對上殷花月複雜的眼神。

「怎麼？看熱鬧還給妳看傻了？」他在床邊坐下，伸出食指抵了抵她的眉心，「魂兮，歸來。」

花月側頭躲開他的手，莫名有點不自在，低著頭含糊地道：「奴婢自己能換藥。」

「那妳可厲害了，手能碰到自個兒背心。」李景允白她一眼，伸手解了她的腰帶，「有這本事妳當什麼奴婢啊，直接去街上賣藝，保管賞錢多多。」

肩頭一涼，花月驚得伸手按住半褪的衣料，李景允斜她一眼：「看都看過了，早做什麼去了，鬆手。」

花月抿唇，抓著衣料的指節用力得發白，不像是害羞，倒像是真的抵觸他。

李景允怔了怔，盯著她看了一會兒，突然有點煩：「妳一個奴才，背著這身疤，還想嫁什麼高門大戶不成？」

「……沒有。」

「沒有妳介意什麼?」

「……」花月不吭聲了，只默默把衣裳拉過肩頭，倔強地捏著襟口。

這一副生怕他占了她便宜似的表情，看得人無名火起，李景允扔開藥膏冷了語氣:「真當爺願意伺候妳?愛換不換吧，傷口爛了疼的也不是別人。」

說罷起身，甩了簾子就出去了。

「景允哥哥?」外頭傳來韓霜的聲音，溫故知似乎也有些意外:「這是怎麼了?」

李景允沒開口，接著一陣步履匆匆，幾個人前後都出了門。

屋子裡安靜了下來，花月盯著地上的藥膏生了會兒悶氣，蒼白的臉上半點神采也無，像被雨水打溼了的旺福，懨懨嗒嗒的。

指尖伸了又縮回來，她猶豫半晌，低咒一聲，還是撐著床弦伸長手，輕柔地將藥膏撿了回來。

第17章　當奴才的，別撒謊

之後幾日，李景允都沒再踏進主屋，每日的膳食都是八斗替她拿來。

「殷掌事得罪公子了？」八斗實在不解，「先前還好好的。」

嘴裡很淡，也沒什麼胃口，但花月硬是將他拿來的飯菜都吃了個乾淨，收拾好碗筷，工整地放回八斗手裡。

「沒什麼大事。」她笑。

奴婢惹惱了主子，主子收回他的幾分憐憫，再正常不過，李景允本就不是什麼有耐心的人，真要說什麼在意她，不如說是一時興起。

他不會當真，她也不會往心裡去。

「可公子一直不在府裡。」八斗為難，「萬一將軍那邊問起來，奴才該怎麼說？」

「實話實說便是。」花月抬眼看他，「做奴才的，能少撒謊就少撒謊，不然哪天突然惹上麻煩，主子也保不得你。」

八斗虛心受教，將碗筷送回廚房。

花月看向窗外，風吹樹響，光影搖曳，有那麼一瞬間，她覺得自己看見了一片衣角。

可定睛再看，外頭只有與衣同色的青樹。

搖搖頭，她將被子拉過了頭頂。

京華的雨還沒停，細細綿綿下了三日了，雨水落在窗臺上滴答作響，擾亂了箜篌的拍子。

一柄玉扇從窗口伸出去接，雨水落在雕花上一濺，染上了繡著暗花的前襟。

李景允也不在意，只倚著花窗笑：「可惜了沒個豔陽天，不然您倒是能看看這棲鳳樓獨一份的花釵彩扇舞。」

屋子裡有些暗，主位上坐著的人看不清表情：「你不隨李將軍訓兵衛國，倒在這些地方混日子，也不怕他生氣。」

李景允轉身：「我散漫慣了，哪裡吃得練兵場裡的苦？家裡還有二哥為國盡忠，我躲在他後頭，總也有兩分清閒可偷。」

「哦？」周和朔起身往前走了兩步，深邃犀利的眼露出來，定定地看著他，「本宮倒是聽聞你最近與韓家有喜事，還打算求親。」

一聽這話，李景允眉心微皺，眼角也往下耷：「可別提這事了，正煩著呢。」

「怎麼，不如意？」

「這哪能如意？」沒好氣地往旁邊一坐，他直搖頭，「我跟韓霜沒法過日子，奈何我爹娘硬是要定這門親事，先前還讓我陪她去逛廟會，還要送什麼玉佩。」

周和朔眼皮微動，輕聲問：「你送了？」

「沒，那天我沒見著韓霜，玉佩也不見了。」

周和朔沉默，目光落在面前這人身上，三分猜忌，七分困惑。

東宮遇刺，發現的玉佩是寶來閣的，一問去向，他氣了半宿，以為李景允要衝冠一怒為紅顏，與他作對。

可眼下一看，似乎又不是那麼回事。

「四月初二那日。」周和朔開口，頓了頓，又緩和了語氣，「那日夜裡月亮又大又圓，本宮在宮裡瞧著，倒是惦記起你來，不知你又去何處風流了。」

「四月初二？」李景允茫然地掐了掐手指，「那時候我還在被我爹禁足呢，能去哪兒風流？」往椅背上一靠，他沒好氣地嘀咕：「美酒沒有，美人也沒有，就府裡那條狗還算活泛，我陪牠逗了會兒就去睡了。」

似笑非笑，周和朔端起茶抿了一口。

「殿下。」門外傳來侍衛的聲音，「三公子的朋友來了。」

周和朔點頭，放了茶杯起身道：「既是你們友人相聚，本宮就不打擾了，以免他們拘束，下頭還有九弦鳳琴，本宮且去聽聽。」

「殿下慢走。」李景允起身行禮。

等人走遠了，他才褪了笑意，頗為疲憊地揉了揉眉心。

徐長逸和柳成和進門來，看見他完好無損地坐著，不由地鬆了口氣。

「那位爺走了？」

「嗯。」李景允抬眼，「怎麼樣？」

門被關了個嚴實，徐長逸在他身邊坐下，輕聲道：「他已經讓人去過你府上，盤問了幾個奴才，沒人說漏嘴。」

李景允點頭，揉了揉僵硬的脖頸：「差點要了爺的命。」

「也沒那麼嚴重，你行蹤瞞得好，身邊也沒什麼知情人，就算把鴛鴦佩擺到跟前來，你不認就行。」

「想得美。」李景允哼笑，「真當吃皇家飯的都是什麼好騙之人？但凡有一絲破綻，今兒個咱們誰也別想把腦袋安回脖子上。」

徐長逸笑：「三爺無所不能，哪能在這小坎上摔著。」

兩人說了半晌，柳成和一直沒吭聲，李景允側頭看他，挑眉：「你想什麼呢？」

為難地皺眉，柳成和問：「三爺身邊那個丫鬟，是個什麼樣的人？」

提起這茬李景允就有點煩：「她那是人嗎？狗給骨頭還會汪汪叫搖尾巴，她倒是好，爺救她一命她也不領情，防爺跟防賊似的。」

想起那日她那躲避抵觸的模樣，他就覺得心頭火起，恨不得買上十根寶來閣的簪子，一根一根擱她面前折斷，好讓她知道什麼叫生氣。

柳成和臉色白了白：「那完了。」

「怎麼?」李景允敲了敲桌弦，「你有話能不能一次說完?」

「太子殿下派去將軍府上的人，不但打聽了消息，還帶走了一個人。」

柳成和看他一眼，撓頭補充：「您院子裡的。」

墨瞳微微一滯，李景允反應了好一會兒才意識到自己院子裡會被帶走的是誰。

玉骨扇收緊，他沉了臉色，半晌，才伸手蓋住了自己的眼。

「做奴才的，能少撒謊就少撒謊，不然哪天突然惹上麻煩，主子也保不得你。」

——這是她教八斗的話，他當時就在窗外聽著，氣了個半死。可氣歸氣，也沒立馬把她塞回掌事院。

現在倒是好，想塞回去也來不及了。

一甩袖口，李景允起身就往外走。

棲鳳樓是個大地方，三層高的飛簷掛著紅底金絲的燈籠，堂子裡鶯飛燕舞，嬌笑不斷，打著算盤的掌櫃戴著一溜串的金銀首飾與他擦肩而過，輕輕撞到了手。

李景允面無表情地繼續往前走，到了二樓，翻轉手掌，一把鑰匙安靜地躺著，恰好能打開面前的房門。

周和朔在他隔壁。

屋子裡站著十幾個守衛，氣氛緊繃，周和朔倒也沒著急，先將一盞茶細細品完，才慢悠悠地開了口：「問幾件事，問完就放妳回去。」

面前的小丫鬟許是嚇著了，匍匐在他面前，小小的身子抖得如風中枯葉。

周和朔看得笑了：「別害怕，我與妳主子是舊識了，斷不會害了妳。」

溫柔的語氣在這樣凝重的壓迫感下，會下意識地讓人想親近和信任，這是帝王的權術，拷問這種沒見過世面的奴才最是有用。

果然，小丫鬟安定了些，怯生生地抬起頭，飛快地掃了他一眼。

軟弱無助的眼神，像屋外清凌凌的雨。

周和朔一頓，語氣更柔和了些：「就三個問題，妳答了便是。」

花月垂眸，袖子裡的手捏得發白。她萬萬沒想到會以這種方式見著這個人，更沒想到的是，他如今看起來竟是慈眉善目。

很久以前的紅牆黃瓦上大火連綿，這張臉上布滿鮮血，猙獰又癲狂。可時光一晃，他的眉目溫和下來，笑著問她：「見過這個玉佩嗎？」

將白玉鴛鴦佩遞了過去，周和朔瞧著，就見這丫鬟抬眼盯著它打量，眼裡劃過一絲驚訝，接著又低下頭：「見……見過，是夫人挑給公子的。」

微微頷首，他又問：「那妳可還記得這東西什麼時候不見的？」

她身子顫起來，說話都帶了哭腔：「記得，這個玉佩奴婢記得最清楚。」

李景允聽得抹了把臉，就著牆上的小洞，將一把細小的弓弩對準了殷花月。

他就知道奴才是不能相信的，甭管什麼樣的奴才，都會為自己的命出賣主子。

東院不需要近侍，以前不需要，以後也不需要。

抿了抿唇，他扣著機關的手指微微用力。

「……那日與韓家小姐相約去上香，公子回來的時候，腰上就沒了東西。」小丫鬟肩膀瑟縮，尾音滿是惶恐，「公子以為是奴婢動的手腳，差點……差點將奴婢趕出東院。」

又看了玉佩兩眼，她委屈地小聲喃喃：「原來是在這裡。」

「……」扣緊機關的手僵了僵，又慢慢鬆開。

李景允怔愣地從小洞看過去，就看見殷花月怯弱拘謹地跪坐著，一雙眼蓄了淚，無助又可憐，哪裡還有半分在府上那鎮定自若的模樣。

女人的眼淚是最能迷惑人的東西，周和朔看得心軟了些，低下身來蹲在她面前，搖晃著白玉鴛鴦問：「那四月初二戌時到亥時，妳家公子可在府裡？」

認真地回憶片刻，花月輕輕點頭：「在的，他在西小門逗狗……還差點被狗給咬著了，當時很多人都看見了，奴婢也在。」

心裡的懷疑煙消雲散，周和朔抿唇，自責地揉了揉眉心。他看了面前這丫鬟一眼，突然在她跟前蹲下，手指一鬆，任玉佩落進了她的懷裡。

花月一喜，伸了雙手去接，手裡一涼的同時，垂著的眼角也是一暖。

不解的抬眼，她正好撞見周和朔那溫柔繾綣的目光。

「這點小事。」他捏著指側揩了她眼尾的淚花，溫和地笑道，「哪值得妳哭。」

穿著蟒袍的男人，在森立的鐵甲刀劍之中蹲在她面前，像哄什麼寶貝似的呢喃輕語。

這誰頂得住啊？一百個奴婢站成排，太子殿下這一箭就能穿透九十九顆芳心，甭管吃的是誰家的飯，此時此刻，都願意為太子殿下赴湯蹈火，在所不辭。

周和朔很自信，他這一招駕輕就熟，百試百靈，如此一來，這丫鬟就不會找李景允告狀，他今日這一遭懷疑揣測，也就不會傷及兩人交情。

果然，面前這小丫鬟雙頰泛紅，再不敢看他，害羞地將頭別去了一側。本是該起身告辭的，可她也沒動，就這麼賴在他面前，想與他多待些時候。

第18章　正確的養狗姿勢

「貴客。」門外突然響起了棲鳳樓掌櫃的聲音，「樓上的李公子給您送了酒來，是剛出窨的佳釀。」

周和朔回神，掃了一眼窗外的天色：「不必了，我這便要回去，且將樓上的帳一併結了吧。」

「是。」

護衛將她拎了起來，周和朔走到她面前，輕笑道：「妳要乖，別同旁人說妳見過我，不然……容易掉腦袋。」

花月惶恐地看他一眼，忙不迭地點頭。

周和朔放心地讓人送她回了將軍府。

小雨停了，日頭照在窗臺積水上，折著耀眼的光，花月趴回熟悉的床榻，腦子裡繃著的弦一鬆，整個人頓時昏沉。

一隻皂靴跨進門來，發出輕微的聲響，花月聽見了，費勁地抬起頭，迷迷糊糊看見床邊站了個人。

「不是挺不待見我的？」那人俯身打量她，語氣古怪，「怎的還幫我撒謊？」

花月聽出來了是誰，可腦子裡一團漿糊，壓根反應不過來，抱著枕頭呆愣了半晌，才嘟囔道：「沒有。」

「沒有什麼？」

「沒有幫你。」

先前那軟弱可憐的小模樣消失了個乾淨，殷掌事回到了她的地盤，又抿起了她的嘴角，眉眼冷淡，語氣毫無波瀾：「奴婢要保命。」

床邊這人「嘖」了一聲：「真要保命，賣了我不是更好？還會有大把的賞銀。要是被人拆穿，妳定死得骨頭渣子都不剩。」

「……」將腦袋往枕頭裡一埋，她不吭聲了，腦袋裡一陣又一陣的暈眩，像旋渦一樣扯著她往裡掉。

迷糊之中，花月聽見一聲嘆息，接著額頭上就是一涼。

「跟誰學的臭脾氣？」李景允在床邊坐下，將她撈過來放在自己膝蓋上，滿眼嫌棄，「掌事院還沒把妳這身刺頭給打平整？」

懷裡這人該是燒糊塗了，半睜了眼看他，眼裡一片霧氣，嘴角不服氣地抿起來，鼻腔裡極輕地哼了一聲。

倒還敢哼？李景允哭笑不得，擰了冷水帕子給她搭上，伸手戳了戳她潮紅的臉蛋：「跟外人尚且服得軟，在爺這兒倒是會尥蹶子。叫妳不換藥，現在難受了吧？活該。」

溼潤的眼眸睨著他，花月半夢半醒，恍惚地道：「我不信你。」

「什麼？」李景允不解，低頭湊近她。

「我不信你。」

「不信我什麼？」

「就不信你……」含含糊糊地呢喃，她擰眉，連呼出來的氣都灼熱得驚人。

燒得說胡話了，李景允搖頭，想了想也懶得與她計較，先吩咐八斗去熬藥。

懷裡像揣了個烤熟的番薯一般，李景允左右看看，想拿個枕頭來給她墊上，結果枕頭一動，下頭露出個東西來。

眼熟的一方黃紙，裡頭裹著的東西已經發硬，他拿起來一看，好傢伙，就一帖破藥膏，不知為何被她疊得方方正正仔仔細細，還壓在枕頭下面。

這是他那天給她拿來的。

盯著看了好一會兒，李景允突然笑了，他將藥膏和枕頭都放回去，然後拿了新的藥膏來。

衣衫褪下，背後有些未癒合的傷口泛著一圈兒紅，花月難受地哼哼了兩聲，想掙扎，李景允眼疾手快地按住她，惱道：「這背還要不要了？」

「要……」懷裡的人扁了扁嘴，尾音突然就帶上了哭腔。

李景允一頓，緩和了語氣：「爺也不是凶妳，可妳自個兒看看，這院子裡除了爺還有哪個人能幫妳？」

「旺福……」

「那是人？」

嘴角往下撇，花月伸手抓住他的衣擺，委屈地哽咽了一聲。

「……行。」李景允抹了把臉，決定能屈能伸，「算牠是人。」

「……」

指腹沾著冰涼的藥膏抹在紅腫的傷口邊兒上，李景允自顧自地問：「妳怎麼想到要說玉佩是見韓霜那天丟的？」

「其實妳說實話也無妨，爺有法子圓回來。」

他想了想，撇嘴：「不過妳既然幫了忙，爺就會記妳的人情。」

懷裡的人安安靜靜，他掃她一眼，不甚自在地道：「妳要是有什麼要求，也可以提。」

「不過不能過分，不能要求我收回上次的要求。」

「……」

「怎麼？這也不滿意？」見她還是沒反應，他停下手，不滿地將她下巴勾起來，「當奴才的，最要不得的就是得寸進……」

最後一個字卡在喉嚨裡，生咽了回去。

李景允眼神微動。

面前這人雙眼緊閉，呼吸平穩，像一隻鬧騰的小狗崽子終於老實睡著了，濃密的睫毛一動不動，上彎的眼尾瞧著乖順又可愛。

鬆開她，李景允怔愣片刻，莫名地低聲失笑。

春日破了層雲，照得院子裡還帶著雨水的花草都粼粼泛光，兩隻麻雀停在樹枝上，捋了捋羽翅往窗裡看。

有人著一襲青玄擒鶴袍倚坐在床上，衣擺上的雲雷紋在床弦上鋪張，像練兵場上那烏壓壓的擂臺。

可這擂臺上沒有刀劍，倒是趴著個衣衫半褪的姑娘，烏髮如雲，傷痕累累。

麻雀看不懂，麻雀嘰嘰喳喳叫喚兩聲。

像是被鳥叫喚回了神思，李景允抿唇，擒鶴袍的衣袖攏起，將手輕輕放上了她的頭頂。

「幹得不錯，小旺福。」他輕聲道。

懷裡趴著的小旺福沉沉地睡著，沒有聽到他的誇讚。

三日之後，殷花月的傷勢終於大好，能下得床，也能開始做些尋常的雜事。可是，她接到的第一個任務，就有點棘手。

東院裡日頭正好，往石桌邊一坐，再擺上一壺好茶，便能優哉遊哉過個下午。李景允眯眼看著晴空，慵懶地打了個呵欠，眼裡墨色泛泛。

花月往他身邊挪了一步，雙手交疊，屏息凝神。

他沒回頭。

花月抿唇，又挪了一步，裙擺搖晃，繡鞋踩得青石板「嗒」地一聲響。

李景允還是恍若未察。

腮幫子鼓了鼓，花月深吸一口氣，打算直接開口——

「爺不去。」背對著她的這人突然出聲，都不用她問，徑直就給了答覆。

一口氣嗆在喉嚨裡，花月咳嗽不止，不敢置信地看著他。

李景允終於回頭，手裡的玉扇打了個旋兒，嘖嘖搖頭：「就妳這模樣，還敢說是將軍府最穩重的奴婢？」

「公子。」花月實在不明白，「奴婢還未說事，您怎就說不去？」

「京華放晴，東郊的獵場想必開了。」李景允懶洋洋地道，「每年都會讓我去『開山頭』，今年爺膩了，不想去。」

「可是，夫人說今年去的人很多，與您交好那幾位，還有宮裡的貴人都要去。」

哼笑一聲，李景允用扇骨抵了抵桌弦，眼尾往她的方向一掃，帶著兩分看穿的揶揄：「妳怎不直說韓霜要去？」

「……」花月閉嘴了，心虛地看向旁側。

他側過臉來看著她，感慨地道：「養不熟的狗啊，傷才好幾日，就急急地要賣主求榮，白瞎了爺這麼疼妳。」

耳根莫名有點發熱，花月退後兩步，皺眉：「公子，夫人是為您好。」

「是，妳嘴裡的夫人就沒半點不好的，全是爺不知好歹，不領人情。」李景允半闔了眼，有些慵懶。

這要在之前，花月定當他是少爺脾氣上來，反骨忤逆，直接綁了去就是。可，這幾日……她垂眸，委實有點不好意思下手。

思忖片刻，花月伸手替他斟茶：「聽說東郊的獵場很大，裡頭什麼東西都有。」

他換了隻手撐著臉側，拿後腦勺對著她：「沒什麼新鮮玩意兒。」

「那，公子騎術如何？」她笑問。

李景允嗤之以鼻：「妳以為爺為什麼膩了？那麼多人，沒一個能與爺爭高下的。」

花月驚訝：「公子竟如此厲害。」

「哼。」

想了想，花月低聲道：「不進去獵物也成，獵場旁邊還有一處溫泉，公子去賞景休憩也不錯的。」

「不去。」

「那，半山腰上的酒肆呢？聽說有極為好吃的野味。」

「不去。」李景允不耐煩了，「別說這些有的沒的，今兒說不去就不去，君子一言九鼎。」

軟了眉眼，花月吸了吸鼻尖：「奴婢沒去過獵場。」

「……」

李景允頓了頓，沒回頭。

她又笑，眼眸裡泛起光：「聽聞打獵也許能打到白色的鹿，還有什麼狐狸山雞，野豬豺狼，奴婢統統沒見過。」

她看著他的背影，語氣裡帶了些討好：「公子能不能帶奴婢去見識見識？」

背脊僵硬，李景允微惱：「妳沒見過的東西多了去，難道還非得……」

話沒說完，袖子就被人拉了拉。

身後這人離他很近，他能聽見她雙手合攏的聲響，溫熱的氣息從後頭傳來，連語調都溫軟得不像話：「求求了。」

聰明的小旺福學會了他教的求人辦法，並且運用得爐火純青。

李景允轉過頭來，沒好氣地翻了個白眼：「爺教妳這個是讓妳學會服軟，不是拿來當萬靈丹。」

花月賠笑，合著的爪子又朝他拜了拜。

李景允覺得，養狗是不能太縱容寵溺的，不然養出來的狗會得寸進尺，應該恩威並施，給一次甜頭之後，下一次就無論如何也不能答應她的要求。

想是想得透徹，但不知道為什麼，等他回過神來的時候，馬車已經行在了去東郊的路上。

第19章　舊人

是日，天朗氣清，惠風和暢，京華貴門悉數出行，寶蓋華車的長龍從城東一路逶迤到了羅華街，駿馬昂昂，奴僕如雲。

花月按照規矩跟在馬車之後，她身邊有其他府上的奴婢小廝，都與她一樣交疊著手，低頭前行。路邊看熱鬧的百姓七嘴八舌地起著鬨，四處沸騰喧嘩，沒人會注意到馬車後頭的奴婢在說什麼。

「那位在頭一輛馬車上。」旁邊的綠裙子丫鬟低聲道，「到半山腰的茶肆他們會歇腳，屆時妳尋個藉口出來便是。」

花月安靜地聽著，沒什麼反應。

綠裙子不安地扭頭看了她一眼，皺眉：「說好了的，妳可別出什麼岔子。」

琥珀色的眼眸微微動了動，花月側頭，突然問了她一句：「當年死在那上頭的大皇子，屍骨是就扔在那兒了嗎？」

此話一出，綠裙子臉色一白，也顧不得什麼儀態了，撲過來就捂住了她的嘴，眼睛睜得極大：「妳瘋了？」

不安地左右看了看，她壓低聲音：「這話如今哪兒還能說出口？」

花月拿開她的手，頓了頓，朝她淡淡一笑：「隨口一問罷了。」

「……」綠裙子更加惶恐了，她是聽吩咐做事的人，今日上頭只說有人會來幫忙，可沒說是這麼個怪人啊，看著就不可靠，當真能成事嗎？

心裡發虛，綠裙子慢了腳步，等到後頭上來兩個人，拉著她們又嘀咕了兩句。

「殷掌事。」前頭行進著的馬車裡突然傳來一聲召喚。

花月回神，立馬快步上前：「奴婢在。」

李景允掀開小窗的簾子，眼尾掃過來：「爺想吃京安堂的蜜餞。」

窗外馬上遞上來了一個油紙包。

「公子請用。」

李景允接過，叼了一個在嘴裡，含糊地道：「這玩意兒吃多了渴得很。」

花月會意，加快步子往前走，身影消失在了交錯的車馬中。

簾子落下，徐長逸直搖頭：「三爺這也太為難人了，人家只是個小姑娘。」

李景允斜他一眼：「爺院子裡的小姑娘，爺愛怎麼使喚怎麼使喚。」

「就是。」溫故知抬袖掩唇，「反正使喚壞了也是自個兒心疼。」

「嗯？」徐長逸來了精神，「怎麼回事？」

溫故知笑而不語，一雙眼滴溜溜地打轉。

李景允不耐煩地輕踹他一腳：「堂堂御醫，怎麼跟個碎嘴婦人似的。」

「三爺，這可不是我碎嘴，有眼睛的誰看不見那？」溫故知倚著車壁笑，「你待這小姑娘不尋常得很，五年前的韓霜都沒她這麼受寵。」

「韓霜？」眼裡泛上兩分譏誚，李景允扯了扯嘴角，「爺什麼時候把她看在眼裡過？」

車裡幾人面面相覷，知道是說錯了話，忙轉了話頭：「總之，這小姑娘咱們可得好生看看，若是個老實聽話的還好，若不是，也早些提防，免得咱們三爺吃虧。」

又含了一個蜜餞，李景允抿唇：「她沒有問題。」

「嗯？」徐長逸很意外，「這才多久啊，您就這麼肯定了？」

「爺的人，爺自然清楚。」李景允掀開車簾，看見那抹熟悉的影子提著一壺茶碎步回來，眼裡墨色微泛，「再說了，只是個丫鬟而已，沒別的。」

溫故知咋舌：「這還叫沒別的？」

「是你小題大做。」他一本正經地抬眼，「主僕之間朝夕相對，難免比旁人親近，我眼裡又是不能揉沙子的，倒給了你機會起鬨。」

溫故知眉梢高挑，摸著下巴琢磨了好一會兒，覺得有哪裡不對，可是又找不到話來反駁。

馬車行至山腰，前頭就是有名的野味居，佇列後頭的車繼續上山，而前頭的這幾輛，便停下來歇息。

李景允下車的時候，殷花月正盯著遠處的人群走神，他站在她身邊跟著看了片刻，沒好氣地問：「有熟人？」

肩膀一顫，花月飛快地收回目光，低頭答：「沒有。」

「那還不跟爺進去？」

「是。」

花月跟著他走了兩步，又停下來，小聲道：「公子，奴婢可否暫離片刻？」

一路行進，奴僕也有三急，李景允沒多問，擺手道：「別走錯了地方。」

她低頭屈膝，轉身急匆匆地往林子裡走。

正是用膳時分，林子裡沒什麼人，綠裙子遠遠就看見了她，黑著臉朝她走過來：「怎麼這麼慢？」

花月抿唇，剛開口想解釋，她便打斷道：「也無妨了，我思來想去，妳這口無遮攔的極易得罪人，今日那位大人可不是什麼普通人，一步踏錯，咱們都沒活路。與其指望妳，不如我自己去。」

微微挑眉，花月道：「他們應該同妳說過，我與他是舊識。」

綠裙子上下打量她一眼，撇了撇嘴：「咱們這些通氣的，誰與誰不是舊識？今日本也該我去，妳憑空冒出來，若是壞了事，還得我擔著。」

花月搖頭，還待再說，就看見了這丫鬟頭上新添的兩個花鈿。她眨眼，仔細一打量，發現這人的妝容也比先前更精緻了些。

微微一思忖，花月了然笑道：「他對女色沒什麼興趣。」

藏著的小心思貿然被人揭露，綠裙子臉上漲紅，跺腳道：「妳瞎說些什麼，我可沒那樣的想法。」

說罷，將她往外一推：「妳快些走，別留在這兒了。」

被她推得踉蹌兩步，花月站穩，頗為感慨地想，都這麼多年了，怎麼還有人惦記沈知落呢？分明已經是汙名滿身，受萬人唾罵了，可被小姑娘一提起來，還是會雙頰羞紅。

妖顏惑眾啊……

嘆息著轉身，花月腦海裡想起了那人的身影。

沈知落最常穿的似乎就是繡滿星辰的紫黑長袍，半攏在臂彎裡，露出裡頭以符咒為襟的中衣，黑色的髮帶上繡著她看不懂的紋路，偶爾被風一吹，會擋住他那雙惑人的眼。

那是一雙怎麼樣的眼睛呢，花月想了想，下意識地用手比劃了一個弧度。

結果手指劃過的地方，有人朝她走了過來。

花月一怔，抬眼一看，瞳孔猛地一縮。

那人也在盯著她看，眼裡同樣滿是震驚，身形一頓，然後快步走近，眼眸的弧度便與她手指比的分毫不差地合上。

「妳……」他睫毛顫了顫，像是覺得自己眼花，閉眼再睜，微紫的眼瞳一動也不動地定在她臉上，「當真活著？」

話出口，自己都不信，伸手輕輕碰了碰她的臉側。

有溫度，不是他的幻覺。

指尖顫抖起來，沈知落深吸了一口氣。

面前這人迷茫了片刻，像是終於回過了神，他屏息看著她，想知道她會說些什麼，會不會反省自己這麼多年音信全無，亦或者好奇他的遭遇。

然而，這人沉默半晌，竟是屈膝朝他行了個禮：「沈大人，好久不見。」

「……」一口氣沒緩上來，沈知落只覺得喉嚨腥甜，差點嘔出血。

後頭的綠裙子急匆匆追過來，看見他這難看的臉色，以為花月當真闖禍了，連忙將兩人隔開道：「大人，奴婢才是奉命來接見大人的人，這丫鬟大人不必理會。」

沈知落閉眼，喘了口氣。

「大人您沒事吧？」綠裙子把花月往後推，然後上前扶住他，「奴婢先扶您去那邊休息？」

「不必。」沈知落拂袖，「妳先退下吧。」

綠裙子一怔，遲疑地道：「可是奴婢是奉常大人吩咐……」

「退下。」

綠裙子茫然地看他一眼，又看看後頭不吭聲的花月，咬咬唇，不甘地退遠。

林子裡起風了，樹葉沙沙作響，風卷過這人黑色的髮帶，上頭銀線繡的紋路像是活了一般，躍然於他眉眼之上。

花月安靜地看了片刻，突然問他：「你一直這樣穿著，不會做噩夢嗎？」

身子僵了僵，沈知落抬起衣袖，又慢慢將袖口捏緊。他沉默了半晌，再開口，聲音就有些低啞：「妳好歹先問罪，再來定我的罪。」

花月輕笑，走近他兩步，一雙眼清澈地望進他的紫瞳裡：「那我便問了，沈大人，您當年穿這一身袍子在這野味居裡投敵賣國、親手弑主，如今隨著新主富貴，卻還是這一身打扮，看著鏡子裡的自己，不會做噩夢嗎？」

沈知落一眨不眨地看著她，喉結上下動了動。

「不會。」他答。

笑意一點點褪去，花月的眼神逐漸冰冷，她伸手撫了撫他衣襟上的符咒，手指突然一收，掐住了他的脖子。

喉間一窒，沈知落頓了頓，不但沒掙扎，反而是笑了。俊美得過分的一張臉驟然笑開，擊玉碎珠，風華動人。

「我還以為妳變了，怎麼那麼溫順乖巧。」他邊笑邊抹眼角，欣慰地道，「原來還是這樣。」

花月笑不出來，她心裡窩著火，恨不得拿刀架在這人脖子上。可惜的是她沒有刀，只能硬掐，面前這人太高，她哪怕是雙手掐著人家的脖子，看起來也沒什麼氣勢。

尤其是從背後看過去，頗像情人私會投懷送抱。

李景允等得不耐煩出來尋人的時候，看見的就是這麼一幅場景。

幽靜隱秘的樹林裡微風習習、花香四溢，他養的狗撲在別人懷裡，水色的羅裙像一朵初綻的花，親昵地覆在人家黑紫色的衣袍上。

第20章　我沒生氣，沒有

樹影搖曳，鳥飛葉落，李景允安靜地看著，臉上半分表情也沒有。

他試圖說服自己人有相似狗有相同，今日未必只有殷花月一人穿水色羅裙。可是，目光往上一掃，他看見了那條淺青色的腰帶。

軟柳葉子似的綢帶，他解了許多回，再熟悉不過了。

盯了一會兒，李景允冷笑出聲。

防他跟防賊似的，眼下對別人倒是熱情萬分，瞧那腳尖踮得，怎麼不踩個凳子呢？還有那手，本來就短，摟哪兒不好要去摟人家脖子，不是矮子摸象麼？

喲，男的還笑起來了，真是情真意切滿心歡喜，這二位哪該在樹林裡啊，就該抬去那戲臺上，活脫脫就是一齣《西廂記》。

李景允情不自禁地給他們鼓了鼓掌。

啪啪啪。

寂靜的林子裡，這聲音如同響雷，花月霎時回頭，瞇眼打量。等看清來人是誰，她神色一變，立馬收回手往旁邊退了兩步。

這反應太過惶恐，沈知落覺得奇怪，收斂了笑意，跟著她抬眼。

一身花青折松錦絲袍，頭戴祥雲銜月紫金冠，李景允懶散地倚在老樹旁，眼角眉梢盡是譏誚。

「挺好的興致啊。」他道。

身旁的人不知為何抖了抖，沈知落皺眉，下意識地將她護到身後，抬眼道：「三公子怎麼在這裡。」

「這話不是該我問沈大人？」瞥一眼他這動作，李景允眼神更涼，「您身後這個，似乎是我的丫鬟。」

語氣裡像是帶了倒鉤刺，聽得人渾身刺撓，花月皺了臉，腦海裡將所有藉口飛快地過了一遍，努力找尋能糊弄住這位爺的。

然而，不等她想明白，沈知落就直接開口了：「既然是三公子的丫鬟，那便好說。在下與她是舊識，經年不見，可否向三公子借些時辰敘舊？」

李景允慢慢悠悠地走過來，站在他跟前，視線與他齊平，然後大方地朝他笑了笑：「一個丫鬟而已，沈大人都開口了，那我必定……」

笑容瞬間消失，他伸手拽出他身後的人，冷漠地道：「不借。」

花月腳下一個踉蹌，被他拉著往林外走，她「哎」了一聲，剛想說話，另一隻手也突然一緊。

沈知落沉默地抓住了她，寬大的袖口被風吹得微微翻起，露出一截蒼白的手腕。

花月很是意外地回頭，無聲地朝他挑眉。

做什麼？

沈知落回視她，淺紫的眸子裡蒙著一層霧，茫然又固執。花月覺得好笑，掙了掙手，輕輕搖頭。

兩處一拉扯，《西廂記》登時換了《鵲橋會》，而他在這兒一站，就是那個棒打鴛鴦的王母。

李景允看著殷花月秀眉輕挑，眼波橫陳，這個素來朝他掛著假笑的人，對別的男人可是生動得很，再不見那討人厭的清冷模樣。

眼裡墨色翻湧，手指也收得更緊，李景允皮笑肉不笑地看向沈知落，問：「怎麼，借人不成，還想強搶？」

指尖僵了僵，沈知落微惱地垂眸。人還活著就是好事，只要還活著，以後有的是機會，何必急在這一時。

手垂落下來，被紫棠色的袖口掩蓋了去，他別開頭，淡聲道：「冒犯了。」

李景允冷笑，拉著人就走，他步子很大，走得又快，沒一會兒就將沈知落甩得看不見影子了。

花月一路跟著，活像個被扯著線的風箏。

「公子。」踉蹌之中，她試圖解釋，「那位沈大人以前……」

「他以前是宮裡的人，妳也是，妳們認識再尋常不過。」李景允頭也不回地打斷她，「爺知道。」

花月賠笑：「那……奴婢這算犯錯了嗎？」

光天化日之下一個奴婢不待在主子身邊好生伺候反而跟一個與她八竿子打不到一處去的野男人在樹林裡私會摟摟抱抱卿卿我我有傷風化不知廉恥還要問他算不算犯錯？

李景允深吸了一口氣，笑了：「不算。」

抬頭打量他一眼，花月有些遲疑：「可您看起來很生氣。」

「有嗎？」他鬆開了她的手，繼續往前走，「爺從不為這些雞毛蒜皮的事生氣。」

瞧著背影挺瀟灑的，花月揉了揉自個兒發紅的手腕，覺得應該是自己多想了，他當真生氣都是直接黑臉吼人的，哪能還對她笑啊。

「三爺。」野味居裡已經開了宴，徐長逸和柳成和坐在一席之上，看見他就招了招手，「快來這邊。」

李景允垂著眼過去坐下，剛坐好，柳成和就聒噪開了：「三爺聽說了沒？沈知落也來了，他往年都不來這地方的，今年竟也要上山開獵。」

「他又不是武將出身，獵個什麼？不過是來湊熱鬧罷了。」徐長逸左右看了看，小聲道，「我倒是覺得，他應該有別的目的。」

「他如今要風得風，來這破地方能有什麼目的？」

「你別忘了，前朝大皇子可是葬身於此的，誰知道有沒有什麼機關寶貝落在這兒。」

花月站在後頭聽著，指節捏得泛白，她不敢抬眼，滿眸的慌亂被眼睫一蓋，就還是那個穩重冷靜的殷掌事。

只是，身子還是控制不住地輕輕發顫。

「聽說他開了天眼，盡知命數，待會兒要不要讓他給看看相？」

「你當人家大司命是街上算命先生不成？沈知落那性子，除了殿下與誰也不肯親近，還算命呢，不被他咒就不錯了。」

嘰嘰喳喳，議論不休。

李景允抿了一口茶，心平氣和地舒了口氣，然後捏了茶盞，重重地砸在了茶托之上。

「咔啦」一聲銳響，杯壁碎裂，茶水四濺。

正說得熱鬧的兩個人立馬噤了聲，惶然地扭頭。

李景允淡聲問：「說完了嗎？」

「說……說完了。」

「那便用膳吧，之後還要上山。」

「……好。」

溫故知不在，沒有心細的人幫襯，徐長逸和柳成和完全不明白自己觸了什麼麟。這麼生氣的三爺許久沒見過了，兩人皆是頭皮發麻，半個字也不敢再說。

身邊安靜了，李景允想收回手，可剛收到一半，身後的人就突然上前抓住了他的手臂。

「公子。」花月皺眉，「流血了。」

虎口被碎瓷片劃了個口子，鮮紅的血珠爭先恐後地往外冒。她俐落地拿出手絹和隨身帶著的金創藥，想給他止血，可還沒碰著他的傷口，這人反手就是一甩。

「沒那麼嬌氣。」他冷聲道，「當奴才的，別總替主子做主。」

微微一怔，花月退後兩步，低頭認真反省自己是不是僭越了。可還不等她反省出個什麼來，李景允就又道：「上山打獵的東西還沒準備齊全，待會兒用完膳，妳隨我去找些東西。」

花月看了看旁邊，他今日要用的弓箭護具一早就打包好了，還有什麼沒齊全？不過這位爺既然開口了，她也沒敢反駁，低頭應是。

「茶有些熱，妳拿去搧涼些。」

「是。」

「太涼了怎麼入口？去熱一熱。」

「是。」

「還是太熱了。」他皺眉。

花月溫軟地笑著，將茶壺又收回去，輕聲問：「公子心情不好？」

「沒有。」李景允笑了笑，「爺就是喝不慣外頭的茶。」

愚笨如徐長逸，這回也終於察覺到了不對，他看看三爺又看看這小丫鬟，伸手拽了拽柳成和的衣袖，壓低嗓門問：「怎麼回事？」

柳成和看得抹了把臉，硬著頭皮去問：「三爺，您這丫鬟，背上背得重物了？」

李景允側頭看過來，眼尾一片涼意：「奴才出來都是幹活的，要是什麼都做不得，還跟著爺幹什麼？回將軍府供著不好？」

柳成和閉嘴了，乖乖地啃著碗裡的熊掌。

野宴休罷，各家奴僕都歡喜地去進食了，花月站在李景允身後，絲毫不敢懈怠。

雖然這位爺說自個兒沒生氣，但她總覺得哪裡不對，還是稍微殷勤些來得好，說不定他就消氣了呢？

這麼一想，花月扛著包袱的背都更挺直了些。

可是，李景允還是沒有要搭理她的意思，說是帶她一起去找東西，一離開野味居就走得飛快，她背著重物，使出吃奶的勁兒才能跟上他。

「公……公子。」

李景允不耐煩地回頭：「妳走這麼慢，爺什麼時候才能找到想要的東西？」

花月喘了兩口氣，問他：「您想找什麼？」

李景允一頓，別開眼：「反正就在這林子裡。」

花月應了一聲，將背上的包袱顛了顛，微微齜牙。

這個重量落在她那剛癒合不久的傷口上，應該不是什麼好受的事，但凡殷花月像對沈知落那樣，朝他撒撒嬌，他興許就狠不下這個心。

然而走了一路，這人絲毫沒服軟，甚至一臉小心翼翼的模樣，將那一包器具護得好好的。

李景允覺得更煩了。

沒頭蒼蠅似的在林子裡轉了兩圈，花月忍不住問：「公子究竟想找什麼，不妨說出來，奴婢幫著看看？」

停下步子，李景允背對著她道：「妳要是不想找了，就先回去，爺一個人也無妨。」

他說的這是氣話，雖然自個兒也不知道在氣什麼，但心裡一團火消不下去，逮著什麼就說什麼。

可是，身後這人聽了，竟當真放下了包袱往回走。

繡鞋踩在枝葉上，傳來咯吱的動靜，那動靜由近及遠，沒一會兒就消失不見了。

第21章　他不如你好

李景允愣在了原地。

他知道殷花月渾身是刺骨頭也硬，但他沒想到她真的會扔下他自己走了，好歹也算他的近侍，哪有就這樣把主子扔在樹林裡的？

不敢置信地回頭看過去，樹木叢立，枝葉無聲，已經看不見她的影子了。

心裡的火燒得更旺，李景允抬步就往回走，打算把這不懂規矩怠慢主子的奴婢抓回來好生打一頓。

可是，往年他來獵場，都是徑直上山去的，鮮少在野味居附近逗留。方才情緒上頭一陣亂繞，壓根沒記下來時的路，眼下往回走，沒走幾步，他就僵住了。

樹幹長得都一樣，四處的花草也沒什麼特別，該往哪邊走？

瞇眼看了看，他隨便挑了個方向，打算先走出這片林子再看。

結果一走就是半個時辰。

風吹葉響，鳥獸遠鳴，李景允看著越來越陌生的樹林，臉色逐漸凝重。

這本就不是什麼太平地方，暗處潛伏著的野狼野豹已經算棘手，若被些心懷不軌之人抓了單，那可就麻煩了。

正想著，背後的突然傳來一聲響動。

神色一緊，李景允反應極快地甩出袖中軟劍，劍身凌厲如銀蛇遊尾，「唰啦」一聲躥出三尺，橫空將飄落的樹葉一切為二，翻捲的衣袖帶起捲著沙土的風，極為凶猛地朝動靜處一指——

花月背著碩大的包袱，愕然地看著他，鬢邊碎髮被這撲面而來的殺氣吹得飄飛，琥珀色的瞳孔緊縮得如同針尖。

「……」

眼裡鋒銳懾人的神色一頓，接著如墨潮般褪去。李景允閉眼再睜，滿是惱怒地衝她吼：「妳是山貓還是野耗子，滿地竄不吭聲？」

花月怔愣地站著，還有點沒回過神，她僵硬地將懷裡抱著的一大把東西放在他跟前，又掏出袖口裡的油紙包遞給他。

李景允滿眼疑惑地接住，就見她又掏出了一個油紙包、一張膏藥以及一個竹筒。

搬家呢？他萬分嫌棄地看著她，餘怒未消地打開手裡的油紙包。

一包京安堂蜜餞。

墨色的瞳孔滯了滯，洶湧澎湃的怒意終於消退了兩分，李景允沒好氣地道：「拿這個幹什麼？」

「公子心情不好之時常愛吃這東西，奴婢去拿膏藥的時候順手就捎帶來了。」她將另一個油紙包也打開遞過來，「公子晌午也沒吃多少，這個肉乾能墊著些。」

伸手接過來，他惱道：「爺是來這林子裡吃東西來了？」

花月拍了拍腦門，連忙將那一大捆氣根搬過來：「公子是不是在尋這個？」

梁朝人常以榕樹氣根織網獵物，她割來了好大一捆。

「您先吃會兒東西，茶也在這竹筒裡，奴婢會做獵網，待會兒您就能帶上山去。」她有條不紊地將事情都安排好，然後拿出了藥膏，「勞煩公子伸手。」

李景允下意識地將拿著劍的右手背去身後，手腕一翻，軟劍沒入袖口。

花月以為他是鬧彆扭，嘆一口氣將他的手拉出來，仔細打量虎口上的傷。沒什麼碎瓷，但也沒結好痂，微微一張就能看見血肉。

「這藥膏是溫御醫給的，您儘管放心。」指腹撫著藥膏貼在他傷口上，花月拿了白布給他繞了兩圈，打了個蝴蝶結。

「真難看。」他嘟囔。

花月溫柔地笑了笑：「管用就成。」

火氣消了大半，李景允叼了一枚蜜餞，含含糊糊地道：「妳為什麼還背著這個包袱。」

往自個兒肩上看了一眼，花月無奈：「不是您讓背的麼？」

他用看傻子的眼神睨著她：「不嫌重？」

「嫌。」花月老實地點頭，「可要是不背，您不高興。」

輕哼一聲，李景允走過去，伸手將那包袱往下取。花月見狀，欣喜地問：「奴婢可以不用背了？」

「爺只是看看裡頭東西壞沒壞。」秉著鴨子死了嘴也要硬的原則，他板著臉道，「妳不背，難道爺替妳背回去不成？」

說是這麼說，可回去的路上，這包袱就一直拎在了他手裡。花月一邊走一邊打量，好奇地問：「您還沒看完？」

李景允白她一眼：「學不會討人歡心，還學不會偷懶了？」

眼眸微動，花月思忖片刻，恍然大悟：「您這是消氣了？」

懶得回答，李景允加快了步子將她甩開，然而這回身後這人長腦子了，邁著小碎步飛快地追上來，笑道：「奴婢就說，以公子的寬闊胸襟，如何會與下人一般見識。」

「妳算哪門子的下人？」他嘲弄，「會給主子臉色看，敢跟主子對著幹，還能背著主子跟人私會，任意妄為、目中無人，換身衣裳往那鑾轎裡一坐，長公主都得給妳讓位。」

腳步一頓，花月臉上的笑意僵了僵。

察覺到不對，李景允也停了步子，餘光瞥她一眼，皺眉：「還說不得妳了？」

「……沒有。」輕吸一口氣，花月將些微的失態收斂乾淨，跟上去輕聲道，「奴婢沒跟人私會，只是……恰好碰見了。」

「倒也是，看他護著妳那模樣，交情應該也不淺。」他面無表情地平視前方，「有他那樣的靠山，怎麼還來將軍府吃苦了？」

靠山？花月搖頭。

沈知落在想什麼沒人知道，前朝的大皇子于他恩重如山他尚且能手刃，她這個搭著大皇子乘涼的人又算什麼？真靠過去，怎麼死的都不知道。

回過神來，她彎了彎眉眼：「沈大人不如公子待人好。」

「……」

心口堵著的東西不知為何突然一鬆，李景允輕咳一聲，神色稍霽。

「沈大人是京華出了名的容色過人，又窺得天機，受太子寵愛，他那樣的人，待人還能不好？」

「不好。」花月認真地搖頭，「公子雖也叛逆，但嘴硬心軟，良善慈悲。沈大人以前在宮裡就冷血無情，陰鷙詭詐。」

後頭這幾個都不是什麼好詞，可李景允怎麼聽怎麼舒坦，眉目展開，墨眸裡也泛起了笑：「哦？人家護著妳，妳還說人不好？」

「他護著我，不過是因為以前有些淵源。」花月斟酌著字句，「也算不得什麼情分。」

甚至還有舊帳沒有清算。

面前這人聽著，表情有些古怪，嘴角想往上揚，又努力地往下撇，眼裡翻捲著東西，微微泛光。

花月挑眉打量他，還不等看個仔細，這人便飛快地別過了頭，粗聲粗氣地催她：「走快些。」

「……是。」

按照先前的安排，眾人是該在未時啟程，繼續往山上走的，可花月與李景允回到野味居的時候，發現人都還在。

「三爺先來樓上歇息吧。」溫故知看見他們就招了招手，「要晚些才能動身了。」

「怎麼？」李景允掃了四周一眼，「出事了？」

「哪兒啊。」溫故知直搖頭，「是大司命的意思，說酉時末上山於太子殿下有利。」

「那長公主的儀駕呢？」

「早往山上去了。」溫故知左右看了看，壓低嗓門，「她才不會做對太子有利的事。」

李景允莞爾，將東西放了便要上樓。

「兩位大人。」有個丫鬟過來行禮，「樓上要看茶，後廚人忙不過來，可否借奴僕一用？」

見他皺眉，那丫鬟立馬捧上東宮的腰牌，軟聲道：「實在是不得已，還請大人體諒。」

掃了腰牌一眼，李景允看向花月，後者點頭，順從地跟著那丫鬟往後院走。

綠色的裙擺在前頭搖晃，殷花月走了幾步，見身邊無人了，才開口道：「還要我幫忙？」

綠裙子轉過頭來，不忿地道：「萬事俱備，妳能幫上什麼忙？不過是看在常大人的份上，給妳這個。」

一枚黑藥丸遞了過來，花月挑眉，捏在手裡端詳片刻。

「別看了，是閉氣丸。沈大人已經幫咱們拖延了時辰，等動起手來妳就吞了這個，也免得被殃及。」

花月沉了臉，眼神倏地陰晦：「不是說只對那位一個人下手？」

「哪顧得上那麼多。」綠裙子被她嚇了一跳，皺眉嘟囔，「大人說了，成大事者不拘小節，咱們也沒料到今日有這麼多人伴駕。」

常歸與前朝大皇子乃生死摯友，從魏朝覆滅至今，一直忍辱苟活，就為伺機謀殺當朝太子。周和朔為人謹慎，行刺多回難以得手，此番好不容易有了機會，他自然不肯放過。

要是提前與她知會過，殷花月也就睜一隻眼閉一隻眼了，可眼下，她冷笑。

「去跟常大人回話，今日成不了事，讓他換個時機。」

綠裙子以為自己聽錯了，瞪眼看著她：「什麼？」

花月沒有重複，扭頭就走。綠裙子反應過來，快步追上抓住她的手腕：「妳想幹什麼！」

「讓妳去傳話，妳聽不明白？」花月側頭，眼裡哪還有半分溫軟，眉峰淩厲，眼瞳駭人，像一把包得厚實的匕首，突然露出了刀鋒。

綠裙子驚得鬆了手，呆呆地後退了兩步，可這一退，背後就抵著了個人。

「我能問問理由嗎？」

常歸按住綠裙子的肩，從她的頭頂看過去，笑著迎上花月的目光。

第22章　兒女情長

「常……常大人。」綠裙子轉身，惶恐地行禮。

常歸拍了拍她的肩，示意她去旁邊守著，一雙狹長的鳳眼掃向對面的人，似笑非笑：「說好的事，怎麼突然就要變卦？」

「說好的？」花月冷眼看他，抬手指了指前頭的樓閣，「你同我說過要殺盡這一百多人？」

常歸笑了，鼻尖裡輕輕「嗤」出來一聲，袖袍一拂，頭上青帶隨風微揚：「當年觀山之亂，死在這兒的魏朝人，也是一百有餘，妳不心疼寧懷，倒是心疼起凶手來了？」

花月一怔，腦海裡飛快閃過那個紅衣銀甲的影子，眼裡銳意頓消。

常歸打量著她，眼底有些恨意，又有些嘲弄：「捨不得李家那位公子爺？」

花月想也不想就搖頭：「沒有。」

「我聽人說，妳最近在他的院子裡伺候，似乎有些來往。」

「你多想了。」花月垂眼，「沒有的事。」

意味深長地轉頭去看遠山，常歸負手道：「那位公子確實有些本事，竟能把韓霜從周和朔的手裡給救出來，可憐周和朔被人耍得團團轉，竟也沒懷疑他。」

救的人……是韓霜？花月怔愣，收攏了袖口。

李景允看起來很不喜歡韓霜，言語抵觸，見面就避，關係僵硬至此，如何還願意冒著生命危險去救她？

想起樹林裡那人回眸時凌厲無雙的眼神，殷花月有些恍惚。

看似親近，實則她好像一點也不了解他。

「說了這麼多，在下也不過是想問問小主緣由。」常歸開口，打斷了她的思緒，「在下想知道，是什麼東西讓小主妳忘記故人拿命相護的恩情，轉而對仇人心慈手軟。不過現在看來，得出的結果也沒什麼新鮮。」

「兒女情長？」他冷笑，「果然是女人會想的東西。」

心裡一沉，花月知道不妙，身形霎時後退。常歸出手也快，五指如勾，直襲她左肩，花月側身躲過，翻手與他對掌，知道不敵，借著力道就猛地往前庭跑。

身後的疾風如影而至，吹得她後頸發涼。

「別跑了。」常歸的聲音如同暗夜鬼魅，帶著陰暗潮溼的氣息從後頭捲上來，「香已經點燃了，妳跑回他身邊也沒用。」

野味居的庭前有一口大鼎，此時已經燃上了三根手腕粗的高香，南風一吹，青紫色的煙捲向閣樓，從窗口蔓延進每一間廂房。偌大的野味居，突然一點人聲也難聞，四處安靜沉悶，像一座死樓。

花月心急如焚，掩了口鼻就往樓上躥，一邊躲身後的襲擊一邊想，李景允那麼聰明的人，說不定有警覺，只要他還醒著，那⋯⋯

還沒想完，她抬眼看見二樓茶廳裡的景象，瞳孔猛地一縮。

煙霧繚繞，紗簾半垂，李景允躺在茶榻上，雙眼緊閉，嘴唇發白，青紫的煙被他的鼻峰分割，曼倦地落在他的臉側。

常歸已經追到了她身後，花月來不及多想，踉蹌地撲進廳內，伸手去探了探他的鼻息。

毫無反應。

一口氣憋不住了，她僵硬地拿出綠裙子給的閉氣丸含進嘴裡，不甘心地看著他。

「不少人說他厲害，如今一看，也不過如此。」

前頭再無生路，常歸也就放慢了步伐，慢悠悠地跨進門道，「繡花枕頭，比不得寧懷半分英姿。」

花月回頭，啞聲道：「將軍府於我們有恩，你憑什麼連他也算在帳上。」

「恩？」常歸哈哈大笑，「梁朝覆滅的時候，沒有一個魏國人是無辜的，妳眼裡那點恩情，在我這裡什麼也不是。」

他的眼珠子晃下來，居高臨下地睨著她：「妳今日所言，已非我同道之人，沈大人開壇祭祀，還差個祭品。」

「借妳性命一用可好？」

本有兩分清秀的人，面容猙獰起來，卻與地府惡鬼無異。花月後退半步，知道他是真的動了殺心，不由地渾身發涼，下意識地抓住了榻上那人的手。

十指相扣，溫熱的掌心令她一怔。她想回頭看，但面前這人抽出了匕首，毫不留情地朝她刺了下來。

泛光的刀刃在她瞳孔裡放大，凶猛的力道令人牙齒根都泛寒，死亡將至之時，人連躲避的反應都做不出來。

千鈞一髮之際，一隻手從她耳側越過，帶著十足的戾氣，在常歸腕下狠狠一擊。

「啪」地一聲，匕首飛砸在地上，花月鬢邊碎髮被這股風吹起，又緩緩落下。

常歸吃痛地捂住手腕，眼眸突然睜大。

這人眼裡向來只有痴狂和不屑，這是頭一回，花月在裡頭看見了驚愕。他盯著她身後，像在看什麼怪物。

她茫然，還沒來得及回頭，就感覺頭頂一暖，肩頭也跟著一重。

李景允懨懨地靠在她身上，煩躁至極地睨著常歸：「爺睡得正好，吵個什麼？」

花月：「……」

常歸退後兩步，顯然是沒料到他能在滅骨煙裡醒過來。眼珠子一轉，扭頭就跑。

李景允沉了臉，起身就想追，可剛坐直身子，花月就拉住了他的袖口。

「妳的帳，爺等會再來算。」李景允垂眼，神色不耐，「這個時候還想攔著，那爺待會兒也保不住妳。」

花月沒鬆手，反而是蹲下了身子。

李景允無奈，心想自個兒再縱容她也是有限度的，這種大事之下，絕不可能任她胡……

衣襟突然一緊，身子跟著就往前傾，李景允沒個防備，驟然被拉得低下了頭，還不等他發怒，唇上突然就是一軟。

琥珀色的眸子在他眼前放大，漆黑濃密的睫毛也驟然拉近，他愕然，牙關一鬆，就有柔軟的舌尖闖進來，抵給他半顆東西。

若有若無的玉蘭香飄過鼻息，沒由來地將人心底勾出兩分躁意，李景允只愣了片刻便反客為主，摩挲著她的後頸，將她壓向自己。

唇齒廝磨，殷花月仰著頭，脖頸的弧度好看極了，白玉一樣的肌膚微微泛紅，耳垂上有細小的耳洞，沒戴東西，看起來柔軟又乾淨。

他下意識地伸手碰了碰。

耳後起了一層顫慄，花月突然回神，猛地推開他，急急喘了兩口氣：「公子！」

臉側臊得像要燒起來了，她用手背蹭著嘴角，挪著身子後退兩步。

李景允被她推得後仰，撐著茶榻定了定神，沒好氣地道：「妳湊上來的，吼爺做什麼。」

「我……」花月又惱又羞，舌尖抵著上顎，咬牙，「煙霧有毒，奴婢那是在分您一半藥。」

後知後覺地品出嘴裡的藥味，李景允面不改色地問：「妳為什麼有解藥？」

微微一噎，花月耷拉了眉眼，看起來有些心虛。

他起身，看了一眼早已無人的走廊，扭頭佯怒道：「區區一個丫鬟，妳真是好大的膽子。」

「奴婢可以解釋。」花月不安地道，「這不是奴婢的主意。」

「眼下沒這個空。」李景允擺手，「妳先隨我來。」

原先還寂靜無聲的野味居，突然響起了刀劍碰撞之聲，各個廂房裡都躥出了人來，與下頭與潮水一般湧來的黑衣人戰成一團。

花月跟著李景允到了主廂房，周和朔站在窗邊看著下頭，身後是沉默的沈知落。

「景允來了？」周和朔回頭，「可抓著人了？」

李景允進門就笑：「跟隻泥鰍一樣，看見了臉，但沒能抓住。」

花月站在他背後，指尖冰涼，不敢吭聲。

原以為是常歸下的天衣無縫的一手好棋，但可惜似乎是反被人算計了。她悄悄抬眼，看向那邊站著的人。

沈知落安靜地把玩著手裡的乾坤卦盤，紫棠色的袍子上星辰閃閃，眉目間卻是一片漠然，察覺到她的目光，他一頓，沒有回視。

於是花月明白了，問題還是出在他身上。

「還有多少同夥？」周和朔問。

花月一僵，下意識地低頭，卻聽得身前這人道：「都在下頭了，來時掃了一眼，只跑了兩個。」

周和朔嘆息，往太師椅裡一坐，深邃的眼裡劃過一絲厭倦：「殷寧懷也是個了不起的人，都這麼多年了，他身邊這些人從沒放棄過刺殺本宮。總這麼防備著，也挺費神。」

思忖片刻，他突然撫掌而笑：「不妨將那人的屍身挖出來，扔出京華。狗見著骨頭，一向能追得遠，那本宮也就可以高枕無憂了。」

廂房裡一陣哄笑，花月腦子裡「轟」地一聲，想也不想地就抓住面前這人的衣裳，想將他拉開，好衝上去衝著周和朔的臉來一拳。她指尖顫得厲害，力氣卻是很大，像橫衝直撞的小牛犢子，眼眶都氣得發紅。

然而，跟前這人不但沒順著她的力道挪開，反而是側了身子，將她堵了個嚴嚴實實。

「雖說下頭那些人打不上來，但這地方究竟不適合久留。」李景允慢條斯理地道，「還是往山上走吧，去得晚了，長公主怕是要將草皮都捲起來帶回宮了。」

周和朔想了想，拍案頷首：「起駕吧。」

「是。」四周的人應了，開始紛紛往外走。

一群人嘰嘰喳喳地議論著路線和護衛，聲音嘈雜，地方也擁擠，花月覺得腦袋發脹，耳邊一陣陣的嗡鳴，身子也被推撞了好幾下。

踉蹌之中，有人伸手將她拉過去護在了雙臂之間，頓時嘈雜遠離，白霧漸清。

花月抬頭，正好看見李景允低下來的薄唇。

「走什麼神？」他沒好氣地道，「跟爺坐馬車上山，爺有的是話要問妳。」

第23章　我逗你玩呢

簾子落下，腥風血雨的野味居霎時被隔絕在外，寶蓋華車紛紛轉動軲轆，一排排地往山上獵場而去。

花月跪坐在李景允身側，臉側還有些餘熱未消，她抿著唇偷摸打量身邊這人，也不敢細看，餘光閃閃爍爍，心虛得很。

「說吧。」李景允晃著手裡的摺扇，眼尾掃過來，意味深長，「哪個廟裡來的大佛啊，竟有膽子對東宮下手。」

眉梢耷拉下去，她揉著袖口低聲道：「公子不也瞧見了，奴婢也差點為人所害，與他並非同夥。」

「可妳認識那人。」

「都是宮裡出來的，怎會不認識。」她含糊地說著，仔細回憶了當時常歸的話，睫毛眨了眨，「也就是認識。」

李景允笑了，身子往軟枕上一靠，玉扇在指間打了兩個旋兒：「常歸可不是什麼普通的宮裡人啊，前朝大皇子身邊寵臣，常住東宮的謀客，與他光是認識，就足夠讓爺把妳交去東宮領賞錢了。」

心裡一沉，花月微慌。

這人神態慵懶，像是在與她話家常一般，壓根看不出來在想什麼。他在周和朔面前分明只說記得臉，可眼下看來，竟是認識常歸的。

「啞巴了？」他挑眉，「要送去殿下跟前，才說得來話？」

「不是。」花月飛快地搖頭，掙扎片刻，一狠心一咬牙，閉眼道，「實不相瞞，奴婢早先伺候過常大人。」

李景允一頓，墨眸半瞇：「怎麼個伺候法兒？」

「就是端茶送水。」她道，「奴婢因此經常出入東宮，故而與沈大人也算熟悉，這才有了先前沈大人那幾句話。」

神色微動，李景允捏了扇子，有一搭沒一搭地敲著手心：「梁朝的人——那觀山一亂之後，妳主子都逃了，妳怎麼還在宮裡？」

伸手掐了一把自個兒大腿，花月的神情頓時悽楚：「主子遁逃，也不曾帶上奴婢，奴婢一介宮女，也沒別的營生，就繼續在宮裡伺候，後來宮人調度，奴婢就來了將軍府。」

好像也說得通，李景允點頭：「那今日是怎麼回事？」

沉沉地嘆了口氣，花月滿眼唏噓，搖頭道：「常大人對大皇子極為忠誠，大皇子死於太子殿下手裡，他自然是要來復仇的。他不知如何得知奴婢也在此處，便來要奴婢協他刺殺東宮，奴婢不肯，便被他追殺。」

「之後的事，公子也就知道了。」

眼下泛了一層淺淚，眉彎也像是被愁苦壓垮，她抬眼看他，無辜又委屈：「奴婢雖是梁朝人，卻沒做任何傷害公子之事，還請公子明鑑。」

車輪在石頭路上碾得吱呀作響，車廂輕晃，將她這弱不禁風的身板晃得更加虛軟，她手撐著座沿，貝齒輕咬，淚光瀲灩，真真是我見猶憐。

如果當日沒在棲鳳樓見過她這副模樣，他定然是要心軟。

李景允輕笑，摺扇朝手腕的方向一收，伸出指尖碰了碰她發紅的耳垂。

「殷掌事厲害啊，深知過剛易折、過慧易夭，朝人示起弱來駕輕就熟。」輕嘆一口氣，他湊近她些，指腹從耳垂劃到她的下頷，微微往上一挑，「可妳是個什麼性子，爺還能不清楚？」

蒙得過一無所知的周和朔，還能騙得了朝夕相處的公子爺？

花月一僵，臉上閃過一瞬的懊惱，接著神態就慢慢恢復了清冷，柳眉回直，嘴角也重新平成一條線。

李景允左右看了看，滿意地點頭：「還是這樣順眼。」

「奴婢沒撒謊。」她淡聲道，「公子若願意去查，宮裡也許還能有奴婢的籍貫和名碟。」

李景允哼笑：「爺查那個做什麼，爺就想知道妳是不是個隱患，留在將軍府，會不會禍害爺的家人。」

這回答有些令她意外，花月不由地看他一眼，然後搖頭：「不會，奴婢無論如何也不會做傷害夫人之事。」

李景允無奈地睨她一眼：「就那麼喜歡夫人？」

「是。」回答這個，花月耳垂不紅了，挺直了腰桿道，「夫人是世上最好的人。」

朝著車頂翻了個白眼，李景允悶聲道：「就算妳這麼說，爺也還是不放心，與其留個禍害在身邊，不如早些除了，也免夜長夢多。」

臉色一白，花月抬眼看他，想從他臉上看見兩分玩笑之意。可是沒有，他說得很正經，墨色的眼眸裡滿是思量，像是在想如何除她才能不留痕跡。

「……公子。」她皺眉，「留著奴婢，怎麼也比賣了有用。」

「哦？」李景允不以為然，「妳除了在爺跟前添堵，還能有什麼用？」

「遇見險境，奴婢願意分您半條命。」她握緊了手，眼神灼灼，「如同今日一般。」

「今日？」食指撫過唇瓣，他哼笑，「妳倒是真敢說，不是應了夫人的吩咐，要撮合爺與那韓家小姐的婚事？趁人之危、趁火打劫，殷掌事這算不算監守自盜？」

「回公子，情況緊急、情非得已，不算。」她眼裡毫無愧色，說得正氣凜然。

李景允褪了笑意。

他平靜地看著她，良久，一字一頓地重複：「情非得已。」

面前這人移開了目光，白皙的脖頸上擰出一根筋來。

他打量片刻，輕聲問：「時至今日，若再有鴛鴦佩讓爺拿去送給韓霜，妳還會繫在爺腰上？」

「會。」她毫不猶豫地點頭。

眼裡的光驟然黯淡，李景允抬著下巴睨著她，半晌之後，嗤笑出聲：「真是個盡職盡責的好奴才啊。」

「多謝公子誇獎。」花月朝他行禮，雙手交疊在腹前，頭磕下去，幾近膝蓋，「奴婢絕不會背叛主子。」

車廂裡安靜下來，有些發悶，花月盯著自己裙擺上的紋路走了會兒神，然後開口問：「奴婢可以退下了嗎？」

座上的人沒吭聲，她等了片刻，開始不著痕跡地往車外挪，挪了許久，才終於到了門口。

可是，手碰到車簾剛掀開一條縫，花月就突然覺得腰上一緊。

有人伸長了手，倏地將她整個人往後一撈。

「咚——」

車壁一聲悶響，嚇得外頭的馬夫連忙詢問：「公子，您沒事吧？」

「沒事。」肩背抵著車壁，李景允淡淡地應了一聲，然後垂眼去看懷裡這人。

他的袍子寬大，衣袖一抬就能埋住她半個身子，這人顯然是嚇懵了，從他的衣料間伸出腦袋來，薄唇微張、小臉發白，一雙眼睛瞪得溜圓。

「你……」她扭過臉來看他，下意識地去掰他箍著她腰的手。

李景允收攏了手臂，曼聲問：「若是我不喜歡鴛鴦佩，妳也會繫？」

殷花月皺眉，用一種不可理喻的眼神看著他：「當然會，公子就沒有喜歡的東西，若都不繫，那還得了。」

「那要是妳不喜歡呢?」

花月怔愣,有一瞬間的失神,不過很快就垂了眼眸,硬著語氣道:「奴婢不會不喜……」

「妳會。」

「……」

眼裡劃過一絲狼狽,花月別開臉,惱怒地繼續去掰他的手:「說不會就不會,奴婢會恪守做下人的本分,以後絕不會再發生今日之事。」

「不是說下次遇險,也會分爺半條命?」他將下巴擱在她肩上,唏噓地瞇眼,「原來是騙人的。」

「又不是回回都得……」她咬牙,氣得脖頸同臉一起紅了,「公子說這些渾話做什麼。」

撚起她鬢邊碎髮打了個捲兒,李景允突然低了眉眼,嗓音暗啞地道:「爺說這麼大半天,就想得妳一句偏愛,幾字爾爾,有那麼難嗎。」

心裡一跳,花月呼吸一窒。

她下意識地平視前方,只能看見晃蕩的車簾,視線模糊,其餘的感官倒是異常敏銳,身子被他擁著,能感受到他隔著衣料傳來的溫熱,稍稍側頭,還能聞見他身上的檀香氣息。

平時聞慣了的味道,眼下嗅來卻覺得有些發昏。

耳後的聲音不斷傳來,溫熱又低沉:「爺沒讓妳賠八駿圖,也沒罰妳以下犯上,在一起也這麼久了,妳背後每一個疤長什麼樣子爺都記得清楚。」

「親近至此,妳卻總不肯說實話。」

他苦惱地嘆了口氣：「果然是冷血無情的殷掌事。」

心頭塌下去了一塊，連帶著指尖都抽了抽，殷花月抿緊了唇，倔強地想抵抗這股子不受控的情緒，腦海裡卻不由自主地想起那日的練兵場。

生花的長矛狠劈於劍鋒之上，火花四濺，金鳴震耳。那人就那麼背光而立，手裡紅纓似火，眼神凌厲懾人，袖袍一捲黃沙，尖銳的矛頭堪堪停在秦生喉前半寸。

漂亮得不像話。

後來殷花月在夢裡見過這個畫面很多次，可每一次，她都只敢站在人群裡看著，在他轉過身來的一瞬間，飛快地收斂自己的眼神。

胸前起伏，花月喘了一口氣。

掙扎良久，她終於是伸出手，輕顫著抓住了他的衣袖。

「我……」喉頭發緊，她艱澀地張開嘴，「我有……有情。」

這是她能說的最直白的話了，花掉了她渾身的勇氣，說得額上出了一層細汗。

然而，身後這人聽了，竟是笑出了聲。

「結巴了？」他鬆開她，眼裡盡是得逞之後的燦爛，「誰能想到巧舌如簧的殷掌事，竟也有舌頭捋不直的一天吶！」

第24章　先生的客人

繡著花鳥的車簾被風掀開一條縫，殷花月僵著身子坐著，被涼氣撲了個滿臉滿身，眼裡的光漸漸散去，臉上的燥熱也慢慢褪了個乾淨。

身後的人仍舊在笑，像是發現了什麼不得了的稀罕事一般，欺身道：「妳有什麼情，倒是說個清楚。」

「……」

心裡的躁動和慌亂都消散無蹤，花月抿唇，自嘲地閉了閉眼。什麼烈火驕陽，什麼長槍英姿，那哪是一個下人該想的東西。

別說李景允，眼下反應過來，她自己都覺得離譜，逗弄兩句就當真，還跟個傻子似的結巴臉紅，若不是他笑出了聲，她還真就……

胸口裡裝著的東西不斷下沉，花月深吸一口氣，撐著座弦站了起來。

懷裡一空，李景允抬眼：「哎，話還沒說完，要去哪兒？」

面前這人沒答，朝他行了個禮，轉身就退出了車廂。

笑意一僵，李景允跟著掀開車簾：「喂。」

花月下了車，頭也不回地往後頭的奴僕隊伍裡走，她背脊挺得筆直，水色的裙擺被風吹得揚起，不一會兒就消失在了某一輛馬車後頭。

「哪兒那麼大脾氣啊……」李景允嘟囔。

一路的山石，走得快了容易崴腳，可殷花月愣是沒放緩步子，像是跟誰強氣一般，崴了也繼續走，臉上清寒如冰，眼裡也沒半分溫度，看得迎面而來的奴僕下意識地往旁邊避讓。

沈知落半倚在車門邊，安靜地看著她走過來。

打聽消息的人回稟說，將軍府上的這個掌事溫和乖順，對誰都是一張笑臉。可他似乎總遇見她發脾氣的時候，橫眉怒目，渾身是刺。

她從他車邊經過，似乎沒看見他，徑直就要走。

沈知落輕笑，伸出手去，將她抱起來往車廂裡一捲。

這動作雖然突然，但他自認輕柔，沒傷著她，也沒磕著碰著。

然而，殷花月反手就給了他一肘子，力氣極大，活生生像是想將他腹上捅出一個窟窿。他吃痛悶哼，剛抓住她的手肘，另一隻手又狠狠朝他脖頸上劈下來。

沈知落臉色發青。

「小主。」他道，「是我。」

殷花月回眸，眼神冰冷得不像話：「有事？」

微微一噎，沈知落將她扶穩放到軟座上，無奈地嘆了口氣：「今日之事，太子早有戒備，只能說是常歸送羊入虎口，並非在下執意背叛。」

花月面無表情地抬眼：「你與常歸是同僚，我又不是，他生死都與我無關，何必同我解釋。」

「那寧懷呢？」沈知落定定地看著她，「寧懷與妳，也無關嗎？」

眼裡神色一僵，接著就有暗色翻湧上來，花月回視著面前這人，倏地嗤笑出聲：「沈大人，您別提這人為好，好端端的名字從您嘴裡吐出來，聽著怪噁心的。」

「……」

沈知落怔愣了片刻，淺紫的眼眸裡情緒萬千，似恨似怨，似惱似疲。

沉默半晌之後，他低聲道：「我找妳，就是要說他的事。」

花月驟然抬眼。

手指摩挲著衣袖上的星辰繡紋，他低眉看著，突然有些憔悴：「大皇子死後，屍骨被焚，連同一些隨身物件，一起被埋在了觀山之頂，地方隱蔽，本是不該為人所知。」

「但是不巧，他入土之處的那棵松樹長了五年，枝繁葉茂，形態上乘，被獵場看守人挖去販賣。松樹沒了，下頭的東西稍有不慎，就會重現人世。」

「這次春獵，得找機會將那地方填上，亦或是……把重要的東西帶走。」

思緒有些飄遠，沈知落輕聲道：「原以為妳不在了，這件事只有我能做，可眼下妳竟然也來了，既然如此，總要與妳商議。」

花月皺眉聽完，戒備地道：「你如今一人之下萬人之上，想挪點東西還要親自動手不成？」

面前這人輕笑起來，身子一動，袍子上的星辰粼粼泛光：「觀山是皇家的獵場，除了春秋開獵之時，皆有重兵封山，無令不得出入。」

「怎麼說都是我揚名天下之地，若是輕易派人來挖東西，太子殿下還不得起疑心？」

後半句話是他的自嘲，花月聽著，眼裡神色複雜起來。

幾年前的梁魏之亂，梁朝皇子周和朔生擒大魏皇子殷寧懷於觀山，殷寧懷寫降書，叛國通敵，令京華城門大開，百姓遭難，後來有所悔悟，卻被身邊近臣沈知落所弒，屍骨無存。

那一年，大魏山河破碎，皇子為千夫所指，而沈知落，因為轉投周和朔門下，逃過一劫，繼續享著榮華富貴，也背上了叛徒之名。

這是她知道的事情。

可是，眼下再見沈知落，她發現有些不對勁。殷寧懷要當真是沈知落殺的，哪裡還能留下什麼隨身物件，早被他一併交給了周和朔才是。見著她，也不用激動和開心，將她捲起來往周和朔面前一交，又是一等的功勞。

眼下這般，圖個什麼？

察覺到她的困惑，沈知落彎了彎眼：「小主現在看我的眼神，像極了十年之前。」

十年前的她個子還不到他的腰腹，梳著兩個螺髻，髻上繫著銀鈴，朝他一仰頭，叮噹作響。她愛極了繞著他轉圈，總是將他拖拽在地的長袍抱起來頂在腦門上，滿眼困惑地問他：「國師，什麼是命數？」

「國師，為什麼我不能離開西宮？」

「國師，什麼是小主？」

天真無邪的孩子，不高興了就哭，高興了就笑，聲音脆如銀鈴，能灑滿半個禁宮。

然而現在……

這人聽了他的話，神色有些微鬆動，像是憶起了些什麼，可只片刻，就重新變得冷硬：「誰都不會一直活在過去。」

沈知落收回目光，摩挲著手裡的乾坤羅盤，長長地嘆了口氣。

他拿出一張圖紙塞進她的手裡，想了想，還是開口叮囑：「李家三公子不是什麼好人，妳仔細防備些。」

捏著圖紙的手一僵，花月覺得有些狼狽，微惱道：「我心裡清楚。」

「妳若當真清楚，就不會如此煩躁了。」伸手揉了揉被她打得發疼的小腹，沈知落搖頭，「打從妳出生之時我便算過，妳今生命無桃花，是孤老之相，若強行違背天命，只會落個慘澹下場。」

手指收緊，花月不悅地抬眼：「大人有給自己算過命嗎？」

沈知落搖頭：「此乃天機，不可窺也。」

「我看你是不願意窺。」她收了圖紙，寒聲道，「開口便定人孤老一生，半分餘地也不給，白叫人沒了念想，無望等死，此等無情無義之舉，你哪裡會用在自己身上。」

微微一怔，他皺眉：「我不是這個意思。」

「不是這個意思還能是什麼？」花月扯了扯嘴角，滿眼譏誚，「從我出生開始你便說我不吉，再大些斷我禍國，後來我終於家破人亡無家可歸，你又說我命無桃花，註定孤老。沈大人，我是做錯了何事，招惹您憎恨至此？」

「……」沈知落張了張嘴，有些無措。他伸手想碰一碰她的髮髻，這人卻飛快地躲開，挪著身子離他更遠，一雙眼惱恨地瞪著他。

手指慢慢收攏，沈知落垂眸，本就沒什麼血色的臉更蒼白了兩分。

「妳怨我？」

花月輕笑：「我哪裡敢怨你？你能窺天命，告誡我等凡人一二，是為恩賜，我沒早晚三柱香將您供奉都算不敬，還敢不識抬舉不成？」

「要不您連我會什麼時候死也一併說了，好讓我提前準備棺材進去躺著，也免得落個死無全屍、墳都沒一個的下場，那才慘澹呢。」

她說得諷意十足，一字一句都像帶著針似的，扎得人生疼。沈知落咳嗽起來，寬大的袖子遮了半張臉，咳得眼眶發紅。

花月冷眼看著他，還想再擠兌兩句，可嘴唇動了動，終究是閉上了。

到底是看著她長大的人，再狠再絕，也是她最後的親人了。

悶悶地吐了口氣，花月扭頭想去掀簾子下車，可剛伸手，沈知落就抓住了她。

他還在咳嗽，眉頭皺得死緊，一雙眼看著她，重重地搖了搖頭。

花月不解，剛想說難道還不讓她走了，結果就感覺馬車停了下來。

外頭似乎來了很多人，腳步聲凌亂，可片刻之後，聲音齊齊斷在了車轅邊。

「先生。」周和朔恭敬地朝車廂拱手，「我有一事不解，可否請先生指點？」

「……」花月傻眼了。

沈知落顯然也沒料到他會在這個時候過來，臉色有些難看，一邊咳嗽一邊道：「殿下，微臣身體欠佳，恐怕說不了什麼。」

周和朔失望地收了手，想了想，扭頭就要招呼李景允往回走，結果剛要轉身，他餘光一瞥，瞧見了一抹水色。

沈知落向來多穿紫棠，水色羅裙的裙擺，怎麼看也不該是他身上的。

微微瞇眼，他停下了步子，慢條斯理地問：「先生還有別的客人？」

殷花月渾身的寒毛都立起來了，她下意識地往裡縮了縮，卻不料腰上突然一緊。

水色的衣擺消失了，裡頭的人沒有回話。

周和朔不悅，伸手捏住了車簾：「先生曾允過，絕不對本宮撒謊，眼下來看，似乎食言了。」

簾子掀開，裡頭藏著的人無處遁形，他剛張口要斥，眼眸一抬，卻是怔愣在了當場。

嬌小的女娥依偎在紫棠色的星辰袍裡，衣衫鬆垮，姿勢親暱，她抬頭看著沈知落，眼裡隱有淚光，端的是水波瀲灩，嬌嗔動人。

沈知落大袖一抬，將她整個人遮住，又急又羞：「殿下！」

「……」周和朔張大了嘴。

不止他，身後的隨從和內臣都驚愕地瞪圓了眼，誰都沒想到看淡紅塵的大司命會在車裡玩這麼一齣，都想去看他的表情。

然而，李景允抬眼看的是他懷裡的人。

墨瞳掃過羅裙，落在那淺青色的腰帶上，他一頓，目光陡然陰沉。

第25章　玩物

車簾被人飛快地按下了，甭管是紫棠的袍子還是水紅的羅裙，統統都遮蓋在了後頭。

眾人咳嗽的咳嗽，望天的望天，都當什麼也沒看見。周和朔合攏了嘴，轉身若無其事地道：「既然有客人在，那咱們也不好多打擾。」

「是啊是啊，還是回車上飲茶聽曲兒。」隨從附和，連忙替他開路。

周和朔頷首走了兩步，又往旁邊看了一眼：「景允？」

李景允還站在車轅邊，似乎在走神，聽見喊聲，他動了動，卻沒回頭：「我就不去了，還要繼續找人。」

周和朔也不強求，只笑道：「有什麼需要吩咐他們一聲。」

「多謝殿下。」

一群人浩浩蕩蕩地走了，李景允盯著車簾看了半晌，不耐煩地道：「還不給爺滾出來？」

簾子顫了顫，接著就有一隻小爪子伸出來，猶猶豫豫地抓住簾邊兒。

花月伸出半個腦袋，皺眉看他一眼，吸了吸鼻子：「您怎麼在這兒？」

聽聽，問得多理直氣壯啊，活像來錯地方的人是他。

李景允氣笑了：「爺要是不在這兒，哪兒能知道妳這麼能耐啊，府上那『光宗耀祖』的匾額就不該掛在祠堂，該掛在妳腦門上。」

花月：「……」

車簾被掀得大開，沈知落沉著臉看向他：「三公子。」

「喲，沈大人。」李景允皮笑肉不笑，「身子不好就多歇著，怎麼老惦記別人家的丫鬟？」

「三公子也說，她只是丫鬟。」沈知落眼皮微抬，「既只是個丫鬟，您又何必動怒。」

「別說丫鬟，就算是一條狗。」舔了舔後槽牙，他勾唇，「只要是我養的，就沒道理對著別人搖尾巴。」

沈知落氣樂了，抬袖扶額：「狗賣不賣？」

「不賣。」他將人扯過去，低下身捏著她的爪子朝他揮了揮，「回見您嘞。」

殷花月恨不得咬他一口。

沈知落還想再說，李景允已經拉過人往回走了，花月水色的裙擺一揚，在空中劃了道弧，飛花似的隨著人而去。

他神色複雜地看著，若有所思。

手腕被拽得生疼，一路跌跌撞撞的，花月抬頭看向前面這人，忍不住道：「奴婢認得路。」

「妳認得哪條路？」李景允頭也不回，「是去小樹林的路，還是去人家馬車的路？」

「公子。」花月覺得好笑，「奴婢所作所為，並未違背將軍府的規矩。」

「那倒是。」他無不嘲諷地道，「畢竟將軍府也沒不要臉到將不許人白日苟且的規矩寫在明面上。」

「……」臉色有些難看，花月張了嘴又合上，抿唇低頭。

她如今算是看清了，要指望李景允嘴裡吐出什麼好話，那還不如去旺福嘴裡挖象牙，話說得再難聽，她當奴婢的，也只能受著。

背後聽不見什麼響動，李景允反而更來氣：「怎麼，覺得爺說得不對？」

「沒有。」花月順從地道，「公子說什麼就是什麼。」

「行啊。」他甩開她的手，哼笑，「妳這是認了自個兒是狗？」

抬頭看他一眼，花月平靜地道：「汪。」

牙齒磋磨，發出咯吱咯吱的聲響，李景允勉強維持住笑意：「那爺說妳與人苟且，妳也認？」

花月交疊好雙手，姿態恭敬地朝他躬身：「奴婢認。」

李景允要氣死了。

他活了二十年，從來都是把別人氣個半死，頭一回被個小丫頭片子氣得頭昏眼花，差點沒站穩。

上回還知道狡辯呢，還知道說他比沈知落好呢，眼下倒是好，破罐子破摔，一副反正他拿她沒辦法的模樣，看著就火大。

「妳圖個什麼？」他煩躁極了，「京華男兒何止千萬，妳想嫁人，有的是好人家給妳挑，何必要做那不知廉恥的勾當。」

花月也跟著尋思了一番，然後道：「就圖奴婢喜歡吧。」

「喜……」李景允抹了把臉，「妳是眼睛瞎了還是怎麼的，能喜歡個繡花枕頭？沈知落除了皮相好看，還有哪裡討人喜歡？」

花月越說倒是越從容了：「皮相好看就夠了，反正要別的也沒用。」

有眼無珠、鼠目寸光、不知好歹！

李景允轉身就走，步伐跨得極大，衣擺都甩得生風，身後這人倒是跟了上來，碎步款款，卻沒再開口多說半句話。

回到車上坐下，他抬眼看著跟進來的人，冷聲道：「還跟著我幹什麼，回去找妳風華絕代的沈大人不好？」

花月溫和地在他身邊跪坐，低頭道：「回公子，馬上要到獵場了，按照夫人的吩咐，這個您還是先拿好。」

周和朔上次還給她的白玉鴛鴦佩，被她重新穿了紅繩，妥貼地放在了錦盒裡，眼下打開來捧到他眼前，華美依舊。

又是這個東西。

李景允面無表情地看著，眼裡墨色幽暗，片刻之後，他用指尖勾起絲繩：「上回爺問過妳，若爺不喜歡，妳還會不會繫。」

鴛鴦佩搖晃到她眼前，他透過上頭鏤空的缺口看過去。

花月恭順地頷著首，琥珀色的眸子裡半點感情也沒有，伸出雙手將玉佩接了，食指勾過他的腰帶，將絲繩往裡一帶，再用拇指穿過，往鴛鴦半佩上一套。

「好玉做良配，美眷添福喜，祝公子馬到功成。」

她抬頭再拜，福禮做了個周全。

先前還會紅著臉吞吞吐吐，去了一趟人家的馬車，回來就是這副虛偽至極的表情，李景允半闔了眼看著，眼底戾氣陡生。

花月跪得正好，冷不防就被人拉了一把，這回她熟練了，不管三七二十一，先給人一肘子。

李景允的反應怎麼也比沈知落快，她剛用力就被他出手按住，手腕被交疊，他一隻手就將她捏了個動彈不得。

「怎麼，他抱妳就無妨，爺抱妳還要挨打？」他欺身過來，伸手捏了她的下頷，「公平何在？」

花月試圖掙扎，可只嘗試了一下就放棄了，任由他抱著：「沈大人動手也會挨打，公平得很。」

「是嗎。」李景允嗤笑，「爺看著妳倒是高興得很，依偎在人家懷裡，動也不動。」

那個關頭，要怎麼動？沈知落突然拉她過去，她都沒來得及反應，鼻子還撞在了他的肩骨上，疼得眼淚都出來了，等她反應過來，沈知落已經抬袖將她擋住。

周和朔是見過她的，知道她是將軍府的人，她若還跳出去露臉，那不就是個二傻子麼，就連這位公子估摸著也會受牽連。

心裡直嘀咕，花月也不想與他爭辯，毫無生氣地道：「是，奴婢高興。」

掐著她手腕的力道陡然收緊，面前這人離她更近了些，近得她都能看見他眼底跳著的火氣。

打量兩眼，花月覺得好笑：「奴婢于公子而言，不過是車前馬卒，手中玩物，公子又何必為這些小事著急上火。」

「玩物。」李景允冷了眼神，「妳見過給玩物上藥餵食的？真正的玩物，壞了就扔，哪還有往回撿的。」

花月想了想：「也不一定，您那把珍藏的佩劍壞了也沒扔，還時常擦拭呢。」

「……」

氣得要瘋了，李景允張口，將人撈回來就狠狠地咬在了她的側頸上，雪白的獠牙抵著細膩的皮肉，一咬就陷下幾個窩。

始料未及，花月「啊」地痛呼出聲，想退後，卻被他擒著手摟著肩背壓了個死緊。

「你……你鬆口！」她慌了，全力掙扎，「要殺要剮也來個痛快的，脖子破了流血都要流半個時辰！」

李景允置若罔聞，一雙墨瞳陰陰沉沉，兀自叼著她脖子不放。

這才是隻狗吧？花月哭喪著臉，正經主子哪有咬人脖子的，咬一處還嫌不解氣，換了左邊接著咬。溫熱濡溼的氣息噴灑在頸間，又癢又麻。

她動彈不得，也看不見自己脖頸流血了沒，心裡慌得沒個底。

「他方才，也是與妳這般親近？」李景允鬆口，垂眼看著自己的傑作，漫不經心地問。

花月連忙搖頭：「沒有。」

「那是怎麼樣的？」指腹拂過牙印，輕輕刮了刮她的耳垂，「妳倒是說說，往哪兒下的蠱，爺也試試。」

花月覺得好笑：「公子何必非要計較這個，奴婢區區下人，眼光未必有多上乘，說一句沈大人好看，公子也未必就是比他差，放眼整個京華，仰慕公子的人少說千百，公子實在不必鬥氣。」

不說還好，一說他又露出了獠牙。京華千百人都知道他好，憑什麼身邊的狗反而瞎了眼了，要看上別人美色，還要因為別人同他嗆聲。

花月一看就知道他又要咬人，連忙道：「公子，馬上要到獵場了，韓小姐就在前頭，您好歹收斂些，別叫人誤會了去。」

「誤會什麼？」他抬了抬眼皮。

「自然是誤會公子風流多情，與身邊丫鬟都有染。」花月皺眉，「還未娶妻就先傳這些風聲，對您沒什麼好處。」

李景允恍然大悟，點了點頭：「有道理，爺不能讓人誤會。」

心頭一鬆，花月正想緩口氣，結果就聽得他下一句道：「要染就真染了，也好不白背罵名。」

殷花月：「……」

先前他調戲逗趣，她還會臉紅心跳，惴惴不安，可如今他話說得再過分，花月也只當他在玩笑，無奈地道：「還請公子放奴婢一條生路。」

「跟著爺吃香的喝辣的，怎麼就不是生路了？」

花月輕笑，垂眼問他：「公子可還記得奴婢背上的傷怎麼來的？」

臉上的放肆之意一點點收斂，李景允抿唇，略微有些暴躁：「先前是爺沒防備，往後不會了。」

「奴婢更希望沒有往後。」她掙了半晌，終於是掙開了他的桎梏，揉了揉手腕道，「公子若是開口，自然有大把的人願意陪您逢場作戲，可奴婢的命只有一條，奴婢很惜命，還請公子高抬貴手。」

手裡一空，懷裡也是一涼，李景允遲緩地拂了拂衣袖，納悶：「為什麼是逢場作戲？」

花月一頓，跟著就笑出了聲：「那換做逢迎示好也成，沒差，公子愛用哪個詞便用哪個。」

她整理好裙擺，朝他屈膝：「奴婢會準備好其他東西，待會兒到了地方，還請公子賞臉。」

李景允沉默。

她脖子上的牙印很深，沒流血，但一時半會兒都消不下去，換做旁人，肯定會在意一二的，不說多嬌羞，臉紅一下是必然的。

可是殷花月沒有，她掏出箱子裡的小銅鏡看了一眼，神色很平靜，彷彿只是被狗咬了一口，順手就拿一條白布來順裹上了。

李景允想不明白，是他話說得不夠清楚，還是姿勢不夠親昵，為什麼他養的狗會是這個反應？

天色漸暗，夜幕籠罩天際之時，太子一行人終於抵達了獵場。

花月提了一盞琉璃燈在前頭引路，李景允跟在後頭，一雙眼裡依舊充滿困惑。

「前些時候夫人替您送了回禮去韓府，是一隻瑪瑙手鐲，韓小姐要是提起，您敷衍也好，別說不知道。」

「用膳的地方在樓上，上頭只有您與韓家小姐，奴婢隨他們一起迴避，公子若有別的吩咐，開窗喊一聲便是。」

站在樓梯邊上，她轉身將燈塞給他，認真地道：「別太早離席。」

燭火照在琉璃上，透出來的光有些晃眼，李景允遲疑地伸手接過，這人卻轉身就走了。

步伐輕快，一點留戀都沒有。

花月一整天沒吃東西了，好不容易在廚房裡拿了個饅頭，哪兒還顧得上別的，將任務完成了就躲去樓下啃，兩隻手抱著白生生的麵皮，啃得又快又仔細。

有人在她身邊坐下，給她遞了杯水。

「多謝。」花月接過來要喝，餘光往旁邊看了一眼。

不看還好，一看她就不敢再斜那杯子了，尷尬地停住手，笑道：「是妳啊。」

先前在韓府來替他們開門的那個小丫鬟，依舊笑得甜甜的，輕聲同她道：「姐姐，我叫別枝。」

花月笑得有些發虛：「是韓小姐有什麼吩咐嗎？」

別枝搖頭，輕嘆又笑：「這已經是小姐最高興的時候了，自是不會想要旁人打擾，妳我能躲在這兒，偷上許久的懶。」

花月跟著點頭，端著一杯水，喝也不是，不喝也不是。

「姐姐別怕。」別枝歪著腦袋道，「水裡沒毒。」

那誰知道真沒假沒啊，花月笑了笑，沒動。

別枝抿唇，雙手搭著膝蓋，低聲道：「咱家小姐挺幸運，一出生就得了長公主青睞，有長公主撐腰，沒人敢欺負她。可是，她也挺可憐，每次長公主的雷霆手段，到後來都會讓她背上惡毒之名。」

「姐姐是景允公子身邊的人，小姐討好都來不及，又怎麼會想著害姐姐。」

花月聽得挑眉，想起上回韓霜來東院說的話，恍然：「妳的意思是，妳家小姐未曾生過我的氣？」

「姐姐是景允公子的寵奴，將來也是要與小姐朝夕相處的，她生妳的氣做什麼？至多不過氣公子絕情。」別枝唏噓，「小姐與景允公子認識好多年了呢，先前兩人關係也挺好，可後來，公子誤會了一些事，就冷落小姐至今。」

「姐姐若能幫幫忙，那將來小姐過府，想必也不會薄待於妳。」

花月來了興致，隨手將杯子放下，問她：「他們之間有什麼誤會？」

別枝面露難色，猶豫片刻道：「具體如何，我一個丫鬟也不清楚，聽說是景允公子吃了沒由來的醋，故意冷落我家小姐，沒人給臺階下，他也就一直沒低頭。」

眼睛眨巴眨巴地看著她，別枝拉著她的手臂晃了晃：「好姐姐，妳一定肯幫忙的吧？」

花月跟著她一起笑，笑得比她還甜：「肯的呀，要我怎麼幫？」

「這個簡單。」別枝道，「眼下他們缺的就是互相了解和親近，姐姐且將景允公子的喜好和起居習慣說與我聽，我再想法子讓小姐對症下藥。」

「喜好麼……」花月盯著她的手看了看，微笑，「也沒什麼特別的，偶爾愛吃蜜餞。」

「那起居呢？」別枝湊過腦袋來，「公子平時都在什麼時候出門，什麼時候歸府？」

「這個每日都有不同。」

別枝想了想，笑道：「那怪不得四月初九的那日，我家小姐去尋，公子卻恰好不在府上。」

四月初九？花月不動聲色地抬眼，正撞見別枝的視線。別枝的眼睛顏色很淺，靜靜地盯著她，眼裡帶著打量和些許試探。

心思微動，花月含笑便道：「妳記錯了，那日公子未曾出門，也沒收到什麼拜帖。」

別枝一愣，連忙掌嘴：「是我記性不好，那許是別的日子。」

她也沒計較這錯漏，只突然伸手揉了揉肚子：「哎……」

「怎麼了？」別枝連忙扶住她。

「剛吃的饅頭好像有點餿。」她皺了臉，齜牙咧嘴地道，「妳先守著，我去去就回。」

「好，姐姐慢點。」別枝朝她擺手。

花月起身往茅房走，一離開身後那人的視線，臉色就恢復了正常。

先前看見韓霜，她是真信這姑娘喜歡李景允，可眼下這小丫頭三言兩語的，她倒是覺得不對勁了。打聽喜好也好，起居也罷，都還算正常，可套她的話算什麼？

四月初九那天，她被太子抓去了棲鳳樓，李景允應該也在那附近，雖然不知道他在做什麼，但直覺告訴她，不能往外說，尤其是不能給一個手上半點繭子也沒有的下人說。

回頭看一眼那亮著燈的二樓，花月摸了摸下巴。

這天晚上的宴席進行得很順利，李景允出來的時候臉上沒什麼表情，花月看了一眼韓霜，發現她也沒哭，那起碼過程不算太慘。

李景允瞧著興致不高，瞥她一眼，將琉璃燈還給了她，然後回去倒頭就睡。

第二天就是「開山頭」的日子，一般來說由地位最高的人將籠子裡的兔子射殺，之後眾人就可以開獵，可是今年有所不同。

長公主和太子殿下一同到了獵場，若論尊卑，那自然是太子高上一頭，可論長幼，卻該是長公主為先，兩邊頗有較勁之意，以至於這山頭許久也沒開起來。

最後長公主竟是嬌笑著道：「聽聞李家府上的公子箭法卓絕，百步穿楊，不如讓他來開好了。」這提議有些荒謬，可難得的是，周和朔也點了頭：「景允，還不多謝長公主賞識？」

李景允出列，剛要行禮，長公主就掩唇笑道：「你可是霜兒未來的夫婿，一家人，行什麼禮啊，免了吧。」

周和朔不屑：「李府與韓府什麼時候定的親事，本宮怎麼沒聽說。」

「皇弟消息不靈通，這姻緣之事，還是女兒家知道得清楚。」長公主摸著尾指上的護甲，抬著下巴道，「霜兒知書識禮，李家公子文武雙全，再沒有比這更好的婚事了，李家夫人也點了頭呢。」

「可本宮怎麼聽說，景允近日獨寵一人，府裡什麼好的東西都往那人房裡堆了。」周和朔搖頭，「婚姻大事，還是要你情我願來得好，強扭的瓜有什麼甜頭？」

花月站在李景允後頭，越聽冷汗越冒。

這怎麼兩位官家還吵起來了？吵就算了，方向還越來越歪，公子爺在府上有什麼獨寵的人，她怎麼不知道？

「殿下。」沈知落突然開口，「吉時要過了。」

周和朔回神，擺了擺衣袖：「景允，開吧。」

「是。」

帶著翎毛的長箭又快又準地射中了籠中白兔，柵欄一開，貴族子弟紛紛吆喝起來，策馬就往山上衝。

花月面帶微笑地看著，將背簍和榕網都遞給後頭的八斗，以便他跟著去撿公子射下的獵物。

然而，李景允收回弓，竟直接開口道：「妳隨我去。」

花月一愣，左右看看，不太確定地道：「公子，奴婢去？」

「嗯。」

「奴婢一介女流。」她皺眉比劃，「未必有八斗力氣大。」

「爺就要妳去。」李景允居高臨下地看著她，「怎麼，不樂意？」

花月搖頭，將榕網往身後一背，朝他笑了笑。可剛打算跟他走，就覺得後腦勺沒由來地一涼。

她下意識地往身後看，就見獵場上龍旗烈烈，長公主坐在龍旗之中把玩著手指，一雙眼定定地看著她。

「……」心裡咯噔一聲，花月僵硬地道，「奴婢要是說不樂意，眼下還能不去麼？」

順著她的視線，李景允看見了場邊站著的沈知落，那人捏著乾坤盤，正目光深邃地望著殷花月的方向，似憂似慮，欲語還休。

「想留下來同人私會？」眼神冰涼，李景允替她理了理肩上的網，貼近她低聲道，「做夢。」

第26章　大皇子的遺物

花月覺得李景允可能是誤會了什麼，她只是怕又被長公主看進了眼裡，沒什麼好下場，但這人明顯沒想到這一點，將她拎上一頭小騾子不說，還親自將騾子的韁繩拉著。

「公子。」她賠笑，「您覺得有沒有一種可能，奴婢是會自己騎騾子的？」

李景允冷眼道：「殷掌事什麼都會，爺自然是不敢小瞧，但爺樂意牽著，妳管得著嗎。」

……惹不起。

花月伸手將自己的嘴給合上，老實地背著榕網跟著他走。

「三爺。」

徐長逸和柳成和沒一會兒就跟了上來，花月以為他們是要結伴打獵，方便圍堵獵物，結果這兩人上來就道：「那邊給的，意思讓咱們別去東邊。」

兩個紅封，裡頭裝的應該是銀票，掂著頗有分量。

花月有點懵，打獵還行賄？

不過轉念一想也能明白，這貴門人家的玩樂，若拔得頭籌，也能得上頭賞識、聞眷青睞。在這其中行個門道，也能理解。

但，為什麼給李景允？

李景允心情不佳，連帶著眼神都懨懨的：「每年都來這一招，煩不煩。」

徐長逸笑道：「能來這地界兒的，誰不想活命吶，您就當看在我的面子上，睜一隻眼閉一隻眼。」

抿唇繼續往山上走，李景允沒接。

徐長逸有點尷尬，撓了撓臉側，扭頭就衝花月笑：「殷掌事，您拿著吧？買幾身衣裳也不錯。」

花月回他一笑，搖頭。

「哎，妳別怕啊。」徐長逸看前頭一眼，策馬行在她身側低聲道，「妳收下是無妨的。」

主子都不敢收，她收還無妨？花月看著面前這長得甚為周正的少年郎，心想坑人也不是這麼坑的。

結果李景允悶聲道：「想拿就拿。」

銀票這東西，花月是沒什麼貪念的，但既然他開口了，那她也就接過來，隨便拆開一看。

「……」猛地將紅紙合上，花月瞪大了眼。

後頭的柳成和早料到她會是這個反應，趴在馬背上就笑：「掌事可還滿意？」

這是滿意的問題嗎？花月臉都綠了，一場春獵而已，她以為行賄也就幾百兩，結果這裡頭裝的是五百兩一張的票子，裝了厚厚的一疊。

將軍一年的俸銀也沒這麼多啊。

她伸手就將把這紅封塞回去，結果徐長逸立馬躲遠，捏著韁繩笑道：「三爺，你這丫鬟沒見過世面啊，還是你不厚道，總也不把人帶出來玩。」

李景允斜他一眼，皮笑肉不笑：「你想怎麼玩？」

「……」意識到不對勁，徐長逸皮子一緊，立馬正經道，「眼下也不是玩的時候，我與柳兄先去西邊看看，三爺您先走著。」

「告辭。」

馬尾一甩，這兩人跑得飛快，花月還沒反應過來，捏著紅封朝他們伸手：「哎……」

李景允扯著韁繩就把她騎著的騾子拉了回來。

「沒見過銀票？」他白她一眼。

花月扭頭，眉毛擰成了個結：「這要是被人揭發，會連累整個將軍府。」

「妳想去揭發？」

「不是。」她伸手比劃，「可咱們沒拿這錢的道理。」

李景允也懶得解釋了，只問她：「不是想要寶來閣的步搖？妳手裡這兩個紅封，可以給妳家夫人買一堆。」

此話一出，面前這人的眼眸霎時一亮，和著光一照，閃閃動人。然而，只一瞬，她就冷靜了下來，正氣凜然地道：「那也不能拿這不乾淨的錢。」

「那妳便扔了吧。」他漫不經心地扭過頭去，牽著她的騾子繼續往前走。

幾千兩雪花銀啊，在這位爺眼裡好像壓根不算什麼事，花月神色很嚴肅，沒敢當真扔，可拿著也燙手。

糾結了一路，正想著要不等回去再找徐長逸他們還了，就聽得前頭突然一聲破空之響。

凌厲的羽箭穿枝過葉，「唰」地釘在了樹幹上，遠處響起人的嚎哭聲，一邊哭一邊在喊：「救命啊——」

花月一凜，駕著小騾子就擋去李景允身前，戒備地道：「公子小心，前頭許是有什麼野獸。」

李景允一怔，垂了眼皮看向眼前這人，一直陰沉的臉色突然就放晴了些：「怕什麼，咱們來這兒不就是為了獵野獸的？」

對哦，花月點頭，接著就更想不通了：「那前頭的人為什麼慌成這樣？看見大獸，不是該喊人圍獵麼？」

李景允輕哼，扯著韁繩把她的小騾子拖回來兩步：「人遇見野獸是不會慌的，人遇見人才會害怕。」

花月沒聽明白，但莫名地，她覺得背後發涼。

前頭的人越跑越近了，許是看見這邊有人，發了瘋似的喊：「救命！救救我！」

花月看向旁邊馬上這人，正想問他要不要幫人一把，結果眼前突然就是一紅。

飛來的羽箭將人從背後刺穿，血濺出去老遠，狂奔著的人身形倏地一僵，接著便重重往泥地上倒去。他臉上帶著極度的恐懼和不甘，眼睛睜得血絲迸出，固執地看著他們的方向。

花月臉色驟然蒼白。

後頭的樹叢裡躥出了幾個人，七手八腳地將屍體給拖走了，有人看見了李景允，賠著笑行了個禮。

李景允見怪不怪地擺手，那人飛快地就帶著人消失在了枝葉間。

「殷掌事見多識廣，這點東西想必嚇不著妳。」他牽著她的騾子轉了個方向，慢條斯理地道，「在這山頭上打獵，有的東西看見了，妳也最好當沒看見。」

身邊這人沒吭聲，李景允挑眉轉頭，嘲笑道：「怎麼，難道妳還真怕……」

話沒說完，他神色一變。

殷花月雙目發直地看著前頭，一張臉繃得死緊，隱隱透出些白青色，嘴上豔紅淡去，整個人像是被魘住了一般。

「喂。」他皺眉，伸手將她拎到自己馬前，掐住她人中，又朝她背心一拍。

花月嗆咳出來，開始大口大口地呼吸。

「什麼毛病？」他很是嫌棄，「妳一個從大魏混到大梁的人，還能沒見過死屍不成？」

自然是見過的，甚至一模一樣的死法她都見過，只不過那張臉是她的至親，噴濺出來的血正好灑了她滿臉。

花月定了定神，緊繃的身子逐漸軟下來，平靜了片刻，她自嘲地道：「奴婢這樣的膽子，跟著公子爺，是不是有點丟人？」

李景允沒好氣地打量她兩眼，伸手探了探她的額頭：「妳還有什麼見不得的，乾脆一併說了，也免得這一驚一乍的，惹人煩。」

「沒。」她低頭淺笑，「女兒家不都怕這些，見過一回，奴婢下回就不會如此了。」

她爬下他的馬，回到自己的小騾子上頭，戒備地看了看四周：「公子，奴婢覺得這地方不太周全，要不今日咱們就先回去，也免得被人誤傷。」

李景允甩著韁繩，好笑地問她：「以妳之見，爺收那紅封是做什麼用的？」

「要讓人拔頭籌。」花月想了想，「或者打到的東西分給別人一些？」

李景允搖頭，牽著騾子一夾馬腹繼續往前走：「那是他們拿來保命的。」

殷花月：「……」

她覺得他在說笑，乍一聽有些唬人，可反應過來就覺得他未免太過自負。今日來山上狩獵的貴門子弟何其多，也不乏有地位高於將軍府之人，逆著風說這話，也不怕閃了舌頭。

搖搖頭，她揣好紅封，還是打算拿回去還人。

李景允在南邊山頭遊走，時不時引弓出箭，箭落之處必有獵物，不過都是些小兔子和野雞，花月騎著騾子興高采烈地去撿，途中又遇見過兩回旁人被「誤傷」之事。她遠遠看著，縮了縮脖子。

途經一個小山坡時，花月眼神動了動。

「公子，東西太多，奴婢先找個地方藏起來，待會兒再回來拿吧？」她笑道，「帶這麼大一背簍東西，奴婢倒是無妨，這騾子挺受罪。」

李景允正抬箭指著一處騷動的草堆，聞言只「嗯」了一聲。

花月抱起背簍，騎著騾子就嘚吧嘚吧跑開了。

沈知落給她的圖紙，她昨晚仔細看過，也基本確定了方位。雖說不會全然信他，但花月覺得，順路來看一眼也不會虧。

李景允策馬去追一隻白鹿了，花月連忙按著圖紙找到一個大坑。

如沈知落所說，原本的松樹被人挖走，這地方遺留著土坑和雜草，旁邊有一塊岩石，尚算平整，也沒什麼刻紋。若不知這下頭埋的是什麼，便會覺得這岩石稀鬆平常。

花月下去，拿著帕子將它上頭的土和灰都擦了擦。

昔日風華無限的大皇子，入土連塊碑也不能有，以懷寧的性子，在九泉之下怕是也要大吵大鬧一番。

她低頭看著，腦海裡浮現出這人的臉。

殷寧懷對她並不算好，打從見面，他就搶她東西、捉弄她，甚至在她還不滿五歲的時候將她帶出禁宮扔在外頭，讓她滾遠點。

她叫他大皇子，他亦只喊她西宮小主，兩人掐起架來，沒少頭破血流。

可是，梁軍過境，直逼觀山的那一天，殷寧懷沒將她交出去。甚至到最後，周和朔都不知道大魏的皇室少死了一個人。

喉嚨哽了一口氣，花月垂眼，伸手刨開一捧土：「不是最恨我了，乾脆帶我一起走不是挺好？」

風吹草動，雜草沙沙作響。

「想罵我？」她哼了一聲，「你現在罵我也聽不見。」

手上動作乾淨俐落，很快刨出了一個坑，花月低頭看著，又笑：「當年你怎麼罵我的來著？說小野種生不配住禁宮，死不配進皇陵，我要是埋在父皇身邊，你就拿個鏟子，把我陵寢挖了。」

「大皇子您看看，您沒挖著我的，倒是我來動手了。」

兒時的鬥嘴最後卻是她占了上風，花月樂得很，但是樂著樂著，眼前就模糊了。

手指杵在泥裡，指甲縫裡都擠了髒汙，她嫌棄地看著，惱道：「非在這種地方幹什麼，又髒又荒，什麼也沒有……」

說到後頭，聲音沒在了喉嚨裡，她咬牙，翻出背簍裡藏著的鐵弩，就著弩頭將下頭硬些的土給刨開。

這坑本來就深，沒挖幾尺，她就當真挖著了個木頭盒子，下頭已經跟土凝成一塊，拿不出來，她狠了狠心就將盒蓋一撬。

一個白瓷罐子，旁邊放著一包黃錦，錦布一抖，掉下來幾個印章和兩塊銘佩。

這都是殷寧懷的信物，花月看也沒看，往懷裡一塞，就想接著去抱那瓷罐。

「好生大膽的奴婢，在藏什麼東西？」

旁邊一道驚雷炸響，花月手一抖，下意識地就拿土將瓷罐一蓋，然後抬頭。

一個穿著雪錦的男人站在坑邊居高臨下地看著她，手裡捏著弓箭，二話不說就拉開對準了她的眉心。

花月一愣，慌忙道：「奴婢是將軍府上的。」

「將軍府……」他目光掃向她懷裡露出的黃錦邊兒，瞇眼，「什麼東西，拿出來看看。」

花月為難，餘光往外一瞥，沒看見李景允的影子。

「磨蹭什麼？再不拿，我這箭可不長眼睛。」他又拉開了半寸弓。

花月僵硬地舉起手，掏出懷裡的東西放在坑邊。

黃錦歷來是皇室才能用的東西，裡頭若裹著印鑑玉佩，那可就不得了了。這人顯然也是個識貨的，掃一眼就變了臉色，手裡的弓箭半點沒鬆，眼裡甚至泛起了殺意。

察覺到了不對，花月抓起那包東西就想跑，可這人實在離她太近，近得她能清楚聽見弓弦彈動的聲音。

嗡——

有羽箭破空而來，花月心裡頓時只有兩個大字：完了。

梁朝人好騎射，能來打獵的都不是繡花枕頭，這箭準頭極佳，想躲都來不及。

鋒利的箭頭在她眼前放慢，花月甚至能看見上頭折出來的天空花草，遠處有樹影搖曳，甚至還出現了李景允的臉。

果然是人之將死，所想皆見。

她有點難過，甚至想伸手碰碰箭頭上這人的影子。

然而，下一瞬，旁邊橫空飛來一支紅尾箭，「鏘」地一聲，箭頭將她面前這支羽箭的箭身貫穿，箭木裂開，木屑一點點飛濺出來，偏離了它原本的軌跡，跟著整支箭就被帶著定在了後頭的杉木樁上，羽尾耷拉，偃旗息鼓。

花月愕然，震驚地扭頭，就見李景允踩著馬鐙，逆著光拉開了第二弓。

冰涼的箭頭上晃著日光，紅色的尾羽抵著弓弦後引，那人眉目清冽地望著箭之所指，長袍烈烈，殺氣橫生。

有那麼一瞬間，花月恍惚覺得四周是黃土遍布的練兵場，抬眼看過去，那人依舊穿著狐袍，紅纓在手。

影子一晃，紅纓化了赤羽，長箭破空，射中某個地方，換來一聲悶響。

瞳孔微縮，花月猛地回神，轉頭要去看，面前卻突然橫來一匹馬。

「妳騾子呢？」他扯著韁繩擋在她面前問。

花月抬頭看他，陽光有些刺眼，只看得清這人的輪廓。她有些恍惚，心口激烈的跳動還沒平復：「在……旁邊捆著呢。」

李景允擺手：「去騎上。」

乖乖地轉身找回騾子，又乖乖地回來把韁繩遞到他手裡，花月定了神，還想去看方才那人，卻被他拽著騾子往反方向拉。

「妳都知道這地方不周全，還敢離爺這麼遠？」

她覺得自己有點冤枉：「奴婢怎麼知道這裡的人會殺人不眨眼？」

「獵場刀劍無眼，誰死了都不稀奇。」

「可是……」花月摳著韁繩，忐忑地道，「您方才動的那個人，看衣著似乎頗有身分。」

李景允斜眼看她，輕笑：「若比身分，能比得過妳懷裡這東西的身分？」

臉色一僵，花月下意識地將懷裡的黃錦塞了塞，可旋即她意識到自己這動作有些蠢，他既然看見了，那她就算吃進肚子裡也沒用。

猶豫地將黃錦包掏出來，花月心虛地道：「奴婢想藏獵物的時候不小心挖出來的，也不知道是什麼東西。」

「不知道的東西妳也敢撿。」李景允接過來掃了一眼，眼裡墨色一動，「膽子也真是大。」

「黃錦包著的，多少也值些銀子不是？」

收攏東西往自己懷裡放了，李景允哼笑：「有的東西值錢，有的東西值命。」

這就不打算還給她了？花月有點急：「公子，那是奴婢發現的。」

「想要？」他斜眼。

「……也不是特別想要吧，但您這身分，哪裡稀罕這撿來的玩意兒。」她仰頭賠笑，「不如就賞給奴婢？」

李景允勒馬，她的騾子也跟著停下來，山間起風了，吹在薄薄的春衫上，還是有些涼意。

花月心裡發虛，捏著韁繩的另一端，移開目光不敢看他。

直覺告訴她，李景允是起了疑心的，但不知道為什麼，他沒開口問，只停頓了片刻，就繼續往前走了。

她不敢再開口要那包東西，只能眼巴巴地看著。

到了午時，眾人都就地烤肉吃，徐長逸和柳成和跑過來，拎著兩隻兔子朝她笑道：「殷掌事可會烤兔肉？」

花月有心事，頗為有氣無力地道：「還行。」

「那就麻煩妳了。」兩人把香料和兔子往她懷裡一塞，興高采烈地就跑去後頭找李景允了。

花月嘆氣，拎起兔子去河邊清理。

李景允坐在一棵老樹下頭，捏著一枚銘佩安靜地看著，他眼裡有惑色，還有些隱隱的不安。

「三爺。」徐長逸坐下來便笑，「您是不知道，東邊打得那叫一個血流成河，長公主最近獨寵的那個粉面男人被太子殿下的門客射傷，當即兩撥人就打了起來，謔，半分情面也沒留的。」

不著痕跡地將銘佩收了，李景允問：「你們倆就在旁邊看著？」

「那哪能啊，長公主那邊好說也是給了銀子的，咱們豈有袖手旁觀之理？」柳成和一本正經地說著，又笑開，「咱趁亂偷了兩隻兔子，交給你那丫鬟了，待會兒吃個飽的。」

李景允掃了一眼，發現花月蹲在不遠處的河邊挽著袖子剝兔皮，死人她看不得，死兔子倒是弄得乾淨俐落，動作像個屠夫，身板卻纖細得很，烏髮如雲，腰身不盈一握，淺青的腰帶繞了兩圈，還剩一長截拖在河邊的鵝卵石上。

與別的奴才不同，她總將背挺得很直，哪怕是要彎腰做事，這人的儀態也比旁的奴婢要好些。

微微思忖，他轉頭道：「成和，我記得五年前你進宮清點了前朝宗室典籍。」

「怎麼突然想起這個了。」柳成和啃著不知哪兒摘來的果子，望著天想了想，「是清點過。」

「那你可還記得，前朝有幾個皇嗣？」

「這還用記？」柳成和擺手，「前朝就一個大皇子，連太子之位都還沒來得及坐上，就死在了咱們太子手裡。」

李景允皺眉，手指在寬大的袖口裡摩挲著那銘佩，遲疑地道：「族譜上也只有他一個？」

「是啊，就他一個。」柳成和覺得好笑，「三爺，要是前朝還有餘孽，以咱們太子的性子，能睡上這麼多年的安穩覺？不早把整個京華翻過來了。」

他啃了一口果子，將汁水胡亂往袖口上一擦，含糊地道：「甭說太子了，長公主都不會閒坐著，眼下兩廂鬥得要死要活，若還有前朝餘孽在，那咱們大梁可熱鬧了。」

「這樣……」李景允垂眼，眉頭沒鬆開，還是在思量。

徐長逸好奇地看著他道：「三爺在想什麼，是出了什麼事不成？」

「沒有。」李景允道，「我就是想起野味居那一場鬧劇，你們說若是沒有前朝的皇嗣遺留，這群人冒著丟命也要來刺殺東宮，是圖個什麼？」

「圖個報仇雪恨唄，畢竟咱們殿下當年屠盡了他們皇室，也沒對大魏的百姓手下留情。」說到這裡，徐長逸有點唏噓，「這將來也不會是個明君吶。」

「你瞎說什麼！」柳成和急斥他一聲，左右看看，怒道，「想死也別拉上我和三爺。」

徐長逸心虛，乾咳兩聲扭頭就喊：「殷掌事，兔子好了沒？」

花月剛把收拾好的兔子架上火堆，聞言有些哭笑不得：「幾位公子要吃生肉？」

「那倒不是，妳慢慢烤。」徐長逸笑道，「仔細手，別燙著了。」

李景允抬眼，目光幽冷地看向他。

柳成和：「……」

他覺得徐長逸還不如罵太子呢，就這做派，也沒想好好活。

吃了午膳，這兩人就跟著李景允走了，三人一起圍獵，收穫頗豐，等日落下山的時候，花月並著另外幾個奴僕都背著幾大簍子，手裡還牽著白鹿山雞。

「這鹿漂亮，難得的是身上竟也沒個傷口。」徐長逸嘖嘖嘆奇，「三爺怎麼抓著的？」

李景允頭也不回地指了指花月：「她抓的。」

徐長逸看了過來，花月一愣，連忙搖頭：「奴婢不知此事。」

「妳織的網抓的，怎麼就不是妳抓的了。」李景允輕哼，「回去給妳養在將軍府裡，免得妳天天說沒見過，要出來打獵。」

徐長逸意味深長地「哦——」了一嗓子：「我說今年三爺怎麼還來湊熱鬧呢，原來有這麼一齣。」

柳成和也跟著起鬨：「沒想到咱們三爺也會為美色低頭。」

花月有點尷尬，側頭一看，李景允倒是鎮定自若，面無表情地道：「我見的世面少，哪像您二位啊，家有美眷良妻，看慣了美色，自然不易低頭。」

提起這茬，兩個人臉上都是一僵，徐長逸表情誇張地捂住了心口，痛苦地道：「三爺，都是兄弟，說話別往人心窩子捅，我家那位，有美色可言嗎？」

柳成和也搖頭，想起些事來，臉色發青：「還美色呢……回去指不定鬧成什麼樣子。」

花月一怔，接著就笑了。這兩位公子看起來瀟灑，沒想到家裡似乎有些麻煩，不提還好，一提他們臉就綠了一路，直到回到下頭行宮之時，都沒緩過來。

李景允同情地目送他們回了房間，然後轉過身來語重心長地道：「知道爺為什麼不願成親了？」

花月笑得甜美，朝他搖頭：「奴婢不知。」

「……」

李景允恨不得把她也架去火上烤了。

察覺到殺氣，花月賠笑，抱起他的弓箭就開溜，紅色的鳳羽箭在箭囊裡晃蕩，尾羽看起來漂亮極了。

行宮的主殿裡，周和朔也捏著一支箭。

他就著燭火看了看那火紅的鳳羽，眼裡神色黑沉恐怖。

沈知落站在他身側，手裡乾坤盤轉了兩圈，還是道：「此人無叛意。」

「他沒叛意。」周和朔輕笑，捏著紅羽箭轉了一圈，將箭頭對準他，抬眼，「沒叛意為何要殺本宮的人？」

一身錦袍的僕射被白布蓋住，放在了主殿的臺階下頭，幾個奴僕跪在一側，瑟瑟發抖。

周和朔實在想不明白：「這人得罪他了？」

「回殿下。」旁邊有人道，「僕射與李家公子並無交集。」

「沒有交集，卻用他獨有的箭將人射殺，還是一箭穿顱。」周和朔垂眼，「不是明擺著給本宮臉色看？」

「箇中緣由，微臣不得而知，但有一事殿下可以考慮。」沈知落拂袖，「自古英雄難過美人關，長公主尚知與他攀姻親，殿下又怎能沒有表示。」

周和朔恍然，眼尾朝旁邊一掃，陡然勾出笑意：「這個倒是好辦。」

花月正在後院的水井提水，剛打上來一桶，還沒倒進盆裡，就見另一個拐角繞出來幾個奴才。要光是奴才還沒什麼打眼的，但那幾個奴才當中，圍著個天仙似的美人兒，裙袂飄飄，長髮如瀑，飛也似地從走廊間過去了。

她覺得新鮮，端起水盆就往回跑，想給李景允說這行宮裡原來有仙女啊。

結果一進門，她發現仙女坐在李景允的旁邊。

花月：「……」

李景允看起來心情不錯，朝她擺手道：「水放著，妳下去吧。」

花月扯了扯嘴角，沒動。倒不是別的什麼原因，而是夫人欽點了要她湊合韓家小姐跟這位爺，沒道理白讓人趁了空子啊，這三更半夜孤男寡女的，她要是走了，那還得了？

「公子。」猶豫著開口，她道，「時候不早了，若有來客，不妨明日再見？」

墨瞳不動聲色地掃過她的臉，李景允哼笑：「妳也知道時候不早，這個時候來的客人，來了還能走了？」

還真是說得坦蕩，一點也不避諱。

花月抬眼看，就見那仙女已經是雙頰泛紅，美眸顧盼間脈脈含情。

人家這乾柴和烈火都準備好了，她往這兒潑一盆涼水，好像是不太合適。花月想了想，還是乖順地道：「那奴婢就告退了。」

李景允沒吭聲，目送她出門，抿了抿唇角。

似水在旁邊看著他，壓根沒注意這奴婢在說什麼。

在太子那邊她只能做個歌姬，可在這兒就不同了，將軍府的公子年少有為血氣方剛，若能與她好上，那她也能撈個著側室，享盡榮華。

於是她一雙眼就定在了他身上，就等那門一闔，便好飛上枝頭變鳳凰。

然而，原本還笑著的公子爺，在門闔上的一剎那突然就沉了臉，踢開腳邊矮凳扯了扯衣襟，看起來頗有些煩躁。

「公子熱嗎？」似水連忙起身，笑著就要替他寬衣。

「不急。」他攔住了她的手，懨懨地道，「爺有些事想不明白。」

上來就做那事，好像是沒什麼情調。似水收回手，嬌笑道：「公子這般人物都想不明白的事，那奴家定然也想不明白。」

這人看了她一眼，似乎有些嫌棄，似水嚇了一跳，慌忙道：「但奴家可以聽，公子且講。」

「妳們女兒家，若是心裡有人，會捨得將人拱手讓給別人？」他問。

似水一愣，沒想到他會問這個，眼睛眨巴眨巴便道：「若當真是放在心坎上的，那自然沒有讓的道理，別說讓了，奴家看上的人，誰要是多碰兩下，奴家也要生悶氣。」

「不過奴家這心思，是做不得大戶人家主母的，人家當主母的，都不嫉不妒，專心為夫君開枝散葉。」

李景允沉默片刻，更煩了：「她又不是主母，怎麼也沒個妒性。」

「誰？」似水不解。

他沒再答，起身將房裡的香點了，然後站去窗邊等著。

似水有些慌，她不知這公子為何不再看她，低頭打量自己兩圈，她起身，想再與他說些話。

然而，青煙過處，她覺得腿腳發軟，好像有點站不起來，沒過一會兒，人還有點發睏。

「公子……」迷迷糊糊間，她看見窗邊那人朝自己走過來了，還溫柔地伸出了手。

心裡一喜，似水伸手去抓，可還沒碰到指尖，她眼前就是一黑。

花月沒回奴僕的大雜院，而是去了一趟後庭。

月色寂寂，沈知落站在庭前樹下，一身袍子與黑夜相融，只看得見一張臉。

他聽見了動靜，回頭朝她笑：「找到了？」

花月點頭，為難地看著他。

「找到了怎麼還是這個神情。」沈知落輕笑，伸手摸了摸她的髮髻，「想寧懷了？」

「我才不會想他。」花月皺了皺鼻尖，「我是有別的事。」

西宮小主輕易不肯與人示好，一張嘴什麼都會說，就是不肯說軟話。沈知落嘆息搖頭，撚了撚她髮間銀簪，問：「別的什麼事？」

咽了口唾沫，花月心裡發虛：「如果他陪葬的東西落在了別人手裡……會如何？」

神色一變，沈知落顫了顫，手裡的乾坤盤一動，嘩啦啦轉了個方向。

他低頭一看，無奈地扶額：「落在誰手裡了？」

「也沒誰。」她含糊地嘟囔，「就李家公子。」

「李景允？」沈知落氣笑了，「小主可真會找人給。」

「不是我給的。」她微惱，「出了些事，東西被他發現了，拿去了就不肯還我。我都沒來得及看清是些什麼。」

沈知落抿唇，平靜了半晌，吐了口氣道：「那些東西落在他手裡沒什麼用，只有妳拿著才好使。」

花月眼眸一亮。

「妳也別高興，總在他手裡，萬一讓太子知道，妳整個將軍府都別想留活口。」

心口一跳，她抬頭看著面前這人，發現他半分沒開玩笑，不由地有些發愁。

得想個法子拿回來才行。

今晚是不可能了，公子爺美人在懷，定是一番良宵不得歇，花月按捺住性子，決定明天晚上想法子去拿。

結果，一夜過去，小院裡熱鬧大發了。

不知是誰走漏的風聲，說李景允寵幸了個歌姬，於是韓霜一大清早就來了這邊，對著李景允就是一頓哭鬧，長公主接著也來了，笑著打了兩句圓場，順手就讓人把那歌姬拖出去砍了。

那歌姬哪兒甘心啊，張口就喊自己是太子許配給李公子的人，於是沒一會兒，太子殿下也來了，說這郎才女貌的正合適，讓李景允收了做妾。

韓霜當即就哭昏了過去，長公主鐵青了臉，死活要砍人，太子殿下不讓，兩人就在主屋裡僵持著，連第二日的開獵都沒去。

花月看得唏噓啊，心想都說紅顏禍水，沒想到這還有藍顏禍水，李景允這一出，也沒比褒姒妲己之流差在哪兒。

「殷掌事。」溫故知不曉得從哪兒冒了出來，拉著她就是一陣安慰，「男人麼，少不得有個三妻四妾的，三爺這般人物，身邊也不會只有一個。」

花月莫名其妙地看了看他，又看了看屋子裡正被掐著人中的韓霜，乾笑著問：「您認錯人了？」

這不該是安慰韓家小姐的詞兒麼？

溫故知一愣，眨眼打量她片刻，納悶：「妳不傷心的？」

「傷心什麼？」花月扯著自己身上的灰鼠袍給他看，「這兒有奴婢傷心的地兒麼？昏過去也沒人給掐人中啊。」

「不是。」溫故知想不通，「妳和三爺也算是情投意合，中間平白橫出個人來，難道連點情緒也沒有？」

情投……還意合？花月垂眼，嗤笑出聲：「您怎麼就不明白呢，公子爺是主，奴婢是僕，我倆就算天天在一塊兒，也沒情投意合的說法。他看不起我，我也未必中意他。」
溫故知搖頭，還想反駁，餘光卻瞥見她身後來了個人。
李景允站在門口，手裡還捏著半包蜜餞。他側頭看過來，恰好能看見殷花月那因為認真而繃起來的小臉。
她的眼神一如既往的平淡，姿態卻柔和極了，像春光裡沐浴的玉蘭，溫軟恭順地朝溫故知屈膝：
「公子只要順利訂親，與誰相好都無妨。」
心口好像有塊什麼東西，猛地往下一沉。

第27章　十幾年的相處

絲毫沒察覺到身後有人，花月看了看溫故知，關切地掏出帕子遞給他：「大人，奴婢說的都是實話，您怎麼嚇成了這樣？」

溫故知臉色發白，沒敢伸手接，只咽了口唾沫，眼珠子直往她身後的方向示意：「妳現在說點好話……許是還有救。」

好話？花月沒看明白他這歪嘴斜眼的是什麼意思，納悶地想了想，試探地道：「那祝公子美眷在側，福壽康寧？」

溫故知：「……」這還不如閉嘴呢。

花月茫然地看著他這恨鐵不成鋼的表情，正想再問，就聽得身後傳來李景允的聲音：「殷掌事。」

尋常的語氣，聽著也沒什麼情緒，可走廊這兩人都是一僵。

花月反應過來了，懊惱地看一眼面前這人。溫故知比她還惱呢，他都暗示半晌了，這傻丫頭也沒明白，怪得了誰？

兩人僵持了片刻，花月還是先轉了身，埋著腦袋朝他行禮：「奴婢在。」

「去加點茶。」李景允彷彿什麼也沒聽見，只平靜地吩咐，「溫熱的既可。」

「是。」

如獲大赦，花月小碎步邁得飛快，眨眼就躥出去三丈。溫故知見狀，也乾笑著拱手：「我跟著去幫個忙。」

李景允覷著他，薄唇輕抿，神情冷漠。

溫故知後退兩步，扭頭就跑，追上前頭那傻子，委屈地道：「妳說的話，他給我臉色看幹什麼。」

花月捏著手走得端莊，嘴唇沒動，聲音從牙齒裡擠出來：「奴婢也沒說錯什麼。」

「是沒說錯，可他聽得不高興。」

「那要說什麼他才高興？」花月納悶。

溫故知這叫一個氣啊：「都說女兒家心思細膩，妳怎的跟三爺也差不離。男人喜歡聽什麼妳能不清楚？無非是誇他讚他，喜他悅他，這還用教麼？」

眼裡劃過一絲狼狽，花月抿了抿唇角：「當奴婢的，還是做奴婢應做之事為好。」

這話說得如一潭死水，波瀾不起，溫故知看了她兩眼，欲語還休，最後長長地嘆了口氣：「看來三爺還是沒福氣，連婚姻大事都只能為人傀儡。」

花月覺得好笑：「公子爺天生尊貴，本事又過人，還得無數上位者的青睞。這般人物要都只能做傀儡，那這世間能有幾個鮮活人？」

「妳個小丫鬟懂什麼。」溫故知跨進茶房，掃了一眼四下無人，拎起兩個空茶壺往她面前一擺，「真以為韓李兩家的婚事是門當戶對？不過是長公主用來拉攏李將軍的法子罷了。」

一根茶匙橫在兩個茶壺中間，搭起一座橋，他指了指茶匙，撇嘴：「三爺就是這個。」

花月拿起那根茶匙擦了擦，放進一邊的托盤：「公子只要與門當戶對的人成親，就難免要為維繫兩家關係而付出。」

「可眼下情況不同呀。」他又拎來一個茶壺放在旁邊，努嘴道，「太子殿下同三爺示好多年，早有將他納入麾下之意，既如此，又哪裡肯讓三爺順了長公主的意。今日這番鬧劇，不就是這麼來的？」

「他們想同三爺結姻親，是都覬覦著三爺背後李將軍的兵力，一旦三爺應了誰，便是等同拉著整個將軍府站了隊，將來若有不測，覆巢之下，焉有完卵？」

手指在三個茶壺上頭敲了敲，溫故知惆悵地道：「三爺可憐吶——」

花月聽得怔忪了片刻，可旋即就恢復了從容，仔細將茶水倒進三個茶壺，一併端起來往外走：「主子再可憐也是主子，我一個奴婢，幫不了他什麼。」

「這話就不對了。」溫故知跟著她走，碎碎叨叨地道，「妳常伴他身側，總是能尋些法子讓他開心的，他眼下就喜歡聽妳說好話，妳哄他兩句又何妨？」

哄兩句，然後給他嘲笑？花月搖頭，這事做一次是腦袋不清醒，做第二次就是傻。

「溫御醫。」有丫鬟提著裙子跑過來，「韓小姐醒了，請您快去看看。」

溫故知閉了嘴，終於是跟人走了，花月端著托盤看著他的背影，輕輕搖了搖頭。

長公主和大皇子在李景允的屋子裡吵了足足兩個時辰，花月端茶都端了四個來回，最後兩廂各讓一步，太子殿下先將似水安置在別處，李景允也沒點頭應下與韓霜的婚事。

主屋裡不歡而散，花月進去收拾殘局的時候，下意識地往內室的方向蹭。

大皇子的遺物應該還藏在他房裡，昨兒有似水在，她沒機會來找，眼下外頭沈知落和李景允正說得歡，那她也能趁機踩踩點。

不動聲色地將內室裡灑掃一番，花月翻開兩個抽屜，皺眉闔上，又去翻一邊的櫃子。她動作很輕，不敢發出聲響，一邊翻還一邊透過窗戶往外看。

庭院裡，兩道身影相對而坐。

桌上天青色的茶盞溢出縷縷苦香，沈知落伸手撚來嗅過，不入口，倒是盯著杯盞上的花紋看了看：「公子爺已是弱冠之年，身邊沒個人可不是好事。」

李景允慵懶地倚著後頭假山，長腿隨意地往旁邊的空凳上一伸：「大司命還要做媒婆的活兒？」

「倒不是在下多管閒事，而是命盤有言，公子若在年內添個喜事，對將來大有好處。」

李景允恍然，似笑非笑地指了指屋裡那探頭探腦的人：「那添她如何啊？」

沈知落順眼看去，眼裡劃過一絲惱意，不過稍縱即逝，一轉眼就失笑開來，紫瞳泛光間容色驚人：「強扭的瓜可不甜，她心裡有無公子地位，旁人不清楚，公子如魚在水，還能不知冷暖？」

「大司命所言甚是有理。」李景允抬手撐了下巴，滿臉苦惱，「可有句話怎麼說的來著，強扭的瓜不甜，但解渴。伸手就能扭到的東西，爺管她甜不甜吶，扭了放在自個兒籃子裡，那別人也吃不著。」

沈知落不笑了，俊俏的臉沉了下來，如暮如靄。他回視面前這人，聲音放得很輕：「此女生來帶厄，剋父母剋兄長，將來也必定剋夫。」

此話一出，面前這人臉上的笑意慢慢收斂了起來。

沈知落覺得這是意料之中的事，順勢勸慰道：「公子爺還是考慮考慮太子送來的人吧，那姑娘八字好，是個旺福的命，有她入門，家宅可……」

「這話你同她說過？」李景允突然開口。

沈知落一頓，沒明白：「跟誰？」

「她剋父母剋兄長還剋夫，這話，你同殷花月說過？」

沒料到他還在想這茬，沈知落垂眼：「她從懂事開始就知道自己的命數，不勞公子操心。」

眼裡墨色翻湧，李景允看了他半晌，慢慢收回腿坐直了身子。

「先前撞見過不少回她與你親近的場面，我還以為二位是什麼陳年故交，情意知己。」他湊近他些，眼底的嘲弄清清楚楚，「沒想到大司命也未曾將她放在心上，可憐我那丫鬟還誇讚大司命皮相，也是個為色所迷的無知人。」

他這神態過於譏諷，一字一句也跟生了刺似的，聽得人不舒坦極了，饒是冷靜如沈知落，也架不住有些惱：「公子這話未必太過武斷，我與她相處十幾年，怎麼也比公子來得熟悉親近。」

「大司命所謂的熟悉親近，就是對著個孩子咒人剋天剋地，讓人了無生趣？」李景允不以為然，「您這十幾年，還不如不處。」

——從我出生開始你便說我不吉，再大些斷我禍國，後來我終於家破人亡無家可歸，你又說我命無桃花，註定孤老。沈大人，我是做錯了何事，招惹您憎恨至此？

腦海裡響起花月的聲音，沈知落呼吸一窒，一股涼意從心坎生出，直蔓指尖，他想捏緊手裡的乾坤盤，可一捏，才發現這東西更涼。

無措的羅針打了幾個旋，怎麼也停不下來，沈知落看了一會兒，突然伸手將它死死摁住。

「你懂什麼呢？」他再開口，聲音沙啞得不像話，「我與她這十幾年的相知相守，輪得到你來指手畫腳？你知道她生下來是什麼模樣，又知道她都經歷了些什麼？你救過她的命嗎？被她崇拜過嗎？她半夜被雷驚醒，第一個去找的人是你嗎？你知道她六歲寫的字是什麼樣子、知道她十歲畫的什麼畫嗎？」

越說越激動，可說完，沈知落反而是冷靜下來了，他看著他，半晌之後，淡淡地道：「你什麼也不知道，你只知道她現在是你身邊的一個丫鬟。」

庭院裡起了一陣風，將桌上嫋嫋的茶煙陡然吹亂，假山上的野草跟著晃了晃，一顆碎石被擠落掉入下頭的魚池，池水暈開，泛起清寒的水紋，原本雅致精巧的院子，不知怎的就孤冷幽寒了起來。

沈知落起身，撫著乾坤盤漠然往外走：「您還是早些將似水納了吧。」

似嘆似嘲的語氣，被風一卷，吹在茶裡散出了苦味兒，李景允沒應，半張臉映在茶水裡，被浮起來的茶葉一攪，看不清表情。

花月找完櫃子還是一無所獲，抽空再往窗外看出去的時候，就見外頭只剩了李景允一個人。他側對著她坐在庭院的石桌邊，沒動也沒說話，背影冷冷清清。

「殷掌事。」就在花月以為他會靜坐上許久的時候，這人突然開口了。

微微一愣，她依依不捨地看了一眼床上那幾個還沒查看的抽屜，然後拿了屏風上掛著的東西便往外走。

「公子有何吩咐？」走到他身側，她抖開手裡的披風給他繫上。

纖白的手指幾個翻飛，就打出一個漂亮的結，李景允低頭看著，眼裡神色不虞：「替我傳個話，讓柳成和過來一趟。」

「是。」她應了，將他的披風整理好，然後扭頭就去跑腿，灰色的老鼠褙子從背後看過去，當真是又老氣又粗糙。

他安靜地看著，食指在桌沿上輕輕一敲。

柳成和過來，兩人關著房門就開始議事，花月安靜地在門外守著，盤算著等晚膳的時候，她借著換被褥的由頭，就能將床上那兩個抽屜也找了。

結果不曾想，裡頭兩人商議良久，晚膳直接在主屋裡用，然後柳成和離開，李景允懶洋洋地往軟榻上一趟，抽了書來看，絲毫沒有要出門的意思。

花月拿著帕子擦拭房裡的花瓶，眼角餘光打量著他，猶豫片刻，還是笑道：「今晚月色不錯，韓小姐身邊的丫鬟來傳話，說公子若能去觀山湖邊走走，那就再好不過了。」

李景允頭也沒抬：「不去。」

「那東邊庭院裡的烤肉宴呢？」她眼眸亮亮地提議，「您晚膳也沒用多少。」

手上的書翻了一頁，李景允打了個呵欠：「要下雨了，吃不了一會兒。」

「哪兒啊，月亮還那麼……」花月笑著指天，結果就看見一片黑壓壓的雲遮住了皎月。

後半句話咽了回去，她低頭，老實地擦著手裡的花瓶。

李景允瞥了她一眼，臉色不太好看：「怎麼，想把爺支開？」

心裡一跳，花月連忙搖頭：「沒，哪能呢，爺愛在哪兒就在哪兒。」

「那妳這躲躲閃閃的是幹什麼？」他將書捲起來，往臉側一撐，「又想妳的老相好了？」

被擠兌多了，再聽這種話已經絲毫不會難過，花月放下花瓶，從善如流地道：「老相好那麼多，您問的是哪一個？」

臉頰鼓了鼓，李景允「唰」地展開書擋在自己面前，嗤道：「愛哪個哪個，有爺在，妳別想得逞。」

花月笑了笑，看一眼內室床上的抽屜，不著痕跡地將準備好的被褥抱進來：「這床來過外客，奴婢替您換一換。」

「不必。」李景允悶聲道，「爺不嫌棄。」

「可是……」

「爺的客人，跟妳有什麼關係？」他來了氣，沉著眉眼道，「說不用換就不用換。」

臉上的笑意有點僵，花月低頭看了看懷裡的被褥，遺憾地伸手撫了撫。

這條路行不通，那可怎麼是好？

眼前的書一個字也沒看進去，李景允擦著書邊兒抬眼，就見那人磨磨蹭蹭地站著，琥珀色的眼瞳直往內室瞥，瞥一眼又飛快地收回去。

眉梢一抬，他眼裡劃過一道暗光，稍稍一思量，便放了書道：「今日累得很，爺想早些就寢，妳也下去休息吧。」

「是。」不情不願地退下去帶上門，花月在門口站了一會兒，看著屋子裡燈熄了，眼眸又是一亮。明的不行，那就來暗的。

尋了一截安神香來點上，順風放上李景允的窗臺，花月捂著口鼻看著香煙往屋子裡飄，就蹲在外頭等著。

夜裡下起了雨，還越下越大，花月瞅著，心想雨天最是安眠，再加上安神香的催眠功效，應該是萬無一失。

於是半個時辰之後，她「吱呀」一聲推開了門。

「公子？」小聲喊了一句，她抱著被褥輕手輕腳地道，「下雨了，奴婢怕您著涼，特來給您加床被子。」

房間裡安安靜靜的，除了外頭傳進來的雨聲，別的什麼動靜也沒有。

花月一喜，湊近內室又喊了一聲：「公子？」

李景允安靜地躺在床上，雙眸緊閉，呼吸均勻。

心下一鬆，花月無聲地上前，假意將被褥展開給他蓋上，手卻趁機伸到床裡頭，摸著抽屜上的銅環，輕輕一拉。

一團黃錦露了出來，裡頭裹著的東西紋絲未動。

眼眸一閃，她連忙想伸手去掏，結果床上這人突然就朝外一翻身，胳膊伸出來，眼看著就要碰到她的腿。

般花月反應極快，憑藉自己苦練多年的輕功，一個後仰翻就從地上翻到了床內，落點無聲，姿勢輕巧優美。

李景允手落了空，橫在床沿邊，人沒醒。

偷偷鬆了口氣，花月又想動手，誰料外頭突然一聲驚雷轟頂。

「咔嚓——」震耳欲聾的響動，伴隨著花窗都被照了個通亮。

花月嚇得渾身一僵，床上的李景允也似乎被吵著了，嘴裡嘟囔了一聲什麼，翻過身來胳膊就搭住她的肩，將她整個人按在了旁邊的枕頭上。

閃電像是劈在房梁上一般，天邊春雷陣陣，窗外大雨傾盆，花月一動不動地瞪著雙眼，眼睛能看見的是床帳頂上的壽山紋，耳邊傳來的是李景允溫熱的氣息。

懷裡抱著了個人，這位爺似乎也沒有察覺，呼吸平緩，睡意濃厚。他胳膊很重，壓得她有點喘不過氣，可也正因此，她好像沒那麼害怕了。

小時候總怕打雷，一打雷她就愛往沈知落的房裡跑，因為大家都說他知天命，雷肯定不會劈他。沒想到如今躲在個不知天命的人身邊，她竟然也覺得挺安心。

她側頭往旁邊看，電閃雷鳴之中，睡著的李景允沒有白日的戾氣和乖張，一張輪廓較深的臉，眉目端正極了，長長的眼睫垂著，看起來溫和又無害。

這樣的人，就算做傀儡，也是濃墨重彩、最為打眼的一個傀儡。

雷聲持續了一炷香，花月也就盯著人看了一炷香，一炷香之後，她清醒過來，想把他的手挪開繼續去掏抽屜，結果剛一用力，旁邊這人就像是要醒一般。

花月嚇懵了，雙手舉在自己耳側，連呼吸都放輕了。

李景允動了動身子，將她攬得更緊了些，下巴抵在她的肩窩裡，似乎覺得很舒服，又沉睡了過去。

花月：「……」

她是來偷東西的，不是來偷人的。

這般場景，明兒醒過來該怎麼跟人解釋？

心裡直發愁，花月愁著愁著就也睡了過去。外頭大風大雨的，她這一覺卻睡得極為安穩，多年來的噩夢和夢囈都沒有來找她，一覺就睡到了天邊破曉。

睜開眼的第一件事，她先提著心扭頭看了看，發現李景允依舊在沉睡，連忙試著去挪他的手。

這次李景允沒有要醒的意思了，她順利地脫離他的懷抱，起身理好衣襟和髮髻，跪坐起來正要去拿抽屜裡的東西，卻聽得一聲：「妳幹什麼？」

嚇得差點跳起來，花月連跪帶爬地下了床，站在床邊吞吞吐吐地道：「奴……奴婢拿被子，外面雨……奴婢不是有意……」

李景允眼皮半睜地看了她一眼，像是壓根沒睡醒，將床帳一拉，悶哼一聲又睡了過去。

冷汗濡溼了衣裳，花月站在床邊愣了好一會兒，發現他當真只是驚醒了一下，沒有要追究她的意思，連忙腿腳發軟地往外退。

這真是黃泉路口走了一遭，幸好沒被發現，她關上門拍了拍心口，剛放鬆片刻，又覺得不對。

她是沒事了，東西怎麼辦？

抬頭看看緊閉的房門，花月臉色很難看，心想難不成今晚還得再來一次？

不了吧……

眼睛眉毛皺成一團，她扶額，頭疼地揉了揉太陽穴。

「姐姐起得早啊？」別枝遠遠地打了個招呼。

花月扭頭，正好看見她端著一盤子早點過來，兩人視線一對上，別枝一愣，上下打量她兩圈，又看看旁邊的房間，神色陡然複雜：「姐姐妳……」

人剛睡醒的窘態和聲音裡的沙啞是遮掩不住的，花月張口想解釋，可又覺得有點欲蓋彌彰，誰會信一個丫鬟在主人房裡不小心睡著了這等荒謬事。

於是她只笑了笑，繞過她就要走。

「姐姐。」別枝一改先前的乖順，橫身過來攔住她道，「莫怪我這做妹妹的沒提醒，姐姐是個什麼身分也應該清楚才是，長公主才送走一個，您怎麼也動這歪心思？那姑娘有太子護著，您有誰護著？」

花月屬實尷尬，只能點頭道：「受教了。」

這話聽來更有些不服的意思，別枝沉了臉，將托盤往走廊的長石板上一放，捏著手道：「妹妹逾越，今日就提前說道姐姐兩句，人要臉樹要皮，不是每隻麻雀都能往枝頭上飛，動作大了，摔個死無全屍的有的是。」

「我知道了，下次不會了。」花月一笑，繞過她想往另一頭走。

結果這小丫頭動作比她還快，側身擋住路，冷眼道：「原以為姐姐挺好，不曾想也是厚顏無恥的賤人，存著那拿皮肉換富貴的心思，幹出這樣不要臉的事，不曾想著去給我家小姐道歉，倒是想一走了之麼？」

花月笑著笑著眼神就涼了，她抬眼看著這還沒她下巴高的小丫頭，終於是不耐煩了：「妳家小姐過門了？」

別枝一愣，接著就惱了：「早晚的事。」

「早晚也分個有早有晚，眼下妳家小姐還沒過門，妳還能管誰在公子爺房裡過夜？」花月伸手，替她拂了拂肩上的晨露，「別說我什麼也沒幹，我就是真往主子床上爬了，今兒也輪不到妳來說教。」

指尖往她肩窩一抵，將她整個人往旁邊推開，花月皮笑肉不笑地抽了髻上銀簪含在嘴裡，烏髮散落下來，又在她手心被重新合攏，髮梢一甩，糊了別枝一臉。

「你……」別枝拂開她的頭髮，大怒。

捏著銀簪重新往髮間一插，髻如遠山黛，眉如青峰橫，花月睨了她一眼，施施然消失在了走廊盡頭。

第28章　挖好的坑你跳不跳？

房間的窗戶半開，李景允靠在窗邊，將外頭這一場吵鬧盡收眼底。

花月在他面前順從慣了，以至於他都忘記了這人是將軍府裡最凶最惡的狗奴才，瞧瞧對著外人這凌厲的氣勢、這目空一切的動作、還有這不卑不亢的態度，真真配得上一聲「殷掌事」。

欣慰地點了點頭，他轉去了另一側朝著後院的窗邊，想再看看這人那犀利的小模樣。

結果就看見方才還昂首挺胸的人眼下正抱著後院走廊上的石柱子瑟瑟發抖。

李景允：「……」

花月著實慌啊，有氣勢是一回事，可真讓韓小姐和長公主逮著錯處就是另一回事了。別枝有句話說得沒錯，似水有太子殿下護著，她有誰護著？真讓人當什麼狐媚的小妖精往林子裡一拖然後打死，她連喊救命的地方都沒有。

垮了一張臉，她抬頭望了望天，眼裡滿是絕望。

「殷掌事。」樓上傳來了李景允的聲音。

花月一頓，扒拉著石柱站起來，迅速收拾好自個兒，恢復了一個掌事該有的儀態和笑容，邁起小碎步就往樓上跑。

李景允倚在床邊等著，沒一會兒就見這人面色從容地到了他跟前，屈膝行禮：「公子，洗漱用的水奴婢已經打好了，您今日可要上山？」

睏倦地「嗯」了一聲，李景允起身讓她更衣，一雙墨瞳從她臉上掃過，又若無其事地看向窗外：「妳在這院子裡，可有聽見那歌姬的消息？」

「公子是說似水姑娘？」花月想了想，搖頭，「只聽聞太子將她安置去了行宮之外。」

眼裡劃過一絲憐惜，李景允嘆惋：「還真是可惜了。」

伸手替他理直衣襟，她笑道：「公子要當真捨不得，便讓太子將人送回來就是，哪有什麼好可惜的。」

「妳不明白。」他惆悵地抬手，眼神憂慮地望向遠方，「那哪裡只是簡單的歌姬，只要在我這房裡過了夜，便是殿下打在韓家臉上的一巴掌，長公主那麼護短的人，豈能容她？」

此話一出，面前這小丫頭臉色一白，放在他腰帶上的手指顫了顫，嘴唇也不安地抿了抿。

墨瞳含笑，李景允半垂下眼皮來，又嘆一口氣：「也算爺負心薄情，若納了她，她也便什麼事都沒了，但她是殿下送來的人，爺也不能輕易將她收了，只能可惜她這紅顏薄命。」

眼前這人聽著，臉色更白了，琥珀色的眼眸眨巴眨巴，強裝作若無其事地摳著他衣襟上的雲雷紋：「似水姑娘有太子撐腰，也會薄命？」

「太子於她終究是主子，主子對奴婢能有多少庇護？」他意味深長地道，「似水也是走錯了路，早些往殿下跟前討了喜，得個姬妾的名分，那可就萬事無憂了。」

「公子說得倒是輕巧。」她皺了皺鼻尖，「您的姬妾尚且難為，要做太子的姬妾不是更加難如登天？」

「不試試怎麼知道？」他目光幽深地看著她，「若是坐以待斃，那還不如放手一搏。」

花月一怔，覺得李景允話裡有話，可她抬頭看過去，面前這人又是一副神色慵懶、還未睡夠之態，眼尾有些不耐煩地往下撇，嘴角也輕抿著，沒有要與她說笑的意思。

狐疑地收回目光，花月將他的腰帶繫好，繼續愁眉苦臉。

今日李景允是要上山狩獵的，花月從他用完早膳開始就捂著腦袋裝虛弱，等他收拾好東西準備出發，她也就順勢告假，想趁著他不在，把遺物先拿走。

結果李景允關切地摸了摸她的額頭，然後道：「妳不舒服，那今日爺就不上山了。」

花月傻眼了，她瞪圓了眼看著他，指了指外頭：「您不去爭今日頭籌？殿下和那麼多人都盼著呢。」

「每年都爭到手，也不見得有什麼趣味。」李景允往軟榻上一靠，滿不在乎地道，「今年讓讓別人也無妨。」

這話太囂張了，從別人嘴裡說出來，定要被罵張狂無度。可這位爺要這麼說，誰也沒法說他什麼，畢竟從大梁開始春獵起，每年的頭籌的確都是他拔的。

花月為難地看了內室一眼，又給他添了盞茶，試探著問：「您要在這屋子裡待一天，不覺得悶？」

「是有點。」他抽了書隨手翻了兩頁，「那妳便去給爺尋點蜜餞來。」

殺人不眨眼的武夫，偏喜歡吃那甜膩膩的東西，花月腹誹兩句，還是轉身要去給他找。

結果剛拉開門環，一盤蜜餞就遞了過來。

「……」別枝端著盤子，看見她就臉色變了變，也不說什麼，擠開她就徑直進了房間。

「三公子安好，這是我家小姐特意給公子送來的，還請公子別嫌棄。」她笑著朝李景允行禮，殷切地看著他。

李景允沒動，彷彿沒聽見這話似的，連眼皮也沒掀一下，翻了一頁書，懶懶地打了個呵欠。

屋子裡安靜下來，氣氛有些尷尬。

花月站在門口看著，正猶豫要不要請她出去，門外就又傳來了腳步聲。

「公子安好。」似水端著點心在門外行禮，一身青綠色的流仙裙飄逸非常，抬眼看見屋子裡有人，她眸色一動，跟著就也跨進門來，將碟子放在他手邊的矮桌上。

「這是奴家親手做的，還請公子品鑑。」

別枝看見她就沉了眼神，不過李景允在場，她也沒發作，只笑道：「姑娘不是離開行宮了，怎的又回來了？」

似水輕笑：「奴家只是出去住，又不是被下了足禁，到底是公子的人，來關懷一二也是情理之中。」

「沒名沒分，誰是誰的人這話可不好亂說。」別枝朝她屈膝，「長公主昨日所言，姑娘可還記得？」

被罵了好些話，句句都難聽至極，似水哪能不記得，不過她有人撐腰，也不慌：「太子殿下說了，公子既然對奴家有意，這名分也就是早晚的事，倒是這位姑娘，瞧打扮也上不得檯面，怎麼在公子面前嚼起舌根來了。」

你來我往，雖是沒撕破臉，可也是針尖對麥芒，花月聽得頭皮發緊，李景允倒是自在，還能跟沒事一樣地翻著手裡的書，半句話也不說。

沒一會兒，溫故知也來了，本想進門喊三爺，結果一隻腳還沒跨進來，就看見屋裡站著的人。收回了腿，他挑眉問門邊站著的花月：「什麼情況？」

花月聳肩，抬袖掩著唇小聲道：「三爺的風流債。」

溫故知看了兩眼，唏噓不已：「這哪是什麼風流債，簡直就是催命符，看來兩邊都是不達目的不甘休，三爺危險嘍。」

花月以為他在開玩笑，也沒當回事，輕鬆地笑了笑。誰知溫故知掃她一眼，眉心微皺：「我可沒嚇唬妳，要是春獵結束三爺還沒做個選擇，妳猜這兩位主子會不會善罷甘休？」

「不甘休又能如何？」她瞥一眼李景允那老神在在的模樣，「還能對他下手？」

「三爺行事向來沒有破綻，直對他動手倒是不至於。」溫故知摸了摸下巴，「但像妳這樣的身邊人呢？那幾位要是一個不如意，拿掌事妳開個刀，扣妳個以下犯上或者與主私通的罪名，再波及整個將軍府，妳又能如何？」

花月哼笑：「奴婢可沒以下犯上與主私……」

通？

想起昨晚雷電之中看見的側臉，她驟然頓住，眼裡劃過幾道心虛的神色，咕嚕一聲把話咽了回去。

「都是大人物。」她耷拉了眉毛，弱弱地道，「不至於與奴婢這等下人計較吧？」

「越是大人物，就越是小氣，不過也無妨。」溫故知滿懷信心地看著她，伸手拍了拍她的肩，「殷掌事行事妥當，想必也不會給人抓住把柄。」

殷花月：「……」

溫故知進了門去，裡頭爭執的兩位姑娘總算停下了，一前一後地出了門，互相不理睬地分開兩邊走。

只是，別枝走的時候，還是回頭看了她一眼，目光悠長，別有深意。

花月覺得腮幫子疼。

她意識到自己可能要完了，不止遺物沒拿回來，可能反而還得把自己的命給搭上。

李景允與溫故知說了會兒話，抬眼看向門口：「妳腳長那地上了？」

花月一愣，轉身屈膝：「回公子，沒有。」

「沒有還不過來？」他看了一眼這人驚慌得四處亂轉的眼眸，嘴角欲勾，又很快按了下去，「在怕什麼呢？」

「沒……」磨蹭著回到他身邊，提著茶壺給兩位倒了茶，花月捏手站著，面上倒還鎮定，心裡已經在琢磨怎麼活命了。

手指抵著眉骨，李景允跟看猴戲似的打量著她，突然問了溫故知一句：「你怎麼過來了？」

溫故知配合得很，笑著就道：「我遇見些麻煩，第一個想到來尋的肯定是三爺您了。這俗話說得好，在家靠父母，出門靠朋友，自個兒沒法解決的事，自然想請三爺出出主意。」

話都說到這個份上了，再笨的人也該從中得到啟發了吧？李景允期盼地扭頭看向殷花月。

花月的確是受到啟發了，愁苦的小臉突然舒展，然後笑著就朝他跪了下來：「公子。」

輕咳兩聲，李景允矜持地交叉雙手，板著臉冷漠地道：「有事就說。」

「奴婢能不能休息片刻，去處理些私事？」她仰起頭來衝他笑，「去去就回。」

李景允：「……」

溫故知一個沒忍住，噗哧笑出了聲，找人幫忙是想到了，可第一個想到的人偏不是面前坐著的這個。

李景允轉頭看著他，目光冰寒：「這些日子殿下正為西北瘟疫之事發愁，溫御醫這一身本事，落在這無趣的獵場屬實大材小用，不如……」

「哎，不用不用。」嗆咳一聲，溫故知連忙道，「我這上有老下還沒有小的，就這麼背井離鄉不太合適，三爺您看，我這還有病人在等著，就先走一步了啊。」

說罷，腳底抹油，跑得比兔子還快。

花月忐忑地看著他出去，轉回頭輕聲問：「奴婢說錯什麼了？」

「沒有。」他皮笑肉不笑，「累了兩日了，想休息也是情理之中，妳去歇著吧。」

如獲大赦，花月行了禮就往後退。

結果軟榻上那人慢條斯理地補了一句：「爺正好自個兒去找沈大人聊聊，等爺回來，妳也該休息好了。」

退後的步子一僵，花月有些無措：「您……突然找沈大人做什麼？」
「昨兒有個熟人去了他那兒，正好看看情況如何。」李景允起身，走去內室將那包黃錦往懷裡一揣，施施然拂袖，「妳下去吧。」
花月乾笑，掃一眼他懷裡的東西又掃一眼他：「……公子身邊也沒個人跟著，奴婢還是隨行吧。」
李景允側頭看她，眼神充滿嫌棄：「不是有私事？」
「私事哪裡比得上公子重要。」她張口就瞎掰，「公子是將軍府嫡子，哪能連隨行的丫鬟也沒有，未免讓人笑話。」
收回目光，李景允輕哼了一聲，拂了拂衣擺就往外走。
花月連忙邁著小碎步跟上。
昨日太子在李景允這兒也沒討到什麼便宜，花月覺得殿下對他的態度應該有所變化，不說冷落，但至少應該沒有先前那般偏寵，畢竟大人物都小氣嘛。
然而令她沒想到的是，李景允一進主殿，周和朔看起來比之前還要熱情，親自迎上來道：「景允是要同本宮一起上山嗎？」
李景允恭敬地行禮，然後笑道：「本是這麼想的，但無奈突然有客人來，在下打算先安置好她。」
客人？花月聽得有點迷茫，哪兒來的客人？
結果周和朔立馬明白他在說什麼，一臉深意地道：「本宮也正想找你說這事。」
兩個大男人站在殿裡相視一笑，同時拱手朝對方行了一禮。

花月看傻了，滿目不解。

主殿的右側有個別院，是太子給沈知落住的地方，平時這裡沒人來，連丫鬟進出都是小心翼翼，提心吊膽。

但是眼下，這院子裡站了個姑娘。

姑娘一身火紅長裙，頭戴三支金色梅花釵，臂挽海棠雙繡雪輕紗，面容秀麗，姿態優雅，她站在沈知落面前，手裡捏著乾坤羅盤，指尖有一下沒一下地撥弄著。

「要不是三哥說你在這兒，我還真就被你糊弄在了京華。」蘇妙眼眸笑著，嘴角卻往下撇了撇，「就這麼不想見我？」

沈知落整個人都僵住了，眼角幾不可察地抽了抽，然後收攏袖口，想去拿她手裡的羅盤：「沒有。」

蘇妙舉著羅盤退後，歪著腦袋衝他笑：「既是沒有，那你今日隨我上山打獵去。」

「我今日有別的事。」

拇指點在無名指的第二節指腹上，沈知落皺眉，抬眼看向花月所在院落的方向。

結果蘇妙舉著羅盤就擋住了他的視線，嘟囔道：「在這荒山野嶺的，能有什麼事？」

她想了想，又退讓一步：「那我陪你去辦事。」

沈知落很頭疼，蘇妙是將軍府的表小姐，兩人只是今年年初見過一面，結果不知為何這人就纏上他了，他好不容易想著法子躲到山上來，沒曾想躲過了她，也沒躲過李景允。

三公子平日可不是會管這等閒事的人。

頗為惱恨地轉身，沈知落想往主殿走，結果一轉身就見李景允穿過走廊朝這邊來了。

說曹操曹操到，沈知落沉著臉迎上去，兩人在走廊對上，雙雙停下步子。

四目相對，劍拔弩張，他張口就想說話，結果李景允很是溫和地從懷裡拿出一塊東西來，捏著絲條在他面前晃了晃。

「我思來想去，這東西對個丫鬟應該是無用的，只有對大司命你，興許有些用處。」他墨瞳笑得瞇起來，看著格外不懷好意，「做個交易嗎，沈大人。」

沈知落掃一眼他捏著的東西，呼吸一窒。

大皇子的隨葬、前朝陛下親刻的印鑑，就這麼被他輕易地拿在手裡晃悠，動作囂張至極，而恰在這個時候，太子殿下也從他身後的方向朝這邊走了過來。

沈知落臉色發青，伸手想去搶那印鑑，卻被他一躲。面前這人挑起眉梢來，頗有些痞氣地問：「成不成？」

周和朔越走越近，他餘光看著，額上已經出了冷汗，但還是強自鎮定地道：「被殿下發現，遭殃的是你。」

「我又不是大魏的人。」李景允輕嗤，「可要與我賭一把？」

四爪龍紋的袍子已經近在咫尺，沈知落手指冰涼，紫瞳惶然晃動，終於在太子看見印鑑的前一刻咬牙點頭：「好。」

手指一翻，李景允收回東西，笑著就朝周和朔拱手：「殿下，大司命似乎也沒什麼意見。」

「哦？」周和朔哈哈大笑，心情極好，「如此，倒是本宮多慮。」

他側頭，看向前來行禮的蘇妙，頷首道：「幾個月不見，蘇姑娘容色又美兩分。」

「殿下過獎。」蘇妙笑著屈膝，然後側頭看了看沈知落，不解地問，「你怎麼出汗了？」

沈知落神色恢復了正常，雲淡風輕地道：「袍子穿厚了。」

「那正好，我帶了一套新的來，你去試試合不合身？」蘇妙雙手交合，分外開心。

李景允無奈地搖頭：「尚未出閣的人，怎麼這般不矜持？」

蘇妙撇嘴，小聲嘀咕道：「我要是像表哥你這般矜持，那這輩子都嫁不出去。」

周和朔哈哈大笑，笑聲爽朗，傳了半個庭院。

花月在院子門口守著，遠遠地就看見沈知落與蘇妙站作一處，兩人靠得很近，甚是親密。她有點意外，沈知落從小到大都不愛與外人親近，還是頭一回瞧見有人湊在他身邊他卻沒躲的。

不過眼下這還不是最重要的，重要的是她本要找他想法子解決現在的困境，誰料那幾人湊成堆，說說笑笑一陣之後，蘇妙就拉著沈知落往屋子裡走了。

心知找他救火無望，花月長長地嘆了口氣。

「怎麼，不高興？」李景允不知什麼時候出來了，站在她身側順著她的目光看了看，笑瞇瞇地道，「那不是挺般配的嗎？」

有氣無力地應了一聲，她耷拉著腦袋，暗想沈知落是指望不上了，那還有誰可以救她？

打量著她的表情，李景允慢慢地不笑了，他沉默了片刻，頗為煩躁地道：「回去吧。」

「是。」又嘆了一口氣，花月低著頭往前走。

然後沒走兩步，她撞在了前頭這人的背上，鼻尖生疼。

「這可不太妙啊。」李景允突然回頭，頗為苦惱地道，「蘇妙倒是開心了，可眼下長公主與太子正鬥法呢，她橫插一腳，長公主那邊該如何交代？」

花月一愣，左右看了看，確定他是在同自己說話，便道：「此事與長公主何干？」

用看傻子的眼神看著她，李景允直搖頭：「太子和長公主都想與我將軍府交好，妳沒見今日都還來人爭執？眼下蘇妙突然說要與大司命訂親，長公主著急起來，還不得逼爺娶韓霜？」

想想好像也是這麼回事，花月點頭：「那您便娶了，如此一來，將軍府便兩頭不得罪。」

「不行，爺不想娶。」

花月嘴角抽了抽：「您又不想娶韓小姐，又不想被長公主逼迫，這世上哪來那麼多雙全法？」

神色黯淡下來，李景允垂眸：「也是，爺眼下就算想娶別人，一時半會也不會有人來當這個出頭鳥。」

話說到最後，帶了點小委屈。他拂袖轉身，惆悵地繼續往前走。

花月覺得奇怪：「公子難道覺得隨便娶誰都比娶韓小姐好？」

「那是自然。」李景允頭也不回，「韓霜此人心機頗深，別有所圖，真讓她進了將軍府的門，誰都別想好過。」

腦海裡莫名浮現出別枝那日試探她的場景，花月皺眉，心想難不成她的警覺沒錯，別枝和韓家小姐，真的另有所謀？

但夫人看上的是韓霜，除她之外，哪家小姐還能讓夫人接受？

低頭琢磨了片刻，不知為何，花月腦子裡突然閃過去一道靈光。

除了沈知落，好像當真還有一個人能救她。

第29章　收網了

李景允回到主院，懶洋洋地往軟榻上一坐，正要開口，驀地就撞見殷花月一張笑得眉毛不見眼的臉。

伸手按住心口，他往後退了退：「好端端的這是做什麼？」

花月殷勤地湊上來，乖順地替他斟了茶，又將蜜餞捧到他面前，笑道：「看公子臉色不太好，若有什麼事，儘管吩咐奴婢。」

李景允捏了個蜜餞叼在嘴裡，含糊地道：「今日閒得很，能有什麼事。」

「公子不是在愁怎麼應付長公主？」她眨了眨眼，「想到法子了麼？」

眼波微動，李景允不動聲色地繼續咬蜜餞：「法子麼，爺還真想到一個。」

「哦？」花月頓了頓，努力讓自己表現得不那麼迫切，只問，「可否說給奴婢聽聽？」

拍了拍手上的糖霜，李景允望著房梁哼笑：「願意當出頭鳥的高門小姐不好找，尋常想過富貴日子的姑娘還不是一抓一把？大梁重娶妻之序，向來是要先娶妻再納妾，若爺先納了妾，一年之內，便立不得正妻。」

花月一聽，嘴角止不住地往耳邊拉：「公子高招，竟能想到這一齣。」

「也是不得已之舉。」李景允愁悶地嘆氣。

磨磨蹭蹭地在軟榻邊跪坐下來，她小心翼翼地問：「您心裡可有人選？」

「納妾而已，要什麼人選，街上隨意拎一個也行，去棲鳳樓贖一個也可。」他抬頭往外掃了一眼，漫不經心地道，「讓柳成和去幫忙挑吧。」

「怎麼說也是要陪在您身邊的人，您都不去親自看看？」

「反正也是納回來放著，有什麼好看的。」他擺手，不甚在意地將軟榻上的書打開，蓋在自己臉上道，「爺睏了，妳也歇會兒吧。」

眼前暗下來，鼻息間全是書墨的香氣，李景允身子放鬆，耳朵卻是專心地聽著旁側。

他聽見殷花月揉了揉衣料，又撐著軟榻邊的腳凳起身，猶豫地張嘴吸氣，又硬生生將那口氣給咽了下去。

實在是踟躕為難。

人都到坑邊兒上了，李景允也不急，耐心地等著，沒一會兒就聽得她道：「柳公子平日也忙，這事兒要不奴婢替您看看？」

「妳？」被書擋著的眼裡滿是笑意，李景允的語調倒也平常，「妳知道爺喜歡什麼樣的？」

這人又跪坐了回來，湊在他身邊道：「奴婢不清楚，但公子可以指點一二。」

書拿下來，一張臉又恢復了漠然冷靜的神色，李景允覷她一眼，哼聲道：「爺喜歡乖順聽話的，話最好少一點，不煩人，長相要嬌美如畫，腰肢要細軟如柳。」

眉梢挑了挑，花月拿過一旁的青枝纏頸瓶，指了指這纖細的瓶頸和上頭的畫：「這樣的？」

李景允：「……」

微惱地拿了她手裡的花瓶扔去軟榻裡頭，他道：「妳眼光這麼差，還是別插手了。」

「公子息怒。」花月連忙賠笑，「說說而已，奴婢一定盡心為您甄選。」

「選好了就把庚帖遞來給爺看。」他重新將書蓋回臉上。

花月應是，起身欲走，又忍不住多問了一句：「若是選著的人符合要求，卻不合您眼緣——」

「無妨。」李景允悶聲道，「符合要求的就遞庚帖，爺也不是那麼挑的人。」

輕舒一口氣，她朝他行禮，神色複雜地退出了主屋。

書頁抵著鼻尖滑落下來，李景允看著房門慢慢闔上，唇角一挑，眼裡墨色流轉。

心平氣和地走在迴廊間，花月試圖安慰自己，她只是給自己留了個退路，也不是非要往這上頭走，李景允有多不待見她，她心裡也是清楚的，不到萬不得已，也不必自取其辱。

然而，剛這麼想完，她就看見了神色匆匆往這邊而來的溫故知。

「殷掌事。」溫故知看見她就唏噓，「妳這也是趕著去看熱鬧？」

花月朝他行禮，然後困惑地問：「什麼熱鬧？」

「那個叫似水的姑娘，死在了行宮外的驛站裡。」溫故知抬袖掩鼻，昏昏欲嘔，「我剛從那邊過來，死狀也太慘了。」

「死……」深吸一口氣，花月震驚不已，「死了？」

「是啊，也不知道是誰下的手，連個全屍都沒有，太子和長公主都去看開獵了，眼下許是還沒收到消息。等他們回來，肯定又是一場腥風血雨。」

溫故知說著，又嘖嘖搖頭：「要說這死得跟長公主沒關係，我可不信，不過眼下也沒證據，估摸著最後也只能不了了之，下人的命運啊，就是這麼慘……哎？殷掌事，妳沒事吧？」

花月笑得溫和：「奴婢能有什麼事？」

溫故知愕然地看著她的臉：「這都白成紙了，還發汗，妳瞧瞧，還是體虛吧？來我給妳診診脈。」

「不必了。」她尷尬地擺手，遲疑地道，「奴婢無礙，就是有些嚇著了，好歹是太子殿下的人，竟也就這麼死了。」

溫故知見怪不怪：「太子身邊的人何其多，這個連名分也沒有一個，算得了什麼？不過也是她自己找死，明明知道長公主不好惹，竟還跟那丫鬟在三爺面前爭執。」

花月笑得更虛了：「那丫鬟……不就是韓小姐身邊的下人而已？」

「下人也看背後是什麼人吶，那小丫鬟就壞得很，專喜歡嚼舌根的，被她逮著把柄往韓霜面前那麼一嗦擺，韓霜再跟長公主一哭，那還有似水的好果子吃麼？」他笑。

身子晃了晃，花月顫顫巍巍地扶住了旁邊的石柱。

溫故知擔憂地看著她：「妳當真無礙？」

虛弱地搖頭，她抱著石柱望向遠方的山尖，抖著嗓子問：「溫大人，臉面和性命，哪一個更重要一些？」

莫名其妙地撓撓頭，溫故知道：「自然是性命，什麼寧為玉碎不為瓦全，都是扯淡，若本身就是瓦，那碎不碎的也沒差，給自個兒留個活頭不好麼？」

他這話一說完，就見面前這人沉默了片刻，琥珀色的眼瞳直晃悠，有些茫然，又有些決絕，像極了既然奔赴戰場的死士。

沒一會兒，她恢復了常態，朝他笑道：「多謝溫大人，奴婢先告退了。」

溫故知點頭，目光掃過她這瘦弱的小身板和那蒼白的臉色，還是忍不住暗嘆。

三爺不當人啊，幹的這都是什麼事兒。

「阿嚏——」

李景允好端端躺在軟榻上，沒由來地打了個噴嚏，他疑惑地起身看了看，發現已經是要用午膳的時辰了。

房門被推開，殷花月端著托盤進來：「公子。」

李景允扭頭去看，微微挑眉。

先前還只有一根素銀簪的頭上，眼下倒是多了一枚珠花，斜斜地插在雲髻裡，給她添了兩分嬌美。這人換下了灰鼠袍，只著水色羅裙同藕白上襦，正襯外頭春色，淺青的帶子往腰上一裹，當真是軟如柳葉。

眼裡泛起一抹笑意，李景允裝作什麼也沒看見，只問：「午膳是什麼菜色？」

面前這人有些失落，裙擺微晃，看起來更猶豫了，不過只片刻，她就安定下來，笑著答：「是廚子燒的野豬肉，還有這些日子打的山雞兔子，都做成了珍饈。」

慢悠悠地挪去桌邊，李景允提著筷子嘗了兩口。

花月站在他身側，動手替他布菜，又將湯也先盛出來放在一側，然後就安靜地看著他。

大概是被看得有些不自在，他皺眉：「妳今日怎麼這麼少話。」

花月抿唇，小聲道：「奴婢平日話也不多。」

抵著拳頭輕咳兩聲，他強壓著笑意，一本正經地道：「那妳下去吧，爺也落個眼前清靜。」

微微一頓，花月順從地點頭，躬身就要往後退。

李景允餘光瞥著，就見這人退到一半又僵住，手指捏著袖口摳了摳，又慢慢走回來了：「公子，奴婢還有一事要稟。」

「說。」

屋子裡檀香嫋繞，桌上飯菜也正香，人身處其中，按理應該輕鬆才對，然而殷花月緊繃了身子，連眼皮也繃得死緊。

「公子想的立妾擋妻的法子的確可行，但夫人與將軍少不得要生氣，若是旁的人為此進府，日子難免水深火熱。」她捏著手道，「思來想去，奴婢有一個主意。」

一張庚帖遞到了他眼皮子底下，李景允也沒去看，目光徑直落在她那蜷縮得發白的手指上，眼裡浮起兩分戲謔。

「什麼主意啊，講來聽聽。」

花月為難地看向庚帖：「您要不先看看這個？」

「看了也不認識，妳先說。」他抱起胳膊來，像即將收網的老漁夫，不急不慌地等著。

嘴唇都快咬出了血，花月支吾了兩句。

「大點聲。」他不耐。

深吸一口氣，花月鼓足了這輩子全部的勇氣，突然大吼：「與其隨便去外頭找一個還要花銀子公子不如納了奴婢奴婢乖順聽話話也少雖不嬌美但吃得不多不會惹夫人不開心也不會給公子添麻煩！」

一口氣說完不帶喘，花月感嘆自己厲害，然後屏息等著面前的答覆。

她這個主意其實挺好的，又能省錢又能幫忙，還能保住她自己的小命。雖然做李景允的妾室也是風口浪尖，但比起被人分屍還喊不出救命，這條路實在是通天大道寬又闊。

然而，面前這人聽了，半晌也沒個反應。

心口一點點往下沉，殷花月想起這人上回對她的嘲笑，睫毛顫了顫，開始生出一絲後悔來。

李景允會怎麼看她？無恥下人企圖攀主子高枝，不守著奴婢的本分反而想著如何飛上枝頭，簡直是厚顏無恥膽大包天。

人前正氣凜然殷掌事，人後勾搭主子狐狸精！

越想越絕望，花月往後退了半步，喃喃道：「奴婢說笑的，公子也別往心裡去，奴婢就是看您今日悶在屋子裡，怕您悶著……」

話還沒說完，手腕上就是一緊。

李景允眼底的笑意幾乎是要破墨而出，但鑑於上回的慘案，他也實在不敢再笑，強自板著臉道：

「妳想做爺的妾室？」

「也不是那個意思。」她尷尬地笑著，掙了掙手，「奴婢就是覺得……當個花瓶擺在您院子裡也能擋擋災，比外人來得省事。」

這人真是不會撒謊，一撒謊耳垂就泛紅，眼珠子亂轉，偏生臉還要繃著，端著她「殷掌事」該有的儀態，瞧著可愛得很。

要不是怕狗急了咬人，他可真想蹲下來好生逗弄逗弄。

翻開手裡的庚帖，上頭毫不意外地寫著「殷花月」和她的生辰八字，李景允只掃了一眼就合上，勉為其難地道：「妳這麼說，似乎也對。」

奄奄一息的殷掌事，突然就跟打了雞血似的活過來了，她捏著手驚喜地看著他，問：「公子這是答應了？」

「爺不是說了麼，納誰都一樣，妳本就是將軍府的人，那納妳還來得快些。」他臉上一絲喜色也沒有，整個人看起來就像是在菜市場上挑白菜的大爺，「嗯，就妳了吧。」

換做以前，花月肯定惱得想咬他一口，可眼下，她竟然有種喜極欲泣之感，拉著他的袖口，就差給他磕頭了：「多謝公子。」

李景允懶懶地瞥過來：「說好的，要乖順聽話。」

花月點頭如啄米：「聽！」

啄完，又遲疑地看他一眼：「公子若當真納了奴婢，那可會保奴婢周全？」

他哼笑，筷子在指間一轉，倏地夾了塊肉遞到她唇邊，一雙眼看下來，眼眸深邃不見底：「要是連個丫鬟都護不住，爺也白混了，趁早跟妳一塊兒下黃泉。」

心裡一塊大石頭「咚」地落了地，花月下意識地張口咬了肉，口齒不清地問：「那這納妾禮什麼時候行？」

「等回去京華再行不遲。」李景允又夾了一塊肉，在她唇邊晃了晃，「不著急。」

眼眸一瞪，面前這人陡然急了：「不行，還是就在這兒找點東西辦了，納妾又不是大禮。」

趁著她張嘴，他將肉又送了進去，滿意地看著她嚼，然後道：「這裡什麼也沒有，太過倉促。」

「不倉促，那不是有爺給奴婢抓回來的白鹿？」花月咽下嘴裡的肉，「用那個就能做定禮。」

說著，像怕他反悔似的，拉起人就往外走。

這好像是她頭一回主動這麼拉他的手，李景允小步隨她走著，一低頭就能看見她與自己交疊成一處的指尖。

殷花月人看著冰冷無情，可這指頭卻是溫軟得不像話，綿綿地纏著他，生怕他要退。

繃了半晌的唇角，終於是忍不住高高揚起。

不聽話的旺福終於是掉進了坑裡，並且乖巧地給自己埋上了土。

身為主人，他很欣慰。

後院關著的白鹿正吃著草呢，冷不防面前就來了兩個人，藕白色的那個人拉著青黑色的那個人站過來，嘀嘀咕咕說了些什麼，青黑色的人很嫌棄地看了牠一眼，敷衍地與藕白色一起朝牠低了低頭。

「禮成。」藕白色歡呼。

青黑色直搖頭：「這鹿也就顏色稀罕，肉也不好吃，何必拜牠。」

白鹿：？

伸手給食槽裡添了一把草料，花月道：「這事越簡單越好，眼下找誰來都不合適，就牠碰了個巧的。」

鼻尖裡輕哼一聲，把玩著她的手指，順帶掃了一眼她的髮髻：「既然禮成，那妳也該換個打扮了。」

想想也是，她點頭：「可奴婢也沒帶別的衣裳首飾。」

「這個好辦。」他轉身，勾著她的手指引了引，「跟我來。」

未時三刻，日頭有些耀眼，沈知落靠坐在窗邊，伸手扯了扯衣襟。

他換下了一貫穿的星辰袍，眼下正穿著蘇大小姐親手縫製的青鶴長衣，眉目間是一貫的冷淡，容色也是一如既往地驚人。

蘇妙在旁邊托著下巴看著他，看了半個時辰，也沒動一下。

沈知落有些無奈：「妳沒有別的事可做？」

「嗯。」蘇妙點頭，笑瞇瞇地道，「表哥說了，讓我看著你就成。」

眉宇間劃過一絲戾氣，沈知落別開了臉：「三公子也真是厲害。」

「我表哥自然厲害，整個京華就沒有不誇他的。」蘇妙雙手合攏，讚嘆地說完，一扭頭還是滿眼仰慕地看著他，「可他沒你厲害，你什麼都知道。」

深吸一口氣，沈知落沉聲道：「小姐都這麼說了，在下也正好給個忠告，小姐與在下無緣，沒有紅鸞牽扯，強行湊在一起，只會傷了小姐。」

蘇妙聽完，臉上的笑容一點沒褪：「我會因此而死嗎？」

「不會。」

「那便好了。」她撫掌彎眉，「等回京華，我便讓人去你府上下聘。」

「……」額角跳出兩根青筋，沈知落語氣又冷兩分，「蘇小姐，且不說這事能不能成，就算要成，也是在下給小姐下聘。」

蘇妙挑眉，狐眸瞇起來，輕輕地「啊」了一聲：「是這樣嗎？我以為是情願嫁娶的人給不情願嫁娶的人下聘，這樣你拿我手短，吃我嘴軟，就不會悔婚了。」

這說的都是什麼話，沈知落覺得頭疼，也就將軍府能教出這樣的小姐來，放在別家，早被扣個放蕩的罪名拖去沉湖了。

他很想發火，可想想李景允手裡的東西，又硬生生將這火給咽了回去。

「小姐。」門外跑進來個丫鬟，喜上眉梢地道，「三公子方才去了您的房裡，拿走了您那些新的衣裳和首飾。」

蘇妙一聽，臉登時一黑，拍桌就扭身：「這是什麼喜事不成！」

桌子「呼」地一聲響，上頭的茶杯都跟著顫了顫。

沈知落眼角又抽了抽。

小丫鬟像是已經對這情形熟悉萬分，半點也沒驚慌，上前笑道：「若是三公子自己拿去了，那奴婢肯定攔著他，但他是給個姑娘拿的，還給您留了這個。」

狐疑地看她一眼，蘇妙接過紙條一看。

「愚兄今日納妾，未備妝點，特借妳些許應急，待還京華，雙倍奉之。」

滿意地看著這最後四個字，蘇妙點了點頭：「算他懂事。」

紙條被揉起來塞回了丫鬟手裡，她轉身正要繼續看沈知落，突然覺得有點不對勁。

「等等！」一把將丫鬟抓回來，蘇妙重新打開紙條，瞪大眼看向第一行字。

「納妾？！」

最後一個字拔得太高，有些破音，沈知落被吵得捂了耳朵，不明所以地抬眼。

一襲胭脂紅裙，滿頭寶釵金梳，驟然從銅鏡裡看見這樣的自己，花月有些失神。

李景允坐在她跟前，左右看了看，勉強點頭：「還湊合。」

不安地看了看四周，花月問：「為什麼要來這裡？」

好好的主屋不待，李景允愣是拉著她尋了行宮一間空房，還吩咐下人不許知會旁人。眼下時辰已晚，他也沒有要回去的意思。

「圖個清靜。」李景允打了個呵欠，半闔著眼道，「爺勸妳好生睡一覺，什麼也別問，不然明兒也架不住那場面。」

窗外月已高懸，是該就寢的時辰了，花月明白地點頭，然後疑惑地問：「這房裡就一張床，奴婢睡哪兒？」

李景允一噎，沒好氣地白了她一眼，捏著她的下巴給她做口型：「跟爺學：妾身。」

眼前的臉驟然放大，呼吸都近在咫尺，花月瞳孔一縮，磕磕巴巴地學：「妾……妾身。」

「這才是側室的自稱。」他滿意地點頭，然後問，「知道側室該睡哪兒嗎？」

花月愕然，臉跟著就有點泛紅：「不是說就擺著好看？」

「身為妾室，要擺著也是爺的床上擺著，妳還想去哪兒擺？」他看她一眼，表情突然凝重，「難不成妳壓根沒想好，說要做妾室只是一時衝動？」

「我……」

「殷掌事也不是這麼衝動的人啊，也許另有隱情？」他摸著下巴沉思，「妳該不會是想利用爺幫妳擋什麼……」

「沒有。」否認得飛快，花月扭頭就去將被子鋪好，「是妾身愚鈍了，公子這邊請。」

李景允起身，甚為寬厚地道：「人生在世，別總為難自己，不情願的事就別做，也免得旁人看了說爺強取豪奪。」

心裡沮喪極了，她面上還不敢表露，只能扯著唇角笑：「怎麼會呢，妾身很情願。」

李景允滿意地躺進了床內側。

花月望了一眼外頭的夜空，眼神幽長又悲涼，然後「啪」地關上了花窗，收拾好自個兒，也爬上了床。

這房間床挺寬，她貼著床沿，能與他拉開一尺遠。

燈熄了，眼前一片黑，只隱約能看見頭頂的床帳，花月抓著床沿一動不動，身邊這人安靜了片刻，突然開口：「過來。」

第30章　三爺大喜

呼吸一窒，花月倏地閉眼，假裝已經入睡，手將床沿抓得更緊。

她不知道李景允這話是什麼意思，但就是不敢動，心跳得極快，連帶著耳根也有些發熱。她只著了中衣，薄薄的料子，貼在被褥上都能感覺到綿軟的觸感，更別說與人……

不過好在，這兩個字之後，李景允也沒再多說，掖了掖被角，打了個呵欠就不再動彈。

緊繃著的弦慢慢鬆下來，她輕舒半口氣，試探地睜開半隻眼往旁邊看。

今晚月色皎潔，照進花窗裡，半個屋子都是幽亮的光，落在這人高挺的鼻梁上，勾勒出好一幅青山遠黛圖，他似乎也累了，眼睫垂下來，呼吸均勻悠長，中衣的青色衣襟微微敞開，喉結上下微滑。

花月看著看著眼裡就充滿了困惑，不明白他為什麼會在這裡，更不明白自己為什麼會在這裡。遲緩地收回目光，她也慢慢闔上了眼。

這一覺睡得沒那麼安穩，畢竟是靠在床沿的，她被陡然而至的失重感驚醒好幾次，到後來實在睏倦，才往裡挪了挪身子。

李景允沒睡，在殷花月閉眼的一瞬間他就睜開了眼，戲謔地看著她幾次差點滾下床，又戲謔地看著她往自個兒這邊滾過來。

白日裡看起來那般刻板嚴苛的殷掌事，裹在被子裡只有小小的一團，髮髻散開，青絲披散在枕邊，襯得額頭分外白皙。她雙手都捏著被褥邊兒，兩隻爪子握成小拳頭，像是在戒備什麼。

無聲地笑了笑，李景允撐著腦袋，將自個兒隨身的摺扇一折一折地掰開，然後捏去床外，對著她輕輕搧動。

這山上回暖本就要晚些，又下過雨，夜裡頗有些涼意，花月在睡夢中都覺得冷，下意識地往被子裡縮了縮，又挪了挪，不經意碰見個暖和的東西，想也不想就伸手抱了過去。

胳膊上一暖，李景允心滿意足地收了扇子，替她將被子掖了掖。

這才叫乖順吶。

若是溫故知在場，定會拿冊子將此厚顏無恥臭不要臉的行徑記載下來，以作野史之傳，然而眼下他不在，李景允也就肆無忌憚地繼續看著身邊這人，眉眼間是他自己都沒察覺到的溫柔和愉悅。

心口一直空落著的地方，好像突然被什麼東西給塞得滿滿當當，踏實又有些臌脹，讓他不自禁地就想笑。

一隻騙到手的狗而已，隨便養養，沒什麼稀奇，就是目的順利達成，他太高興了。

李景允是這麼給自己解釋的，然後心安理得地繼續盯著身邊這人看。

……

晨曦初露之時，花月醒了，她睏倦地翻了個身，懶洋洋地蹭了蹭被子，結果就發現被子不太對勁。

青色的，還有些溫度。

錯愕了片刻，她猛地抬頭，卻正好撞到個地方，「咯嘣」一聲響。

「唔。」李景允吃痛地捂住下巴，低頭看下來，目光幽深晦暗，滿是怒氣。

愣愣地盯著他看了好一會兒，花月打了個激靈，一把將他推開跪坐起來，雙手交疊，惶恐地道：「奴婢冒犯。」

眼裡劃過一絲明顯的不悅，李景允揉著下頷道，「昨兒剛教妳的自稱，今日就還給爺了？」

花月一頓，立馬改口：「妾身知錯。」

「妳一大早的知什麼錯，又跪個什麼？」他看起來還沒睡醒，眉目都懨懨的，扭頭瞥一眼外面的天色，伸手就將她拽了回去，厚重的胳膊從她前肩壓下來，愣是將她按回了枕頭上。

「這麼早，起來做什麼。」

看看時辰，花月錯愕：「都寅時了，妾身要去交代廚房今日的膳食，還要與隨行的下人清點行李，後院的白鹿也該餵一餵，自然是要起的。」

她試圖去掰抬他的手臂，可剛一用力，這人就倏地將她整個人攏進了懷裡，下巴抵著她的腦袋頂，不耐煩地道：「爺沒睡醒，別吵。」

花月在他懷裡瞪大了眼，稍稍一動，鼻息間就充滿這人身上的檀香味兒。她眼眸往上轉，目及之處，能看見他青色中衣上的褶皺。

臉上莫名地有點發熱，她小聲嘟囔：「您沒睡醒就繼續睡，妾身該起了呀。」

李景允閉著眼，鼻音濃重：「多睡一個時辰。」

說罷，怕她再反抗似的，拍了拍她的腦袋。

花月：「……」

先前在將軍府，因為每日要做的雜事極多，她向來只有兩個時辰好睡，眼下被他這麼按著，她不情不願地閉上眼，發現自個兒也不是不能睡著的。

疲乏已久的腦袋漸漸放鬆了下來，一直綳著的筋也逐漸軟化，花月打了個呵欠，埋在他懷裡，當真又睡了過去。

半闔的墨瞳凝視著她，李景允看得出神，撚了撚她鋪散在他指間的青絲，眼底的光星星點點地亮起來。

他這廂旖旎萬分，原來的院子裡卻是炸開了鍋，溫故知和徐長逸一大早收到消息趕過來，就見沈知落陰沉著臉坐在主屋裡。

「怎麼回事？」溫故知看向旁邊的蘇妙。

蘇妙雙手托腮，聞聲轉過臉來，笑瞇瞇地道：「你們來了，也沒什麼事，我昨兒聽聞表哥要納妾，便想過來看看，誰料這屋子裡沒人，等了一宿也沒見回來。」

這還叫沒什麼事？

徐長逸臉都綠了，他站了半晌才消化乾淨蘇小姐這句話裡的事情，然後看向沈知落：「大司命為何也在這兒？」

沈知落抿著唇沒吭聲，略帶戾氣地掃了他一眼。

「你瞪我幹什麼？」徐長逸也是個炮仗脾氣，當即就炸了，「這是三爺的房間，蘇小姐是將軍府的人，在這兒坐著情有可原，你一個外人在這兒擺什麼臉色？」

溫故知連忙拉住他，笑著低頭：「大清早的被吵醒，各位心情都不好，冷靜冷靜。」

蘇妙挪了挪身子，擋在沈知落面前繼續笑：「挺簡單的事兒，你們慌什麼。表哥那麼大的人了，也不會在這行宮裡走丟，至多不過剛納了妾心情好，帶人四處去逛逛，咱等他回來不就好了。」

溫故知應和地點頭。

徐長逸回頭瞪他：「你怎麼半點不意外？三爺納妾，納妾啊！你也不問問是誰，為什麼突然有此舉動？」

溫故知一愣，為難地撓了撓臉側，還沒開口，就聽得蘇妙笑道：「表哥一個人斷是幹不出這事兒的，得有人幫忙。你既然不知情，那溫大人肯定摻和了。」

想了想，她又打了個響指：「柳公子估計也知曉一二。」

徐長逸瞪大了眼，錯愕半晌之後有點委屈：「就瞞著我？」

溫故知滿眼慈祥地拍了拍他的肩：「三爺也不是擠兌你，昨兒你不是喝高了跟人打起來了麼，也沒空找你說。」

好像也是，的確怪不得三爺。徐長逸惱恨地捶了捶自己的大腿，然後拉著他問，「納了誰？」

饒有興味地看了沈知落一眼，溫故知笑道：「還能有誰，公子身邊就那麼一個姑娘。」

沈知落抬眼看過來，目光森冷逼人。

難得見他這麼生氣，蘇妙揚眉，笑道：「一夜沒睡，身體也扛不住，沈大人還是先回房吧，我讓下人看著，等表哥一回來就去知會你。」

她彎起眉眼，很是甜美地背著手朝他低下頭：「眼下有了烏青就不好看了。」

「不勞蘇小姐擔心。」滿腔都是怒意，沈知落實在無法好好說話，開口都濺火星子，「在下想在這兒等著。」

臉上的笑意僵了僵，跟著就淡了些，蘇妙抿唇，一雙狐眸定定地看進他的眼裡：「你等在這兒有什麼用？」

「與妳無關。」他皺眉。

這態度實屬輕慢，徐長逸在旁邊都看不下去了，撈起袖子就想與他理論。

然而，還不等他走過去，蘇妙就已經抬腿踩在了沈知落坐著的軟榻上，「啪」地一聲響，紅色的裙擺一揚，像火一般鮮豔燦爛。

「不勞我擔心，又與我無關，那你應下婚事做什麼？」

她雙眼直視於他，絲毫不避讓，「是我聽錯了嗎？你在太子殿下提及婚事的時候反對過？」

眉心皺得更緊，沈知落掃一眼自己身邊的她踩著的繡鞋，莫名有點生氣：「妳一個姑娘家，從哪裡學來的儀態？」

「我在問你話，你先答了再說。」她仰頭，「大司命現在說個不字來，我立馬去找太子退婚。」

臉色發青，沈知落閉眼揉了揉眉心。

溫故知笑著上來打了個圓場：「太子殿下都允了的婚事，哪有還退的道理？大小姐息怒，您也說了沈大人沒睡好，心情不佳。」

「他對著別人不佳可以。」蘇妙抿唇，固執地道，「對我不行。」

氣勢洶洶的話，說到最後尾音卻有點委屈，聲音都有點發顫。

沈知落聽見了，無奈地吐了口氣，袖袍一掃，將旁邊的涼茶倒來，遞到她手裡。

「就一盞破茶，還是涼的。」她不高興地嘟囔，可手卻伸來接了，仰頭喝下。

「氣消了?」他問。

蘇妙撇嘴，重新托著腮幫子看著他，哀怨地道：「你不能老凶我又哄我。」

徐長逸看得感嘆啊，怪道都說中了情蠱的人是傻子，表小姐何等人物，在沈知落面前竟然一點脾氣也沒有，能屈能伸的。

這沈知落也奇怪，分明不喜歡蘇妙，卻也願意低頭，一張死人一樣的臉看著就讓人來氣，但也好歹是鬆了眉了。

「乾坤卦象說，三公子此遭不該納妾，否則必有大禍，在下也是因此才著急。」沉默半晌，他終於願意解釋了，「如果趕得及阻止的話，那還有救。」

蘇妙聽得挑眉，不過也只眉毛動了，整個人都沒別的反應。

沈知落很納悶：「妳不擔心妳表哥?」

「擔心倒是擔心，可是這卦象……」蘇妙輕笑，眼裡滿是揶揄，「卦象還說你我無緣呢。」

神色微微一僵，沈知落有些惱：「強行逆命，怎能怪卦象不準。」

「卦象連我逆命都算不到，又有什麼好信的？」蘇妙不以為然，「以溫御醫所言來看，表哥納的是他身邊的殷掌事，那姑娘之前在莊氏身邊伺候，我見過兩回，人挺好的，不至於害了表哥。」

沉怒起身，沈知落道：「萬一妳表哥害了她呢？」

蘇妙怔然，還沒來得及接上他這話，就聽得門口有人冷聲答他：「那也與你無關。」

眾人齊齊順著聲音看過去，就見李景允跨門而入，一身青鯉長袍灑滿了朝陽。在他身後半步，殷花月也跟著進門，原先還半散的髮髻眼下已經整齊地高挽，衣裙也已經換了樣式。

徐長逸嗷地一聲就撲了過來：「三爺大喜！」

李景允眼疾手快地按住他的肩，微微一笑：「隨禮記得補上。」

「沒問題。」徐長逸越過他看向後頭的人，唏噓不已，「這兜兜轉轉的，不還是她嘛。」

這話聽著哪裡不對勁，花月疑惑地抬眼，卻正好對上後頭迎上來的蘇妙。

「殷掌事。」她眨巴著眼看著她，又搖頭，「不對，現在是不是該喚一聲小嫂子？」

蘇妙一向是個可人兒，花月對她印象不錯，便也朝她屈膝：「表小姐。」

「千算萬算，也沒算到這老鐵樹會在這兒開上花啊。」繞著她轉了兩圈，蘇妙撫掌而笑，「回去說給莊姨聽了，也算是雙喜臨門。」

「雙喜？」花月不解。

蘇妙高高興興地就將後頭的沈知落給拉了上來：「妳與我表哥成了事兒，我與沈大人也要訂親，可不就是雙喜麼？」

四人相對而立，李景允淡笑著，心裡那股子躁怒又泛了上來。

他是料到過這樣的場面的，親手拉了蘇妙和沈知落的紅線，又設計納了她，那她就早晚會和沈知落這樣面對面站著，各自嘆惋自己的命運和與對方那淺薄的緣分。

從小到大這世上就沒有三爺得不到的東西，殷花月也一樣，哪怕心裡有人，他也有本事讓他們只能相看淚眼，再無執手之機。

大功告成，按理說他現在應該是來看好戲的，但不知道為什麼，一想到殷花月的眼裡會出現對沈知落的不甘和不捨，他就覺得煩。

煩到想立馬拉著人離開這兒。

「怎麼？」蘇妙突然開口，「你認識我小嫂子？」

李景允側頭，就見沈知落臉色蒼白地盯著他身邊的人，眼裡的血絲讓他看起來有些猙獰。

花月抬頭，也朝他看了過去，兩人目光剛一交匯，李景允便轉身將他擋了個嚴嚴實實，然後低頭道：「跟爺去用早膳。」

一雙眼清澈乾淨地回視他，花月不解：「來的時候不是用過了？」

躁怒的眼底像是被澆上了一瓢清泉，李景允錯愕，意外地看著她。

她好像沒什麼難過的意思，甚至對沈知落的憤怒沒有任何回應，白皙的臉蛋在晨光裡鍍上了一層暖色，整個人看起來都溫柔又平靜。

「您沒吃飽？」她想了想，「那妾身讓廚房再送一些來？」

妾身。

沈知落一聽這自稱就閉了閉眼，李景允真是好本事，手腳快得壓根不給人任何阻攔的機會。殷花月也是有本事，竟能隨意將自己的一生都委付於人。

跟他對著幹，就想證明她不會孤老一生？

氣極反笑，他狠狠地拂了拂袖袍：「這裡也沒在下什麼事了，便先告辭。」

「不送。」李景允勾唇。

蘇妙一臉茫然地看著他們，本想問點什麼，可一權衡，她還是擺手道：「衣裳首飾算我給小嫂子的隨禮，祝二位花好月圓，我去看看他。」

「也不送了。」

兩人前後腳跑出門，主屋裡一下子安靜了許多。李景允牽起殷花月的小爪子，望向旁邊嗑瓜子看好戲的兩個人。

徐長逸被他看得差點將瓜子殼咽下去，慌忙道：「我們剛來，不至於也要走吧？」

「你們走不了。」他拉著人在軟榻上坐下，給了包蜜餞讓她吃，然後抬眼看向溫故知，「有的是事要做。」

溫故知不慌不忙地嚼著瓜子仁，滿眼含笑：「三爺這回肯提前與兄弟們打招呼，小的已經是感動不已，剩下的都安排好了，就算不能全身而退，也至少能少受點罪。」

「什麼意思？」徐長逸茫然地湊過來，「安排什麼？」

拍了拍他的肩，溫故知道：「你今日也別閒坐著了，上山去打打獵。」

「你們都不去，我一個人去打什麼？」

「柳兄在上頭呢。」溫故知笑了笑，「只管往東邊走，去找他就是。」

眼裡閃過一絲了然，徐長逸沒有再問，扔了瓜子起身道：「那我也就不多打擾了。」

他朝花月點頭，花月亦是低頭回禮，目送他飛快地跨出門檻，輕輕抿了抿唇。

「別動。」李景允捏著她的手指，分外嫌棄地道，「妳指甲怎麼都不修？」

回過頭來，她有點臉紅，掙扎著想收回手：「當奴婢的都這樣。」

「都說了別動。」他皺眉，捏緊她的手，從抽屜裡拿出剪刀，將她這食指上的倒刺一一修理乾淨。

太陽出來了，金燦燦的光從正門照進來，整個屋子都亮堂了不少。溫故知目瞪口呆地看著軟榻上那兩人，覺得有點晃眼睛。

三爺先前怎麼說的來著？一個丫鬟而已，不重要，重要的是對付長公主和韓府。

可眼下這是怎麼的，不重要的丫鬟，也值得他親自拿剪刀替人修剪指甲？最離譜的是，殷花月看起來很尋常，恪守著自己妾室的本分跪坐在他身邊，可這位爺倒是好，硬要將人往自己懷裡帶，急得人家臉都紅了。

要不是怕那剪刀突然朝自個兒飛過來，溫故知真想問他醉翁之意到底是在酒還是在人。

「算算時辰，我也該去藥房了。」他唏噓地起身，「今日我是免不了被傳喚的，不如早些去備好藥箱。您二位且歇著，我也先告退。」

聽著這話，花月心裡緊了緊。

門被打開又闔上，屋子裡總算只剩下他們兩個人，李景允扔了剪刀睨她一眼，哼笑：「皺著個臉又在愁什麼？」

「沒。」她垂眼，腮幫子鼓了鼓，「妾身在愁午膳吃什麼。」

忍不住伸手戳了戳她的臉頰，李景允咬牙道：「妳是當慣了奴婢不會享福了是不是？跟了爺還用愁這些？」

面前這人身子端著儀態，眼瞳卻又開始亂晃：「那……妾身現在應該愁什麼？」

「愁怎麼哄爺高興。」他揚眉，目光落在她驟然攏起又慌忙散開的眉間，眼底笑意又起，「妾室只用做這個。」

花月不太樂意，但她也不敢表露，低頭看著自個兒的裙擺，整個人就突出一個乖順。

「公子。」院子裡的小廝突然跑到了門邊，慌張地道，「長公主傳話，讓您今日開獵。眼下已經有些晚了，您還是快些動身吧。」

此話一出，他身邊這人輕輕地顫了顫。

李景允好笑地看著她，伸手將她的爪子裹進掌心，然後撐著軟榻起身道：「走，今日有真的獵要打。」

她沒吭聲，跟著他出門上馬趕赴獵場，一路都低著頭，與做奴婢之時也沒什麼差別，低眉順眼，姿態謙卑。

今日去獵場註定是不太平的，她這柔軟可欺的模樣，讓李景允略微有些擔憂。

然而，三柱香之後。

花月站在獵場的看臺之上，唇邊帶笑。

長公主今日的眼神格外嚇人，表情也陰冷非常，四周的奴僕都大氣也不敢出，就算是旁邊的韓霜，也被嚇得坐遠了些。

可她像是什麼也沒察覺一般，站在離長公主最近的地方，安靜地看著自己的手指。

「聞說景允院子裡鬧了些事。」長公主皮笑肉不笑，「正好閒得無趣，妳可否給本宮說來聽聽？」

花月聞言便走到她身前，乖巧地叩首行禮，然後道：「奴婢有罪，請長公主責罰。」

原本就支著耳朵聽著這邊的眾人，眼下紛紛轉頭看了過來。

李景允也跟著抬眼，就見那鳳座下頭像是綻了一朵海棠花，花月不卑不亢地跪坐著，螓首半垂，鬢邊一縷碎髮從耳後落下來，輕輕蹭在她的臉上。

周和姬垂眼看著她，沉聲問：「妳何罪之有？」

她抿唇，嘴角彎起一個小小的弧度，琥珀色的眼眸朝他轉過來，目光溫柔又眷戀：「身為奴婢，卻貪慕主子風華，實在是罪無可赦。」

心口毫無防備，突然就被人一撞，李景允怔然地看著她，有那麼一瞬間的失神。

第31章　誰說爺不喜歡

不止是他，旁邊看著的人都聽傻了，連韓霜也是愕然了好久才反應過來，起身急道：「妳也知道自己是奴婢，怎麼敢說出這樣的話來！」

她一出聲，後頭的別枝也跟著跪了出來，帶著哭腔道：「求殿下替我家小姐做主！」

四周響起細碎的議論聲，長公主捏了捏護甲上鑲嵌的寶石，餘光掃向李景允。

都鬧成這樣了，她以為他會站出來說兩句話，也好讓她知道他在想什麼。可是沒有，李景允就負手站在一側，安靜地盯著地上那小蹄子看。

心裡有點不悅，她接著問別枝：「做什麼主？」

「殿下明鑑，這殷氏與奴婢也算熟識，奴婢對其不曾防備，甚至將我家小姐與李家公子的好事悉數告之，誰料想她竟別有居心，夜闖公子房間，逼得公子不得不納她為妾。」

別枝將頭叩下去，聲音悽楚：「那日奴婢當面撞見她從公子房裡偷溜出來，還被她惡言相向，說我家小姐沒名沒分，不配過問於她。殿下，我家小姐怎麼也是在您膝下長大的，如何能受這惡奴折辱？」

字字句句，如含冤泣血，聽得人都跟著覺得韓家小姐可憐。

長公主大怒，拍了鳳椅扶手便道：「還能有這樣的事！」

花月跪得端正，迎著她搧出來的風也沒變臉色，彷佛別枝告的不是她，依舊溫和地彎著眉梢，雙手疊放在腿上，氣定神閒。

拋出去的怒斥也沒人跟著喊恕罪，周和姬看她一眼，有那麼一瞬間的茫然：「殷氏，妳沒話要說？」

花月回神，不慌不忙地笑了笑：「別枝姑娘說得如此聲情並茂，奴婢也不敢打擾。」

「妳分明就是心虛，辯無可辯！」惱恨地瞪她一眼，別枝聲音極大，完全將她的話給蓋了過去。

於是花月又安靜了下來，側頭用打趣的眼神瞧著她，不反駁半句。

她的姿態實在太過從容，以至於就算嗓門不夠，氣勢上也完全不輸分毫。與她這從容的模樣比起來，別枝就顯得歇斯底里了些。

四兩撥千斤。

眼裡掃過一絲詫異，周和姬終於正眼瞧了瞧這小丫頭，擺手讓別枝住嘴，尾指朝她點了點：「她說完了，妳來說。」

「別枝姑娘所述罪狀——」她輕笑搖頭，「奴婢不認。」

「妳！」別枝氣急，「妳憑什麼不認！」

「就憑奴婢愛慕之人，並非人手中傀儡，他明辨是非，也知人冷暖。」花月抬眼看向李景允，眼尾輕挑，「若奴婢當真做出這等事來，公子豈能如了奴婢的意。」

一直沒說話的李景允低頭回視她，眼底平靜的湖面像是被人投了一顆石子，倏地起了漣漪。他勾唇，似是在笑她：這個時候了，都不忘記誇爺兩句？

花月盈盈一笑，心道再不將他扯進來，他不知還要看多久的好戲。

周和姬順著她的目光就看向了李景允，終於是開口問他：「景允，你說呢？」

收回目光，李景允滿臉意外地看了看身邊：「長公主英明果斷，這等小事，怎麼問起在下來了。」

周和姬微惱：「都是你身邊的丫鬟，自然是你的事，她到底有沒有使手段搏地位，不是該你最清楚？」

李景允恍然點頭，然後笑道：「官邸宅院裡這些下人，歷來是長公主經由掌事院處置，突然問起在下，倒是當真沒反應過來，還請殿下恕罪。」

他說得誠懇極了，俊朗的眉目間滿是歉意，還抱拳朝她行了一禮。

中宮和長公主通過掌事院監管各個官邸，其中的蠻橫霸道之處，早已惹眾人不快，但敢當著長公主的面說出這話的，李景允是第一個。

周和姬想發怒，可他這話說得也沒什麼錯處，一時半會兒的，她也只能冷著臉沉默，目光深沉地看著面前這人。

「景允你這話就說得不對了。」

一片寂靜之中，另一頭突然響起個聲音，帶著爽朗的笑意一路而來。

眾人側目，就見周和朔笑瞇瞇地掀開掛簾進了長公主所在的看臺，目光從地上跪著的幾個人身上掃過，最後落在周和姬身上：「我大梁皇室，以禮治國，本就不該插手臣下家事。此事錯在皇姐，你又何需喊恕罪。」

李景允躬身行禮，苦笑：「長公主怎會有錯，太子言重了。」

面上神色未變，心裡已經是慪火不已，周和姬低頭理了理手裡的帕子，曼聲道：「太子怎麼又過來了。」

「聽聞景允納妾，本宮特意備了賀禮，誰料左右找不到人，也就只能來皇姐這兒瞧瞧。」周和朔笑得虛偽極了，轉頭看向地上跪著的人，「這就是景允挑的人？」

「是。」李景允拱手，「納妾這等小事，怎敢驚動殿下。」

「哎，你難得能自己挑個喜歡的，本宮也當重視。」周和朔欣慰地拍了拍他的肩，又看向花月，「怎麼還跪著，起身吧。」

花月低頭叩謝，緩緩站起來，拂了拂裙擺，退去李景允身側。

別枝不甘心地想張嘴，可看一眼太子，她又有些畏懼，猶豫一二，還是將話咽了回去。

韓霜見狀，突然抽泣了起來。本就玲瓏的美人兒，添幾分梨花帶雨，就更是楚楚可憐。

長公主慌忙道：「霜兒不哭，本宮在呢。」

「姑母……」她欲言又止，扭頭看向殷花月的方向，突然就站起了身，疾步走了過去。

四周的人都嚇了一跳，李景允皺眉，下意識地想攔住她。

然而，他身子剛一動，就被旁邊的人輕輕抵了抵，蔥白的指尖偷偷按在他的手肘上，似乎在示意他別管。

李景允不解，動作倒是停了下來，眼睜睜看著韓霜走到她面前。

「妳想要什麼？」她伸手拉住花月，眼淚撲簌簌地往下落，「想要什麼我都可以給妳，只要妳把他還給我。」

越說哭得越厲害，韓霜紅著眼哽咽，連尾音都打著顫：「我與他這麼多年……這麼多年了，就等著過他的門。」

「妳想當他的妾室，可以，我都可以包容，但妳別在這時候……妳這一來，我想陪在他身邊，便又要等一年。」

「我等得起，可我本是不用等的。」

晶瑩的眼淚順著臉頰一串串地滑下來，她哀怨地看著她，又有些乞憐的神態，任誰看了，都得心疼她兩分。

李景允看得心裡冷笑，這是韓霜最擅長的招數，拿感情來做籌碼迫使人讓步，無恥又令人沒有辦法。拒絕了她的，都會變成整個京華最鐵石心腸的負心人。

他側頭看向花月，想說點什麼來幫她一把。

然而，目光一轉過去，他看見了殷花月那比韓霜還紅的眼眶。

李景允：「……」

蒼白的臉蛋幾近透明，花月輕顫著嘴唇，眼裡的淚珠也大顆大顆地往下掉，她學著她的樣子哽咽，肩膀也控制不住地瑟縮：「求韓小姐饒過奴婢，奴婢什麼也不想要，奴婢只想活命……」

她的尾音也跟著她顫，甚至顫得比她還厲害，身子在風裡晃啊晃，跟著就朝她跪了下去。

韓霜的眼角幾不可察地抽了抽。

手指顫抖地放上自己的小腹，花月低頭，眼淚在衣襟上化開，暈染成一片，她欲語還休，最後捂著肚子給她和李景允都磕了個頭。

「貴人們的事，奴婢哪裡敢插手，奴婢只求禍不及家人，請韓小姐和長公主饒了奴婢。」

小小的身板抖起來，像快凋零的花。

不知道為什麼，李景允竟然覺得有點驕傲，他養的小狗子也太厲害了吧，還能跟韓霜對著哭？嘿，別說，哭得還比韓霜好看。

韓霜顯然是沒料到會碰見這麼一齣，整個人僵在原地，眼裡的淚都忘了流：「妳……妳肚子？」

抬頭咬唇，花月的眼神無辜又心酸：「奴婢當真是逼不得已。」

太慘了，李景允看得都想擦擦眼角，殷掌事真是上得廳堂下得廚房還裝得了大尾巴狼，瞧瞧這柔弱的模樣，跟當初帶著護衛到處堵他的樣子完全扯不到一塊兒去。

欣慰地頷首，他移開目光，就對上了韓霜震驚的眼神。

「景允哥哥你……你怎麼能！」食指羞憤地指著他，又指了指地上那人的肚子，韓霜有些崩潰，嘴唇哆嗦了好一會兒，「哇」地一聲就哭了出來。

這地方也不是什麼雅間暖閣，四下都有人看著，長公主臉上掛不住，連忙讓別枝將韓霜扶下去。

周和朔美滋滋地看過了癮，然後笑道：「景允，恭喜恭喜啊。」

李景允笑著拱手，然後面露難色地看向鳳座。

周和姬伸手揉著眉梢，已經是不想抬眼了。她今日本是想將這小丫頭收拾了，回去好讓莊氏給李韓兩家訂親，誰曾想這一來二去的，倒是她下不來臺了。

也怪韓霜無用，連個男人的心都留不住。

「皇弟不是要上山巡獵？」她不耐煩地道，「趁著時辰還早，快些去吧，這兒就先散了。」

李景允伸手把花月拉起來，輕聲問：「她可還有罪？」

「你挑的人，本宮哪能定什麼罪。」周和姬擺手，不願意再看，「都散吧。」

圍觀的人紛紛應是，周和朔卻是突然笑了一聲：「皇姐，有件事本宮憋悶已久，今日實在不吐不快。」

周和姬沒接腔，臉色有些難看。

「這掌事院設來已久，一年到頭開支不小，卻沒什麼實際用處，僅能讓人洩私憤，還擾人家宅。本宮以為，能者治天下，孬者才防口舌，掌事院早廢早好。」

也不管她開不開口，周和朔兀自朗聲道：「此事，本宮也會儘早向父皇上奏。」

「荒謬。」周和姬拂袖，眉目冰冷，「設了幾年的東西，能是說廢就廢的？」

「事在人為。」周和朔掃視人群一周，輕笑，「只要足夠多的人覺得該廢，那這東西就是錯的，錯的東西，大梁沒有硬留的道理。」

他說完，端著架子朝她一拱手，施施然就離開了。

在場的人多是王公貴族，文臣武將，猛地聽見這番話，各自心裡都有想法。周和姬氣得頭昏，扶著太監的手就喊擺駕回宮，步伐凌亂匆忙。

李景允沒管那麼多，徑直帶著花月回了院子。

想著她先前哭得那麼厲害，怎麼也該喝口茶順順氣，他將門一闔，轉身就想找茶壺。

結果一回頭，他看見一盞倒好的茶遞到了面前，手指纖纖，與瓷同色。

眉梢挑起，李景允抬眼看向她，就見這人臉上的淒苦已經消散無蹤，眼邊的紅腫也都褪了個乾淨，她又恢復了她該有的儀態和笑容，雲淡風輕地道：「公子喝茶。」

「……」一肚子準備好的哄人話被茶水沖散，李景允瞥著眼皮輕哼：「妳可真厲害。」

「公子過獎。」花月微笑，「今日知道有公子撐腰，奴婢底氣足了些。」

那是只足了「一些」？他唏噓不已，長公主的威壓她都能頂得住，天底下就沒幾個這麼大膽的，若再給她兩分顏色，她怕不是要直接去長公主臉上畫丹青。

「有沒有什麼想要的東西？」他裝作不經意地道，「今日之事，妳做得不錯，當賞。」

她在他身邊坐著，原本毫無波瀾的眼眸，在聽見他這話之後倏地一亮：「妾身想要……」

「那包東西不能給妳。」他提醒。

遺憾地扁扁嘴，她沉默片刻，眼眸又是一亮：「那……」

「主院說好了不去。」他再提醒。

像是一盆冰水從頭淋到腳，花月整個人都焉了，耷拉著腦袋了無生趣地嘟囔：「那就不要了。」

李景允好笑地撐起身子，盤腿與她面對面，手指抬了抬她的下頷：「衣裳首飾，女人不都喜歡這些？」

花月與他平視，眼神有點看傻子的味道：「爺，您之前讓妾身收了兩個紅封，什麼樣的衣裳首飾妾身買不來？」

微微一噎，他惱了：「妳這人，沒半點情趣。」

無奈地攤手，她看著他笑：「若妾身真是什麼能迷惑公子的妖精，那便有情趣得很，能問公子要星星要月亮。但眼下，妾身要這些，不是自討沒趣麼。」

眼底有那麼一點錯愕，李景允垂眸掩蓋住，神色慢慢晦暗。

他抿唇，語氣沉了些：「當著那麼多人的面，連仰慕都說得，怎麼在爺跟前，就什麼都不敢說？」

面前這人很是意外，杏眼都瞪大了些：「逢場作戲，自然是什麼話都敢說，可眼下這裡沒旁人，又何必弄這些情情愛愛的，您又不喜歡。」

誰跟妳說的爺不喜歡？

心裡煩躁，李景允靠回軟枕上別開了頭，皺眉盯著窗臺上的香爐，薄唇抿成一條線。

這人一點眼力勁也沒有，絲毫不覺得他生氣了，甚至還給他遞了一枚蜜餞來。他氣悶地看著，沒伸手，倒是直接張開了嘴。

花月無奈，往前湊了湊，將蜜餞塞去他嘴裡，可他是半躺著的，她餵食的動作太過吃力，撐在軟榻上的手都有些顫。

注意力都在撐著的手上，花月也沒抬眼，可下一瞬，她覺得指尖一暖。

這位爺張口，不僅含了蜜餞，還含了她手。

臉上「騰」地一紅，花月飛快地抽手指，下意識地在軟枕上蹭了蹭，然後不等她反應過來，一直用著力的手倏地被人一扯。

她怔然地睜著眼，感覺眼前的一切都突然被放慢。

她能看見窗外的蝴蝶緩緩地撲搧著翅膀，能看見透過花窗落在窗臺上的樹影一下又一下地晃動，也能看見李景允衣襟上暗繡的花紋在她面前一點點放大。

片刻之後，一切恢復正常，她整個人結結實實地撲進了他懷裡。

珠釵顫動，雲鬢鬆搖，紅色的衣裙蓋在青玄的袍子上，凌亂成一團。

李景允很是愉悅地接受了這個「投懷送抱」，眼裡的戾氣散開，唇角也揚了揚，伸手摸著她的腦袋問：「撒嬌？」

殷花月：「……」

她不知道這個突然動手的人有什麼底氣問出這兩個字來，只能感嘆三公子真是風月好手，調戲起人來招數甚多。

不過她現在已經能從容面對，內心毫無波動地順著他道：「是啊，公子就答應妾身，將那包東西還給妾身吧。」

他的胸口笑得震了震：「小丫頭，那包東西不是妳拿得起的，別想了。」

她不高興地皺了皺鼻尖，撐著軟榻就想起身，結果背上一重，這孽障又將她給壓回了懷裡。

「別動。」

花月哭笑不得：「公子與妾身這般親近做什麼？這裡也沒個外人。」

墨瞳微動，李景允抿了抿嘴角，突然惆悵地嘆了口氣：「爺小時候曾經生過一場大病。」

「燒壞了腦子？」她下意識地接。

「……」

屋子裡安靜了下來，李景允瞇了瞇眼，壓著她肩背的手改成掐住她的後頸。

「……妾身知錯，一時口快，還請公子寬恕。」花月分外能屈能伸，立馬替他揉了揉心口，「消消氣，您繼續說。」

後頸上的壓力消失，身下這人接著道：「那時候莊氏經常不在府裡，我與奶娘又不親近，所以就總一個人躲在被子裡哭，生怕自己活不下來。」

「打從那時候開始，爺就很想被人抱一抱，可莊氏沒空。後來爺長大了，也就不需要她抱了。」

花月安靜地聽著，心裡有些震驚。

她一直不知道當年是發生了什麼才讓這母子二人疏離至此，眼下聽他說這兩句，她竟然覺得有些心疼。

原以為是被寵著長大的公子哥，不曾想竟也有無助的時候。

女兒家天生的善良讓她心口一軟，接著就不再掙扎，任由他抱著。

摸了摸懷裡這人的腦袋，李景允滿意地笑了。

自己養的狗自己騙，肥水不流外人田。

完美。

兩人就這麼纏在軟榻上，難得地有了一炷香的和諧寧靜。

然而，一炷香之後，門外響起了蘇妙的聲音。

「表哥，我進來了啊。」

花月本來都快睡著了，一聽這聲音，飛也似地蹦了起來，手撐在他胸口，差點給他壓出個內傷。

門「吱呀」一聲被推開，蘇妙伸了個腦袋進來，發現花月也在，笑瞇瞇地道：「正好，小嫂子隨我出去走走吧，知落說有事要找表哥。」

白她一眼，李景允哼笑：「還沒嫁出去呢，就已經胳膊肘往外拐了。」

蘇妙撇嘴，嘻笑著將花月拉出去，然後把沈知落推了進來。

兩人擦身而過，沈知落目光定在殷花月身上，微微皺眉。

「沈大人有何事？」李景允下了軟榻，伸手替蘇妙將門闔上。

兩個小姑娘嘰嘰喳喳地往遠處走了，沈知落聽了一會兒，確定她們走得夠遠了，才道：「三公子上回答應的交易，東西還沒拿給在下。」

想起這碼事，李景允也沒多說，徑直去將印鑑拿出來塞進他手裡。

「剩下的呢？」他皺眉。

李景允哼笑：「還能給你一鍋端了不成？你娶蘇妙娶得不情不願，誰知道之後會不會負了她？東西慢慢給，一年一件，你若不答應，現在也能反悔。」

沈知落氣笑了：「好歹也是將軍府的公子，怎能如此厚顏無恥。」

「將軍府行兵用道，講究的就是一個厚顏無恥。」他笑著替他彈了彈肩上的灰，「這就叫兵不厭詐。」

不想再與他多說了，沈知落轉身就走，門甩得「哐」地一聲響。

李景允覺得好笑，這沈知落在外人面前都是一副世外高人的模樣，可不知為何，對著他老是易躁易怒。可能這就是痛失所愛後的原形畢露吧。

他沒失過，他體會不了。

惋惜地搖頭，李景允轉身去收拾被扒拉開的黃錦。

這一包東西，別的他都能明白是什麼，只有一塊銘佩，上頭刻著生辰八字和玉蘭圖，沒別的名姓，也不是大魏宗室的子嗣，讓他有些摸不著頭腦。

拿出這塊銘佩再掃了一眼，李景允隨手想放回去，腦子裡卻突然一閃。

坤造元德年十月廿辰時瑞生。

不敢置信地拿出來再看了一遍，確認沒看錯之後，他打開了另一個抽屜，拿出了殷花月上回遞給他的庚帖，看向上頭的八字。

——坤造元德年十月廿辰時瑞生。

第32章　無恥得高興就好

山風從窗口捲進來，拂過庚帖那通紅的紙面，在端正的八字上打了個旋兒，又從另一邊窗戶吹了出去。

花月抿著被風拂亂的鬢髮，含笑看著面前的人。

蘇妙身上有她曾有過的熱烈和張揚，鮮活得漂亮極了，裙擺一轉就劃出一個圈，然後臉頰上露出兩個淺淺的酒窩，歪著腦袋問她：「小嫂子和知落是舊相識了嗎？」

她沒立馬答，倒是很好奇地看著蘇妙這雙狐眸：「表小姐很喜歡沈大人？」

蘇妙笑開，狐眸瞇成了兩條縫，她在庭院的石桌邊坐下，左手撐著下巴，憨傻地答：「是啊，很喜歡。」

「為什麼呢？」花月很意外，在她的印象裡，沈知落是個冷血無情、不沾紅塵之人，而蘇妙，她簡直是這紅塵裡開得最燦爛的火烈花。兩人左看右看，也尋不到什麼相似之處。

像是被人問過很多次了，蘇妙連回答都很熟練：「因為他好啊。」

「沈大人……」腦海裡劃過無數個那人高高在上俯視世間螻蟻的模樣，花月滿臉都寫著納悶，「很好？」

「長得是獨一份的俊美動人，脾氣也是一等一的有趣。」蘇妙雙手合十，眼眸亮晶晶的，「比起京華別的繡花枕頭，亦或是我表哥這種無趣的武夫，我覺得他最好了。」

說他長相動人，殷花月覺得自己可以理解，但脾氣——有趣？她抹了把臉，忍不住感嘆將軍府出來的小姐真是不同尋常，對冷漠易怒的理解獨闢蹊徑。

想了想，她還是道：「先前在宮裡，我與沈大人還算相熟。」

「哦？」蘇妙來了興致，坐得離她更近了些，「那妳知不知道，他從前都經歷過些什麼不好的事？」

「這倒是沒有。」她搖頭，「沈大人是天命所定之人，在宮裡的祭安寺裡出生，五歲能觀天象，七歲便已經受封國師。我見到他的時候，他已經是一身祭祀長袍，立於祭壇之上了。」

蘇妙聽得滿眼崇拜，目光望向遠處，似是在想那麼大點兒的沈知落，穿起祭祀袍會是什麼模樣。

然而只片刻，她就回過神來，不解地皺眉：「一丁點苦也沒受，那他怎麼會悲傷成那樣。」

悲傷？花月垂眸想了想沈知落那張臉，好像怎麼也無法把他同這個詞連繫在一起。沈大人是孤冷的，也是驕傲的，他什麼都知道，也什麼都沒放在眼裡過。

除了他自己的性命。

腦海裡劃過些不好的記憶，她打住不再去想，只笑道：「表小姐不必太過擔心。」

蘇妙眨眨眼，很是理所應當地道：「喜歡一個人，肯定是會為他擔心的呀，哪怕他日子已經過得很好，妳也會擔心他開不開心。小嫂子也喜歡我哥，難道沒有擔心過他？」

李景允？花月認真地思忖片刻，然後搖頭：「公子衣食無憂，每天心情也不錯。」

眼裡有一抹詫異，蘇妙看看她，又扭頭看看主屋的方向，沉默片刻，了然地嘟囔：「也太遜了吧……」

似是有所感應，主屋那緊閉著的房門突然就打開了，李景允跨出門來，抬眼看向她們這邊。

「花月。」

殷花月背對著他，聞聲一愣，接著就迅速起身，邁著小碎步飛也似地回到他身側，低頭答：「妾身在。」

這場面，不像什麼公子和寵妾，倒像是主人喚狗。

蘇妙看得連連搖頭。

李景允倒也沒管她這表妹，只低頭與花月小聲說了什麼，花月乖順地點頭，然後遙遙朝她行了一禮。

蘇妙頷首回禮，然後起身，衝她那沒良心的表哥擺了擺手，瀟灑地回沈知落的院子裡去。

沈知落應該是拿到了自己想要的東西了，可不知為何，他看起來依舊不高興，斜倚在貴妃榻上撥弄著手裡羅盤，淺紫的瞳孔裡毫無神采。

她輕手輕腳地跨進門，本是想從背後嚇他一嚇，誰知剛抬起手，這人就冷聲道：「步子太響，輕功沒練到家。」

臉一垮，她沒好氣地繞去他身邊坐下，翹著二郎腿撐著手肘道：「你這人，就不能裝作沒發現？」

扣了羅盤，沈知落皺眉：「妳我雖有親事，可定禮未下，堂也未拜，妳怎好天天往我這兒來？」

「我不來你多無聊啊。」她理直氣壯地抬了抬下巴，「看看，我一來，你臉色都好多了。」

沈知落分外複雜地看她一眼，然後重新撥弄手裡的羅盤。

蘇妙好奇地問：「這是在算什麼？」

「算算蘇小姐的眼疾什麼時候才能痊癒。」

蘇妙：「……」

沉默片刻，她樂了，盯著沈知落甜甜地笑著，心想老娘的男人，果然是比別人都有趣。

「太子意欲廢除掌事院。」沈知落再開口，突然就說起了正事，「妳府上若是有什麼關於掌事院的冤屈，可以一併上稟。」

蘇妙哼笑：「我能有什麼冤屈，不讓掌事院的人覺得冤屈就已經很好了。」

低眸看著羅盤上的指針，他面色有些凝重：「還是隨便找些事來稟了吧，總比扯進去更多的人來得好。」

此番春獵，太子遇刺，山上也折了不少人命，等回京都，太子麾下的禁衛軍定是要遭重。為了減少損失，太子一定會禍水東引，從掌事院下手，直擊長公主和中宮的要害。

這一點，沈知落算到了，李景允也算到了。

不同的是，李景允看起來跟沒事人似的，一腔心思都放在怎麼逗狗上頭。

晚膳在東邊院子裡與人一起享用，長長的山珍席上杯盤錯落，酒香肉熟。花月坐在李景允身邊，安靜地盯著長案上的菜色。

徐長逸捏著酒盞憂心忡忡：「三爺，這回他們下手好像過重了。」

漫不經心地應著，李景允下巴點了點那盤烤羊，朝花月道：「爺想吃那個。」

花月為難地看他一眼，捏起銀筷替他夾過來放進碗裡。

不滿地「嘖」了一聲，他動也不動，直接張開了嘴。

「公子。」花月試圖跟他講道理，「這兒這麼多人看著……」

他沒動，墨色的瞳子凝視著她，帶了點催促，還帶了點委屈，好像在說，肉都不讓他吃了？

花月無奈，一手捏筷子，一手放在肉下兜著，側身過來飛快地餵給他，然後將銀筷一放，心虛地左右看了看，耳根微紅。

這副小模樣，可比她那虛偽笑著的樣子順眼多了。李景允滿意地點頭，然後對徐長逸道：「與咱們也沒什麼關係。」

徐長逸對他這沉迷美色的模樣分外不滿：「三爺，自古人都說：美人鄉，英雄塚。」

李景允咽了肉，覺得味道不錯，順手就夾了一塊餵到花月嘴邊，口裡還接著他的話：「能被美人鄉當了塚的，也算不得什麼英雄。」

好像也有道理，徐長逸跟著點頭，然後怒道：「我不是想說這句話的對錯。」

李景允敷衍地點頭，然後抬了抬筷子，示意她張嘴。

花月有些尷尬，但還是溫和地笑了笑，小聲道：「您自個兒吃吧。」

「張嘴。」他道。

「妾身還不餓。」她滿臉清心寡欲，「野味吃太多會膩。」

恍然地點頭，李景允深以為然：「妳說得對。」

然後還是道：「張嘴。」

花月：「……」

緋紅的顏色已經從耳根爬到了臉頰，她抬袖擋著，飛快地將他筷子上的肉叼走，然後微惱地鼓著腮幫道：「您也聽聽徐公子在說什麼。」

「爺聽見了。」他哼笑，「可今日坐在這兒，就不是為這事來的。」

徐長逸一怔，下意識地看向旁邊的柳成和，想聽他分析分析三爺這話什麼意思。

結果就見他八風不動地抿著酒，用一種看傻子的眼神看著他：「三爺別理他，他這兩日腦子都不清醒。」

被溫故知這麼說就算了，被柳成和嘲諷，那簡直是奇恥大辱，徐長逸放了筷子就想動手，卻聽得席間傳來兩聲咳嗽，接著四周熱鬧的議論聲就都消失了，整個庭院慢慢安靜下來。

花月跟著眾人的目光轉頭看，就見庭中站了個微胖的錦衣男子，端著杯盞笑呵呵地道：「承蒙安兄相邀，今日能與各位貴人同享佳餚，實屬幸事。但在下家中有喪，食不得酒肉，故此以茶代酒，敬各位一杯。」

這人頗有地位，席上眾人都給面子一起飲酒，見他落座，才又議論紛紛。

「那不是梅大人嗎？」徐長逸抿了酒，小聲道，「他家裡最近有什麼喪事？」

柳成和看了一眼，答：「梅大人的夫人是個嘴碎的，常在府裡說些閒話，前些日子犯了皇家忌諱，吃錯東西死了。」

徐長逸倒吸一口涼氣。

花月慢慢地嚼著嘴裡的肉，目光有些呆滯。

大梁皇室很厲害，各府都設了掌事院，臣下一旦有不妥的舉動都能被立馬發現，防範於未然。

不過，委實有些沒人情味，臣子也是人，誰都不是草木做的，在家裡都不敢說話，誰會高興。

果然，有梅大人做引，席上眾人都開始小聲議論起掌事院的事，就連柳成和也轉過頭來，看著花月道：「我突然想起來，小嫂夫人是不是也進過掌事院啊？」

李景允斜了他一眼。

「哎，我沒揭人傷疤的意思，您別著急。」他連忙擺手，「就是想起來問問，若是真如太子所言，要廢這掌事院，三爺可要出手？」

下意識地摸了摸自己的背，那上頭的傷是好了，可是疤痕交錯，已經是不堪入目。花月眼眸微垂，抿了抿唇。

李景允繼續夾了菜遞過去，滿不在乎地道：「別家死了夫人女兒的不在少數，甚至抄家的案子也有好幾起，哪裡輪得著我家這小丫頭的事兒。」

放心地拍了拍胸口，柳成和笑道：「那就好，我就怕您衝冠一怒為紅顏，沒由來地蹚這渾水。」

「不會。」

得到想要的回答，柳成和美滋滋地就繼續喝起了酒。

李景允側頭掃了一眼，他身邊的小狗子安靜地坐著，臉上沒有任何不甘和委屈，只是手往背後伸著，目光游離，似乎對自個兒的疤有些介懷。

沒有女兒家會不想肌膚如玉、渾身無暇，哪怕是殷掌事也不會例外。先前還被他嘲諷說這一身疤找不到夫家，雖然現在……也算是找到了半個，但想起背後那慘不忍睹的傷，她也笑不出來。

張口麻木地吃著旁邊不知道哪兒夾來的肉和菜，花月開始回憶以前在御藥房有沒有看過什麼祛疤的方子。

等她回過神來的時候，嘴裡已經快塞不下了。

「公子。」她鼓著腮哭笑不得，「您吃不下了就放著，別都給妾身吃啊。」

「不好吃？」他挑眉。

好吃是好吃，可是……花月艱難地將嘴裡的東西都咽下去，頗為怨念：「妾身又不是餓死鬼投胎。」

「嗯。」他點頭，順手遞了茶杯到她唇邊，「張嘴。」

花月就著他的手咕嚕嚕將茶喝了個底朝天。

徐長逸在旁邊看得筷子都掉了，他震驚地扭頭，小聲問柳成和：「這還是咱三爺嗎？原先去棲鳳樓，連姑娘都不點的那個三爺？」

柳成和滿眼唏噓：「這要叫韓霜看了，指不定把禁宮都給哭塌。」

「好事還是壞事啊？」徐長逸有點不放心，「都說女人多誤事，青史上沉迷女色的人，好像都沒個好下場。」

想了想，柳成和搖頭：「也不盡然，魏國史上有個皇帝就寵極了他的皇后，三宮六院只中宮風月殿住了人，人家也沒出什麼事，國運還挺昌盛。」

徐長逸默然，又往那邊看了一眼。

有人來敬酒，李景允不好推脫，連飲了好幾盞，臉色雖是沒變，但眼神有些微迷離。花月默不作聲地看著，似乎半點也不擔心，仍舊在吃她碗裡的東西。

可是，當第六杯酒端過來的時候，李景允剛伸出手，素白的手指就搶在他前頭握住了杯壁。

「公子醉了，這杯就由妾身代了吧。」花月看著面前這不知誰家的小姐，得體地笑了笑，「見諒。」

那小姐有些不滿，可殷花月仰頭將杯子裡的酒喝盡了不說，還拿起桌上的酒杯笑道：「這杯是賠罪，等改日公子飲得少些的時候，再與小姐相祝。」

白皙的脖子一仰，隱隱能看見上頭細細的青筋，她喝得又乾脆又乾淨，杯盞往下一翻，滴不出半點酒來。

饒是再不高興，這也挑不出什麼毛病。那小姐無奈地行禮，轉身走了。花月若無其事地坐回李景允身邊，繼續咬著碗裡的熊掌。

她垂眼沒往旁邊看，徐長逸柳成和卻是看了個清清楚楚——方才還迷離裝醉的三爺，眼下正無聲地勾起嘴角，墨瞳泛光地看著她。

那欣喜的小眼神啊，活像是殷花月剛剛推開盤古自己開闢了天地。

徐長逸和柳成和對視一眼，齊齊搖了搖頭。

沒救了。

「小嫂夫人酒量還挺好。」柳成和戲謔，「比三爺能喝。」

跟著點頭，李景允也想誇她兩句，剛開口，就聽得「咯嘣」一聲。

牙齒好像磕在了碗沿上，殷花月臉埋在碗裡，突然沒了動靜。

李景允：「……」

連忙伸手將她拉起來，他低頭一看，這人臉上也沒什麼變化，紅都沒紅兩分，但眼睛卻是半闔著，恍惚地看著他，一副悶悶不樂的模樣。

「想睡覺了。」她嘟囔。

錯愕了那麼一瞬，李景允倏地笑出了聲，他將她摟過來，讓她靠在自個兒懷裡，然後小聲逗她：「這宴席上不讓睡覺，睡了就是失禮。」

軟綿綿的小爪子抓住了他的衣襟，懷裡這人悶聲道：「那回去睡。」

「酒沒喝完，人家不讓走。」

煩躁地哼了兩聲，花月蹭著他的衣襟扭過臉，伸手又去拿桌上的酒杯，可不知是她手短還是怎麼的，那杯子近在眼前，卻怎麼都拿不到。她往上抓，那杯子甚至往下跑。

脾氣上來了，花月撐起身子雙手去抓，結果那杯子竟跟生了翅膀似的，又往上飛了。

「三爺。」徐長逸實在是看不下去了，「您這是不是無恥了點？」

李景允一手撐著腦袋，一手拿著酒杯逗弄懷裡的人，分外愉悅地道：「無恥就無恥吧，爺無恥得挺高興的。」

……這話就更無恥了。

徐長逸抹了把臉，覺得不能跟現在的三爺講道理，畢竟中了情蠱的人都是傻子。

抓了好幾回都沒將杯子抓住，花月瞇眼，突然不動了。

李景允「嗯？」了一聲，捏著酒杯在她面前晃了晃，以為她當真睡過去了。

結果就在他放鬆的一瞬間，懷裡的人出手如電，身子蹦起來，一把就將酒杯抓住了。

花月大喜，杏眼笑得彎起來，臉頰也終於透出兩抹緋紅。然而，她這動作太大，身子完全沒個支撐，剛將酒杯抱進懷裡，眼前的景象就突然傾斜。

她看見桌子和菜肴都往上飛了起來，也看見徐長逸和柳成和兩個人都變得歪歪扭扭的、滿臉愕然地看著她。

眼前出現了半幅衣袖，被落下來的酒盞一灑，酒香浸染。接著，她整個人都跌進了這片酒香裡，溫熱踏實，恍如夢境。

咧了咧嘴，她就著這夢境蹭了蹭。

李景允是想斥她的，可話剛到嘴邊，側頸上就是一暖。

這人歪倚在他肩上，嘴唇剛好碰著他，似乎是把他當了熊掌了，啊嗚一口咬下來，貝齒小小的，連他的皮肉都叼不住，齜牙咧嘴地磨了兩下，她有些洩氣，委屈地伸著舌尖舔了舔。

酥麻的感覺自側頸傳遍四肢，李景允身子一僵，臉色驟變。

懷裡這人什麼也沒察覺，哼唧了兩聲，帶著酒氣的呼吸都噴灑在他頸間。

「別動。」李景允啞了嗓子，手捏緊了她的腰側，「爺可不是山珍。」

那雙墨瞳裡有暗湧翻滾上來，如壓城黑雲，急急欲摧，可花月看不見，她只記得自個兒拿到了酒杯，杯子裡的酒好像也沒了，於是她抓著他的衣襟高興地道：「可以回去了吧？」

這回李景允沒再逗她了，他深吸一口氣，將眼底洶湧而至的東西一點點壓回去。

「可以。」

徐長逸和柳成和一個望著左邊，一個望著右邊，都裝作什麼也沒看見。李景允掃了他們一眼，沉聲道：「這兒交給你們了。」

「三爺慢走。」兩人齊齊應下。

李景允走得極快，懷裡的人卻抱得很穩，幾乎沒怎麼顛簸。

不過回到主屋，她還是有些難受，眉頭緊鎖地看著他，小聲道：「要沐浴。」

見慣了殷掌事自律矜端的模樣，這任性驕縱的樣子他還是頭一回見，李景允有些哭笑不得，伸手替她將鬢髮別去耳後：「行，爺讓人給妳抬浴桶來。」

「不行。」面前這人突然就強了起來，嘴巴不高興地翹得老高，「我不在浴桶裡沐浴，我要浴池，要以玉石為砌、黃金為階的那種。」

這要是換了別人，他肯定拎出去扔在假山旁的魚池裡。可對上這張醉意朦朧的臉，李景允發現自己生不起氣，甚至心口還有點軟。

伸手撫了撫她這滾燙的小臉，他低聲道：「妳說的那個浴池在禁宮裡，現在看也看不著。」

花月一怔，傻愣愣地看著他：「我不可以去禁宮沐浴嗎？」

「是啊。」

輕輕軟軟的兩個字，他自認為回答得夠溫柔了，結果面前這人一聽，眼裡竟是慢慢湧上了淚，啞著嗓子碎碎念：「為什麼啊……」

心裡一緊，李景允「嘖」了一聲，連忙捏著袖子給她擦臉：「有什麼好哭的。」

她扁著嘴，彷彿受了天大的委屈，眼淚擦了又跟著冒出來，哭得抽抽搭搭的。

「行行行，爺帶妳去浴池。」抹了把臉，他低身將她抱起來，咬牙切齒地威脅，「不許哭了。」

手臂無力地搭在他的肩上，花月眼神朦朧地看著他，突然破涕為笑。

行宮裡有傍著溫泉修的浴池，大大小小的池子被分隔開，修成了精緻的浴房。

珠釵「咚」地一聲落入了池水，青絲鋪綻開來，像蔓延的無邊夜色。

夜色下的美人臉皎皎如月，明明生緋。

單薄的中衣被水浸透，貼著肌膚勾出溼漉漉的線條，衣襟被蕩漾的水波一點點沖散，露出半邊白皙瑩潤的肩窩。

浴池裡的人恍然未覺，她正醉眼朦朧地看著他，像是在等著什麼。半晌，見他紋絲不動，她委屈地扁了扁嘴，然後軟綿綿地朝他伸出了手。

第33章　妳醉了，啥事也沒有

溼透的衣袖貼在手臂上，幾近透明，水滴順著皓白的手腕滑落，落在池子裡，暈開一層又一層的漣漪。

花月仰頭看著他，氤氳又迷茫地問：「你為什麼不下來？」

「……」

岸上的人僵硬地別開臉，沒有說話。

等了好久，伸出去的手都涼了，花月委屈萬分地收回來，吸了吸通紅的鼻尖，默默地游到浴池的另一側，將背貼著浴池邊兒，然後滿眼怨念地遙遙看過來。

喉結上下動了動，李景允輕吸一口氣，哭笑不得：「妳跑那麼遠做什麼？」

她耷拉著眉梢，張口想出聲，結果腦袋埋得太低，嘴唇一鬆溫水就灌了進來，嗆得她直咳嗽。

李景允給氣樂了，三步並兩步地繞著池子走過去，半跪下來將她撈出水面：「方才還沒喝夠？」

幽怨的小眼神望上來，她扁了扁嘴，掙開他的手，又將背緊緊貼在了池邊的石壁上。

眼眸微動，李景允好像明白了些什麼。

他朝她勾了勾手。

醉醺醺的小狗子氣呼呼地看著他，不肯動。他「嘖」了一聲，食指輕輕叩了叩池邊的玉石板：「過來。」

腮幫子鼓起，臉頰上是被熱氣蒸騰出來的嫣紅，花月瞪了他一會兒，還是不情不願地朝他游回來，越近人越往水下沉，等回到他跟前，水面上就只剩了一雙可憐的杏眼。

心口軟得一塌糊塗，他嘆了口氣，摸了摸她的腦袋，低聲道：「爺沒嫌棄妳。」

面前這人顯然是不信，眉間皺起來，眼裡怨氣更重。看他好像沒有別的話要說了，她又開始不動聲色地往後退。

結果下一瞬，她突然覺得肩上一緊。

有人倏地將她從水裡抱了起來，滾燙堅實的手臂從她的腰上橫過去，將她整個人轉了一圈。

揚起的水花紛紛灑灑地落回浴池裡，像春日裡的大雨，淅瀝瀝地濺起無數漣漪。被水浸透的中衣順著肩滑落下去，露出一大片白膩細滑的肌膚和明豔的兜帶。

花月怔愣地望著白茫茫的水面，還沒反應過來發生了什麼，就覺得背心一暖。

李景允抱著她，低頭吻上了她背後的疤。

那些醜陋的、扭曲的、見不得人的疤。

一條、兩條、三條，他溫柔地描摹著疤痕的形狀，似惋惜，似眷戀，從腰窩到肩背，最後輕輕叼住了她的後頸。

「還疼嗎？」他含糊地問。

顫慄從耳後傳至全身，花月心口一酸，下意識地反手抓住了他的衣袖，原本就不清醒的眼眸，眼下更是蒙上了一層霧，似夢非醒，不知所措。

「嗯？」身後的人聽不見回應，牙齒輕輕磕了磕她的頸窩。

「……不疼了。」她恍惚地答。

「真乖。」溫熱的氣息捲上來，低聲在她耳畔道，「這些都是爺欠妳的債，沒有不好看，妳可以用這些跟爺要帳。」

懷裡這人縮了縮，可憐巴巴地問：「怎……怎麼要啊？」

李景允分外嚴肅地思考了片刻，然後將她轉過來，十分誠懇地指了指自己的唇：「親這兒，親一口就可以抵一條。」

花月茫然地看著他，腦子裡已經是一片混沌，她看著他的動作，下意識地跟著做，白嫩的藕臂搭上他的肩，低頭就朝他覆了上來。

身子一僵，李景允眼裡晦深如夜。

他喝的酒好像也終於上頭了，心裡的燥熱翻湧而起，捏著她腰側的手無意識地緊了緊。

身上這人鬆開了他，傻笑著數了個一，然後低頭下來再親一口，想數二。

不等她數出來，他難耐伸手扣住了她的後腦勺，將人按了回來。

溫泉裡的熱氣蒸騰四散，平整的浴池邊溼了一大塊地方，像雨後初乾的路面。青黑的錦袍裹在上頭，同玉色的肌膚捲在一起，袖口衣擺的掩映之間，露出一截白嫩的小腿。

……

主屋裡燃著香，溫暖乾燥。

李景允將人抱回床榻，想去給她找身乾淨衣裳，可低頭看見她這睡得嬌憨純熟的小臉，忍不住又低下頭來，廝磨著啄她兩口。

他向來不喜與人親近，但也不知為什麼，對她，他倒是覺得怎麼親近都還不夠。

可惜她沒出息地睡了過去。

微惱地彈了彈她的腦門，李景允隨手扯了自己掛在一旁的雪錦袍子來，溫柔地替她擦著尚還溼潤的青絲。

床上的人乖巧地睡著，嫣紅的小臉蛋天真又無辜。

李景允眼裡含笑，嘴角也揚得按不下來。他也不知道自己在樂個什麼勁兒，但就是高興。

床上這人嘟囔了一聲，手無意識地在空中揮了揮，他伸手接了，放在唇邊輕輕一吻，然後塞回被子裡，順手給她掖了掖。

目光落在她有些紅腫的嘴唇上，他一頓，斜倚在床邊，又開始笑了起來。

春獵結束，眾人開始啟程回京。

花月臉色蒼白地坐在馬車上，伸手捂著腦袋，還有些想吐。

「公子。」她皺眉問，「妾身昨日醉酒，可有什麼不妥的舉動？」

李景允撐著下巴看著外頭山水，臉不紅心不跳地答：「沒有，妳醉了就睡了。」

「那……」她有些難以啟齒，「妾身的衣裳怎麼換了？」

白她一眼，他理所應當地道：「一身酒氣，爺還留著那衣裳在房裡過夜不成？衣裳和妳，總有一樣要被扔出去，妳自個兒選選？」

面色凝重地沉默片刻，花月恭恭敬敬地給他行了個禮：「多謝公子。」

扔衣裳比扔她好多了。

嘴角有些抽動，李景允輕咳一聲，順手拿了本書來擋住臉。

「您在笑嗎？」她狐疑。

「沒有。」他聲音如常，「爺只是在看書。」

看看他手裡書的封皮，花月眼裡的懷疑更深了：「倒著看也能看懂？」

不動聲色地將書正過來，李景允憋了好一會兒，終於是憋不住，低低地笑出了聲。

「……」

面前這人有些惱了，紅唇抿起來，眉間也皺成一團。

瞧著是當真生了氣，他輕咳一聲，放了書道：「從這條路下山，午時咱們就能到寶來閣。」

「誰要去什麼寶——」話沒說完，她一頓，意外地看向他，眼裡一點點地亮起來。

「寶來閣？」

李景允若無其事地道：「隨便逛逛，正好給妳添些首飾。」

方才還烏雲密布的臉色，瞬間變成了晴空萬里，花月不再追問他在笑什麼，反而是翻出了一直收著的兩個紅封，雙手遞到他面前。

「給妳了妳就收著。」他擺手，「去寶來閣裡花了也成。」

像是就等著他說這話似的，花月美滋滋地將兩個紅封抱在了懷裡，眼珠子滴溜亂轉。

李景允看得好笑：「殷掌事，在妳買東西的盤算裡，有沒有爺的一席之地？」

眼神一滯，她心虛地看了看他，勉強點了點頭。

就這反應，李景允也能猜到她在想什麼，長嘆一口氣，他表情滄桑地看向遠方：「養不熟的白眼狼。」

微微有些不好意思，花月坐到他身邊去，大方地拿出一個紅封：「這裡頭的都用來給公子買東西。」

他斜眼瞧過來，眼尾有那麼一絲愉悅：「想買什麼？」

她想了想，試探地道：「隨身的玉佩？」

李景允不屑地哼道：「韓霜之前送了爺一枚南陽玉蟬，妳這一個紅封未必買得著更好的。」

心裡一緊，花月尷尬地放下手，睫毛跟著一垂，堪堪遮住自己有些狼狽的眼神。

意識到自己說的話不太對，李景允坐直了身子，剛想再找補兩句，這人就已經飛快地將紅封收了起來，臉上恢復了微笑：「那到時候妾身去尋一尋，看有沒有別的稀罕玩意兒。」

「不是。」他張了張嘴，「爺也不是非要什麼貴重的……」

「公子身分尊貴。」她善解人意地道，「是妾身沒思量周全。」

掐了一把大腿，李景允心裡暗罵，好端端的他說的這叫什麼話。真要拉著人說不是故意的，好像沒這個必要，可要是就這麼過去了，他也不知道她是不是真的不介意。

身邊這人表情平靜地看著窗外，雙手交疊放在腿上，看不出喜怒。

李景允沉默，神色複雜。

各家的馬車從進城開始就四散開去，將軍府的馬車停在寶來閣外，裡頭有眼色的夥計立馬出來迎接。

「公子夫人裡頭請。」夥計躬身行禮，再抬頭一看，「咦？殷姑娘。」

花月每月都來這地方，與這夥計也算眼熟，笑著朝他道：「我來買點東西。」

往日她來，都是一身灰鼠袍子，風塵僕僕，平實無華。而眼下，這人換了一襲錦繡紅裙，就著頭上精緻的髮釵珠花，襯得膚白如玉，貴氣優雅。

夥計滿目讚嘆，然後小聲同她道：「該給咱們掌櫃的看看，他肯定不敢再小瞧您。」

像是想起了什麼，花月跟著笑出了聲。

背後一道陰影籠上來，將夥計罩在裡頭。夥計只覺得莫名一寒，耳邊接著就響起了陰側側的聲音：「好笑得很？」

嚇了一跳，夥計扭頭一看，正對上李景允不悅的眼神，連忙退了三大步：「小的失禮，您裡頭請。」

花月轉頭看過去，卻見他神色如常，甚至近乎溫和地朝她道：「進去吧。」

掃一眼夥計那驚恐的模樣，她茫然地跨進了大門。

寶來閣有兩層，往常花月都只敢在一樓看看，可眼下她懷裡有銀子，底氣十足地就拉著他上了二樓。

掌櫃的正在二樓的窗邊晒太陽，聽見動靜，隨意扭頭看了一眼，結果這一看，差點掉下椅子。

「三公子？」他滿臉堆笑地迎過來，「您今日怎麼親自來了，可是有什麼想要的？您在這兒坐會兒，小的給您去取。」

這得是來光顧過多少回，才能讓掌櫃的殷勤至此？花月唏噓地看了他一眼，若有所思。

「妳別瞎想。」他黑了半張臉，「爺之前只是隨徐長逸他們過來。」

「嗯。」花月也不爭辯，點頭表示聽見了，但不信。

後槽牙緊了緊，李景允往旁邊一坐，伸手指了指她，對掌櫃的道：「這小祖宗，帶著她去挑，看她想要什麼。」

掌櫃的錯愕了，心想三公子還會帶女人來挑東西？這可是頭一回。

轉頭看向這女人，他更錯愕了：「怎麼是妳？」

花月皮笑肉不笑地看著他：「侯掌櫃。」

從前她來這兒，都是揣著月錢在一樓挑上許久，然後與他討價還價。侯掌櫃對她這沒錢還想買寶貝的奴婢向來沒個好臉色，誰曾想如今她再來，竟是這麼個場面。

臉上笑意有些僵硬，侯掌櫃餘光瞥著李景允，也不敢妄動，還是低頭躬身地請她往簪臺上走。

寶來閣東西繁多，首飾玉器、絲綢緞面，花月挑了很多，大大小小的盒子疊在一起，有半人高。

侯掌櫃擦著額上的冷汗，與她小聲道：「之前有些冒犯，您可別往心裡去。」

花月莫名其妙地看他一眼，道：「掌櫃的怕什麼，我不過是借著公子的光過來買東西，又不會少給銀子。」

「話不能這麼說。」侯掌櫃賠笑，「我寧可少收您些銀子，也沒道理在三公子身邊結個梁子啊。」

花月更想不明白了：「我家公子雖然出身尊貴，可眼下並無官職，也無建樹，掌櫃的何至於如此巴結。」

侯掌櫃不敢置信地看著她：「您不知道？三公子在這外頭，那可是……」

「挑好了沒？」李景允等得久了，有些懨懨地走過來。

侯掌櫃立馬收了聲，朝他笑道：「夫人對本店的寶貝甚是青睞呢。」

滿腹疑竇，花月倒也不急著問，只轉身跟他指了指旁邊的盒子，然後道：「就這些吧。」

李景允點頭，低聲問她：「餓不餓？」

「有一點。」她道，「現在趕回府，應該還來得及用膳。」

「不回去吃了。」他道，「天天吃府裡的飯菜也膩，這旁邊有家不錯的酒樓，爺帶妳去嘗嘗味道。」

花月一聽，連連搖頭：「夫人還在府裡等著呢，要是知道春獵散了咱們還沒歸府，少不得要擔心。」

侯掌櫃聽得滿臉驚恐，拚命給她使眼色——順著三公子的意思就行了啊，哪能與這等貴人對著幹？

可是，還不等花月接收到他的暗示，面前的三公子就「嘖」了一聲，無奈地道：「行吧，回府。」

候掌櫃：「……」

他覺得自己耳朵可能出了問題，亦或是剛才太睏了，他現在是在做夢。

可是，殷花月往他手裡放了一疊銀票，掂著沉沉的，也能聞見熟悉的紙墨味兒，怎麼都不像是夢境。

「勞煩掌櫃的待會兒送去將軍府。」

「是。」

目光呆滯地送著這兩位出門，候掌櫃站在門口發了會兒呆。

「掌櫃的？」有人伸手在他眼前晃了晃。

候掌櫃回神，定睛一看，又連忙低頭行禮：「韓小姐。」

韓霜面帶病色，輕咳了兩聲道：「上回我瞧好的那個金鑲玉四蝶玉蘭步搖，你替我送去韓府。」

微微一愣，候掌櫃連忙道：「這個不巧，方才有人剛買走。」

眉心皺了皺，韓霜略帶戾氣地問：「誰？」

「小姐莫怪，是李家三公子的夫人挑走了。」

旁邊的別枝上來就斥：「瞎說什麼，三公子還沒立正室呢，哪來的夫人！」

掌櫃的一縮，連忙拱手：「見諒見諒，小的也不清楚，只看公子甚是寵愛那姑娘，便當了剛過門的夫人。」

韓霜閉了閉眼，冷淡地問：「買了很多？」

「是，銀票還在這兒呢。」候掌櫃連忙攤手給她看。

掃了一眼，韓霜心情甚差，轉身剛要走，卻突然一頓。

她扭回頭來，仔細看了看票面上的密押和浮水印，臉色驟變。

「是三公子給你的，還是他身邊的姑娘給你的？」

候掌櫃不知道她為什麼突然問這個，但還是如實回答：「三公子身邊的姑娘給的。」

點了點頭，韓霜扶著別枝的手回到了馬車上。

「小姐。」別枝還有些憤然，「三公子對旁人可沒這麼好過，咱們可不能坐以待斃。」

韓霜若有所思。

車簾落下，馬車晃晃悠悠地就朝禁宮的方向去了，車輪在地上印出長長的印子，蜿蜒扭曲。

花月跟著李景允跨進將軍府的大門，剛在東院更了衣，就收到了寶來閣送來的東西。她仔細盤點收拾好，取了幾個盒子就要往外走。

「喂。」李景允很是不滿，「妳當爺是死的？」

抬起的繡鞋僵在半空，花月哭笑不得地解釋：「妾身是要去一趟主院。」

「那妳也該同爺說兩句場面話。」他擰眉，負氣地抱起胳膊。

本著哄小孩兒的心情，她轉過身來，笑瞇瞇地朝他屈膝問：「妾身要出門了，公子可要同去？」

「好。」他平靜地應了一聲。

「……」花月瞪大了眼看著他。

這人起身朝她走了來，手一抬就將她懷裡的盒子都抱了過去，然後不耐煩地催她：「要走就快點，還能蹭頓飯。」

「您。」她喜出望外，滿眼小星星，「您願意去看看夫人了？」

俊朗的臉上劃過一絲彆扭，李景允悶哼，頭也不回地往外走：「算爺給妳的補償。」

花月也不想問他要補償什麼了，隨便什麼都好，她提著裙子就跟了上去，臉上的笑意擋也擋不住：「爺您小心腳下，手上拿這麼多有些重吧？妾身幫您拿。」

「不用，待會兒交給八斗。」

「那您要不要再換身衣裳？妾身給您找那套藍鯉雪錦的袍子來可好？」

那套袍子早拿去給她擦了頭髮了，李景允心裡覺得好笑，面上偏是沒個表情，只搖頭：「不必。」

花月是高興得不知所措了，繞在他身邊跟旺福似的來回轉悠，就差衝他搖尾巴了。

將盒子遞給過來的八斗，李景允狀似無意地揉了揉指節，眉宇間頗有些痛色。

身邊這人這回反應是極快的，白嫩的小爪子立馬裹上來，捏著他剛才揉的地方細細按壓，柔聲問他：「這兒不舒服？」

「嗯。」他點頭。

於是她就握著他的手捏揉按摩了一路，溫熱的指腹覆在他的指間，一直沒鬆開。

李景允別開頭，在她看不見的地方，眼裡盛滿笑意。

回來的時候，花月以為公子不會去主院，所以也沒讓其他人往主院裡遞話，眼下兩人一同前去，倒是能給夫人個驚喜。

她是這麼想的。

然而，一跨進主院，她就聽見主屋裡傳來將軍冷淡的聲音：「不用妳操心。」

「妳就在這後院裡過日子，錦衣玉食，奴僕成群，妳想要什麼就有什麼，別的事與妳無關。」

「妳想幫忙也幫不上，何必徒增麻煩。」

心裡一緊，花月鬆開了李景允，邁著碎步飛快地往裡走。

莊氏向來是溫聲細語的，走得近了才能聽見她在說話：「我如今什麼也不要，只想要景允平安。」

「他平安得很，哪天我沒了，他也不會有事。」

「老爺……」莊氏有些哽咽。

花月聽得又焦急又擔心，可她這身分，也不敢貿然推門，只能站在門口乾瞪眼。

然而，正瞪著呢，耳畔突然伸過來一隻手，越過她的肩，朝那門上輕輕一推。

「吱呀——」外頭的光照進門裡，捲起一些細微的灰塵。

屋子裡吵著的兩個人頓時住了口，一齊扭頭看向門口。莊氏眼睛不好，只能看見強光之中走來兩個影影綽綽的人，可李將軍抬眼就能看見李景允望向他的眼神。

冷清、陌生。

跟他看莊氏的眼神一模一樣。

莫名的，李守天竟然笑了，他盯著這張和自己有六分像的臉，似喜似悲：「真不愧是我親生的兒子。」

「景允？」莊氏一聽就站了起來，雙手朝前摸索，「是景允來了嗎？」

花月連忙上去扶住她，笑著輕聲道：「夫人，是公子過來了，公子剛春獵歸府，來跟您請安。」

眼眶微溼，莊氏欣慰地拍了拍她的手，然後顫著嗓子側頭問他：「春獵好玩嗎？」

回母親，甚好。

——他總是會這樣回答她，莊氏已經習慣了，但她還是想多聽一回自己孩子的聲音。

「回母親。」李景允開口，聲音平和，「今年山上冰化得晚，獵物沒有往年多，但去的人不少，也算有趣。兒子帶了一頭小鹿回來，是白色的，花月喜歡，想養在院子裡，還請母親應允。」

第34章　妾身在您心裡，好像……

庭裡玉蘭吐蕊，香氣沁過花窗，和著縷縷飄燃的青煙，溢滿了整個主屋。

有那麼一瞬間，莊氏沒有反應過來，她聽見太長一段話了，長得像是在做夢，夢裡天真可愛的孩子拉著她的裙角，對她沒有恨也沒有怨，只滿臉高興地給她看一頭雪白的小鹿。

她想笑，又覺得眼睛脹得生疼。

「夫人。」花月輕輕喚她，捂著她有些冰寒的手，小聲提醒，「公子在同您說話呢。」

恍然回神，莊氏望向李景允的方向，想開口，卻覺得喉嚨裡堵了什麼東西，她咽了一口氣，慌忙點頭。

花月見狀笑道：「夫人這是應了。」

李景允頷首，目光只在莊氏身上停留了一瞬便移開了，他轉過頭來，正好對上自己父親那雙深沉的眼。

「你回來得正好。」李守天道，「為父有事要與你商量。」

莊氏聽著，連忙拉著花月往外退，她步履有些踉蹌，驚得花月半點不敢鬆手，一路扶著她出了主屋。

「夫人。」她微惱，「您急個什麼，萬一摔著可怎麼是好。」

雙眉微蹙，臉卻是笑著的，莊氏像之前一樣撫著她的手，沙啞著嗓子道：「我……就是太高興了……」

心裡微酸，花月嘆了口氣。

她扶著莊氏往花園的方向走，一邊走一邊給她順氣，直到她完全平靜下來，才低聲道：「奴婢也有事要稟夫人。」

園子裡春光明媚，莊氏坐在假山旁，安靜地聽著身邊的人磕磕巴巴地說觀山上發生的事。

花月沒瞞她，將實情都說了，一邊說一邊心裡打鼓，生怕把夫人氣出個好歹來。

然而，莊氏聽完，沒有責罵，也沒有質問，只面露擔憂地替她抿了抿鬢髮。

「妳喜歡景允嗎？」她問。

心裡莫名湧出一股子溫熱，花月狼狽地低下頭，矢口否認：「奴婢對公子沒有覬覦之心。」

「那妳打算怎麼辦？」莊氏柔聲道，「妳是不能走在風口浪尖上的。」

「奴婢知道。」她半蹲在夫人腿邊，親暱地與她蹭了蹭，「奴婢已經想好了，待會兒同公子請願，就說來主院照顧夫人，奴婢還是能和從前一樣，就陪在夫人身邊，哪兒也不去。」

溫柔的手輕輕撫著她的烏髮，莊氏仰頭看向天上模模糊糊的光，突然想起了很多的陳年舊事。

「就她一個了嗎？」

「就她一個了，脾氣不太好，不愛與人親近，手腳也笨，那些個官家都不喜歡，待會兒打算打發去浣洗司的。」

「那就讓她跟我走吧。」

「什麼?」

「從今日起,她就是我的丫鬟了。」

「……」

回憶裡帶著能看見的灰塵和光,還有一雙無比溫柔的手,穿過恐怖折磨的夢魘,輕輕地將她抱進懷裡。

啪嗒——

花月以為下雨了,茫然地抬眼,卻見莊氏目光空洞地盯著某一處,眼角落下一串又一串的淚來。

「夫人?」她慌忙拿了帕子給她擦臉,「您怎麼了?」

莊氏回神,揩了淚花笑道:「外頭光太亮了,有些刺眼。」

這樣的藉口她沒見過一百遍也至少有個九十九。花月神情凝重地看著她,沉聲問:「奴婢不在主院的時候,將軍是不是又欺負您了?」

「沒有。」她笑著將手帕疊好,「將軍與我是夫妻,怎麼會欺負我。」

還夫妻呢,自她進府開始,將軍就從未在主院過過夜,夫人每年的生辰也沒有任何賀禮,連在一起吃頓飯都難,這算哪門子的夫妻?

左看右看,花月怎麼都覺得夫人瘦了,料想霜降照顧人沒有她仔細,夫人也不是個會苛責人的,指不定忍了多少委屈。

她暗暗下了決心。

李景允站在書房裡，沉默地聽著李守天說話。

「為父想過了，過些日子就跟上頭遞摺子，讓你來煉器司任職。」他坐在椅子裡，交疊著雙手道，「這樣一來，過幾年你就能接為父的任。」

「韓家那個小姐挺好，你要是也覺得合適，就跟為父一起選個日子，將她迎了。」

「為父老了，這偌大的李家宅院，早晚要靠你撐起來。」

李守天說得語重心長，也頗有些居高臨下的姿態，畢竟人人都豔羨他李家的兵權，他也不止一個兒子，能為景允安排至此，是他這個做父親的最大的偏愛了。

然而，面前這人聽著，臉上一點情緒也沒有。

「怎麼。」他不悅，「你有異議？」

「沒有。」青黛色的衣擺拂起又落下，李景允似笑非笑地道，「父親的恩賞，是子輩夢寐以求的福氣，但是……」

他眼尾輕輕勾起來，收斂了好久的痞氣又從手上的響指裡冒了出來。

「我不需要。」

書房裡寂靜了一瞬，接著就響起一聲嗤笑。

「你不需要。」李守天抬眼看著他，目光幽深，「所以你就想當一輩子的紈絝，啃著李家的血肉，做一個沒用的廢人?」

他越說聲音越大,最後幾乎是拍案而起:「我不會養你一輩子,你離開李家,離開你三公子這個身分,就什麼也不是!」

李景允對他的暴怒絲毫不覺得意外,他平靜地聽著自己親生父親的嘲弄,只趁著他喘氣的間隙問了一句:「你同母親,先前在爭執什麼?」

呼吸停了那麼一瞬,李守天皺眉,神情複雜地道:「問這個做什麼,你一向不關心你母親。」

「再不關心,也是她身上掉下來的肉。」李景允伸了個懶腰,漫不經心地道,「沒事兒還是別去她那兒了,你看著她煩,她也未必想看見你。」

喉嚨一噎,李守天又氣又笑:「你現在是連我也要教訓了?」

「不敢。」他低頭,很是認真地朝他拱了拱手,然後垂著眼皮道,「只是聽煩了。」

李守天一頓,放在腿上的手無意識地收攏。

他太久沒跟景允聊過天了,這麼多年,他大多是從旁人的嘴裡聽他的動向,讓人把他關在府裡,亦或是把他送去練兵場磨礪。

眼下再看,這小子好像長高了,眉目也長開了些,少了他身上的莊重,多了兩分他看不懂的尖銳。

他就這麼站在他跟前,眼裡半分敬畏也沒有,像是與友人閒話一般地道:「對了,兒子自作主張納了個妾。」

李守天好懸沒氣暈過去:「納妾?」

撐著桌子站起來，他急火攻心地道：「你怎麼敢，怎麼敢做出如此忤逆之舉！殷掌事呢？把殷掌事給我叫來！」

李景允恍然道：「您將殷掌事指來兒子身邊，是就想讓她管著兒子，一有風吹草動，就同您彙報的。」

他說著說著就笑了，伸手遞過去一盞茶，將茶舉過眉心，眼眸也跟著往上抬：「兒子是料到了這一點，所以納的妾恰好是她。」

李守天：「……」

府裡的老奴在書房外頭守得打瞌睡，冷不防聽見一聲驚天巨響，將他整個人嚇得從門邊蹦了起來，接著書房裡就傳來一聲暴怒的咆哮：「給我滾——」

老奴嚇了個夠嗆，連滾帶爬地想去開門看看情況，結果正撞見三公子從裡頭若無其事地走了出來。

「向伯。」三公子朝他笑了笑，「多給我爹備點清火的茶。」

「哎好。」向伯下意識地應下，然後就看見眼前的衣角瀟灑地往院子外頭飄了去。

他的身後，是老爺氣到急喘的呼吸聲，從幽暗的書房裡傳出來，帶著幾聲惱怒的咳嗽。

回去東院的時候，李景允心境尚算平和，甚至想到待會兒有人會給他撒嬌，他還有點高興。

然而，見到人的時候，他高興不起來了。

花月乖順地跪坐在他面前，眼波盈盈地看著他，小爪子輕輕撓著他的衣擺，欲言又止。

心裡有種不好的預感，李景允瞇眼：「妳又想做什麼？」

「公子～」她尾音翹起來，軟綿綿地朝他眨巴眼，「如果有一天，妾身同您的寶刀一起掉進了花園的池子裡，您先撈哪個？」

打了個寒顫，李景允嫌棄地道：「寶刀。」

「那妾身和您軟榻上的書……」

「書。」

「那牆上的八駿圖……」

「八駿圖。」毫不猶豫地回答完這些蠢問題，李景允眉心直跳，「妳還好意思跟爺提八駿圖？」

面前這人傻兮兮地笑起來，餘光瞥一眼牆上那破了個洞尚未修補的掛畫，輕輕搓了搓手：「那看起來，妾身在您心裡，好像也沒什麼地位。」

一般這種話說出來，不是應該幽怨且帶著控訴的麼？怎麼從她這兒聽著，倒是有幾分歡天喜地的意思。

他不滿地敲了敲軟榻上的矮桌，還沒來得及說話，就見面前這人撲跪過來，滿眼懇求地道：「那能不能讓妾身回主院去照顧夫人？」

白她一眼，李景允哼笑：「妳回去幾日就是，爺又不是那麼小氣的人。」

「不是。」花月搖頭，討好地拉住他的手臂，輕輕晃了晃，「妾身的意思，要不……就不回東院來了。」

眼裡的光一滯，李景允慢慢收斂了笑意，雙目晦涼地看向面前這人。

她還在笑，眼裡點點滴滴都是殷切，沒有不捨，也沒有試探，只有乾淨的乞求和真誠的光。

心裡原本已經穩妥掛好了的東西，突然「啰」地斷了繩子，沉向了黑不見底的深淵，接踵而至的失落和不適讓他有點慌，還有點生氣。

「妳什麼意思。」他問。

花月對他這話顯然有些意外，她輕輕「啊」了一聲，然後收回手端正地跪坐好，好奇地抬眼看他：「您當時納妾，不就是為了擋一擋韓家小姐的婚事？眼下擋住了，妾身只要在將軍府裡，那在夫人身邊和在您身邊，不都是一樣的麼？」

話說得很有道理，他深吸一口氣，點頭笑了：「妳早就這麼盤算好了？」

答應做妾的時候，的確是這麼盤算的，她以為說出來，李景允會很爽快地答應，畢竟在她看來，他也不是很喜歡她，甚至能將她弄走的話，他還會更自由。

結果沒想到，他似乎不太高興。

心口微微一動，花月眨了眨眼，眼裡神色有些古怪：「公子您……捨不得妾身？」

「沒有。」身子往後傾斜，他伸手撐住軟榻，眼皮闔了下來，「爺只是不喜歡被人算計。」

心虛地低下頭，她嘟囔道：「也是迫不得已。」

撐在軟榻上的手緊了緊。

李景允有些狼狽地別開眼，驀地嗤笑出聲。

她是最會逢迎的奴婢，會對他笑，對他彎腰，可是歸根結底，只是為了保命而暫時屈居於他身側，是走投無路，是迫不得已。
舒坦的日子過太久了，他竟真的以為能一直這麼過下去。
「公子？」面前這人有些猶豫地打量著他的臉色，「您要是真的想讓妾身留下來，那……」
「隨便妳。」他撐著軟榻起身，玉冠裡散落下來的墨髮堪堪擋住了半張臉，「妳想去哪裡就去哪裡，爺院子裡不缺人。」
說罷，他拂了衣擺就往外走。
「公子要去何處？」她連忙問。
那人停在房門邊，側頭露出個混不吝的笑來：「爺去棲鳳樓，妳也要來麼？」
「……」僵硬地擺手，花月笑道，「妾身等您回來。」
緊繃的下頷線被外頭的光勾出一個弧度來，他抿了抿唇，睇眼看向外頭：「等什麼等，想去主院就快點去，趁爺不在，東西都收拾乾淨些。」
「您這是應允了？」她歪了歪腦袋。
扯了扯嘴角，李景允擺手：「允了，恭喜殷掌事。」
袖袍抬起，在風裡翻飛得像隻黑色的風箏，跟著就隨他朝外頭扯了去。花月目送他消失在東院的大門外，琥珀色的眼裡有那麼一絲落寞。
可也就一丁點，還沒指甲蓋大，她很快就掩蓋了下去，乾淨俐落地開始收拾房間。
李景允走得很急，從馬廄裡隨便牽了一匹馬，就飛奔去了棲鳳樓。這地方白日不開門，可塗脂抹粉的掌櫃看見是他，二話不說就替他開了三樓上的廂房。

空蕩蕩的屋子裡什麼也沒有，但酒是管夠。

拍開封泥，他什麼也沒說，拎了酒罈子就開始灌。

掌櫃的也是沒見過這架勢，向來八面玲瓏的人都傻在了原地，嘴裡無措地喊了一聲：「東家……」

斜眼看過來，李景允哼笑：「誰允你這麼喚的。」

微微一窒，掌櫃立馬改口：「三爺，大白天的您這是做什麼，可要請另外幾位公子過來？」

「不必。」他笑，「爺今兒心情好，來嘗嘗你這兒的陳年佳釀。」

掌櫃的不敢吭聲了，拿了酒盞來，替他一杯杯地斟，總好過整個酒罈拿著喝。

「人呢？」樓下突然傳來柳成和的聲音，「掌櫃的！」

眉心一皺，李景允扭頭看他。

掌櫃的嚇了一跳，連忙擺手：「小的不知道，小的一直站在這裡，也沒讓人知會柳公子。」

頗為煩躁地掃開面前的矮桌，李景允撐著酒盞起身，慢條斯理地晃去走廊上，垂眸朝下看：「你嚷嚷什麼？」

柳成和抬眼看見他在，飛快地就繞著旁邊的樓梯衝了上來，氣喘吁吁地道：「我正想讓掌櫃的去將軍府傳話，三爺，長逸進去了。」

食指摩挲著酒杯口沿，李景允有些困惑：「進哪兒去了？」

「天牢。」吐出這兩個字，柳成和神色凝重地看著他，「京兆尹剛帶人去拿的人，罪名是行賄受賄，連徐大人也被請去了衙門。」

「……」

眼裡的混沌散去，李景允扔了杯子，帶著他轉身便往樓下走，神情恢復了正經：「證據呢？」

「春獵收的銀票。」柳成和頗為煩躁地抹了把臉，「按理說不會出事的，誰曾想這回有人留著心眼呢，銀票上的浮水印和暗押都有門道，流出去就知道是哪兒來的，您猜猜告發的人是誰？」

他怒不可遏地接著道：「就是來給長逸送紅封的那個奴才，這可好，人證物證俱在，哪怕自個兒沒活路，也要拉徐家下水。」

眼底有些惑色，李景允沉默半晌，低聲問：「徐老太太怎麼說？」

「已經進宮去求見中宮了，但看樣子……許是救不出來。」柳成和臉色很難看，「他們那邊給的銀子，反將咱們的人拖下水，中宮又怎麼可能鬆口。」

中宮與長公主為一黨，先前在觀山上給他們紅封，就是想讓他們別插手，好趁機除去太子身邊一些她們惦記已久的人。兩黨春獵互相殘殺之事每年都會發生，李景允第一年還救下不少人，可後來他覺得無妨了，收著紅封，睜一隻眼閉一隻眼。

但他沒想到的是，今年的長公主會跟他來魚死網破這一招。

大概是被他納妾之事給刺激了？

李景允冷笑，出門便上馬，帶著柳成和直奔京兆尹府。

「景允哥哥。」

剛到地方，沒見著別的，倒是看見韓霜就站在門口等著，像是知道他一定會來似的，迎上來便焦急地道：「霜兒有事要說。」

李景允沒看她，將馬給了馬奴，轉身就要進府。

「景允哥哥，事情不是你想的那樣。」她幾步上來，張開雙手攔在他面前，眼裡滿是焦急，「霜兒絕不會做出對你不利的事來，這件事中間出了岔子，長公主也不知情，你能不能先聽我說兩句，再往裡走？」

步子一頓，他不耐煩地抬眼看向她。

韓霜被這眼神一嚇，微微後退了半步，可很快她就鎮定下來，將他拉去一側，低聲道：「送紅封的那個奴僕是長公主殿裡的，但沒有料到他非我大梁人，而是前朝遺奴。這人不知存了什麼心思，拚著命不要也跑去告了黑狀，其中必定有更大的陰謀。」

「景允哥哥，你不能輕易上這個當。」

目光落在她飄忽的眉眼上，李景允眼裡深不見底，他安靜地聽她把話說完，倒是輕輕地笑了。

「韓霜。」他喊她的名字，「妳這人從小撒謊就喜歡往左邊看，是妳不清楚還是我不清楚？」

心裡「咯噔」一聲，韓霜飛快地垂下眼，捏緊了手帕道：「我沒有騙你，這事長公主當真不知道，你眼下進去也問不出個什麼來，不如查查手裡的銀票都去了哪裡。那奴才一直在長公主身邊，自個兒定是尋不著送出去的銀票的，他應該還有別的同夥。」

視線從她的臉上移開，李景允冷淡地道：「這就不勞韓小姐費心了。」

繡著暗紋的青黑袍子從嫩綠的襦裙旁擦過，李景允帶著柳成和，頭也不回地跨進了京兆尹府的大門。

「三爺。」走得遠了，柳成和才敢開口，「韓霜說的好像也不是沒道理，告狀的人拿的是面額五百兩的銀票，那銀票按理說不是應該全在殷掌事手裡麼？」

身形微微一動，李景允沒說話。

柳成和瞧著不對勁，下意識地放輕了聲音：「我也不是要懷疑什麼，但眼下長逸這一進去，想出來可沒那麼容易，他爹身子也不好，真給拖在這兒，指不定會出什麼事。」

修長的手指拿起鳴冤鼓旁邊的鼓槌，繞在指尖轉了一圈。

李景允看著那嶄新的鼓面，突然輕笑道：「爺都來了，他就算想待在天牢裡，也待不下去。」

話音落，鼓聲起。

柳成和想攔都來不及，只能眼睜睜地看著鼓面震動，而後衙門裡湧出兩列人來，慢慢地將他們包圍。

……

花月整理好最後一件衣裳，突然覺得有點心悸，她疑惑地回頭看了看，沒瞧見什麼東西，便低頭將包袱打了個結。

紅封還剩下了半個，裡頭有多少銀票她沒敢數，想想也懶得帶走，便直接塞去了李景允的枕頭下面，只將從寶來閣買的盒子都抱起來，艱難地往外挪。

這模樣，像極了個賺得盆滿缽滿衣錦還鄉的人。

打趣著自個兒，花月跨出東院，還是忍不住再看了一眼主屋，然後再將院門闔上。

說不出來心裡是什麼滋味兒，她也不想多想，徑直將東西放去主院自己的屋子裡歸置好，然後再替夫人去給將軍送湯。

熱氣騰騰的湯盅端在托盤裡，花月私心繞了一條道，想從東院過，看李景允回來了沒。

結果剛過月門，她就看見管家追著一群衙差進了門來，嘴裡連聲喊著：「哪有說搜就搜的，這是咱們公子的院子，哎……將軍還在府裡呢！」

第35章　有時候也不是那麼怕死

為首的衙差將搜查文書遞到了管家面前，管家年老眼花，看半晌也沒看明白，正著急呢，文書就突然被人抽走了。

他扭頭一看，如獲大赦：「殷掌事，殷掌事妳快看看他們，沒有王法了啊！」

花月仔細地將文書讀過，抿著唇道：「管家不必著急，他們過來，是公子允了的。」

「什麼？」茫然地看著擠滿衙差的東院，管家想不明白，「這是做什麼……」

花月也想不明白，好端端的讓人來搜家，並且文書上寫李景允還是用「在押之人」。他不過是出去了一趟，怎麼就變成在押之人了？

「我去告訴老爺。」管家急慌慌地走了，花月站在東院門口，看著裡頭四處翻找的人，突然心裡一緊。

那半個紅封！

倒吸一口涼氣，她提著裙子就想進門，怎料這些人動作極快，眨眼就有人拿著紅封出來道：「找到了。」

為首的衙差打開紅封，拿出銀票對著日頭看了看，微微頷首。

「大人。」花月幾步上前，正色道，「這紅封是我的東西。」

正要走的衙差一愣，皺眉掃她一眼，擺手道：「那妳也跟著往衙門走一趟。」

凌亂嘈雜的腳步聲從東院捲出前庭，像一陣急雨打過荷塘，少頃，雨勢歇下，庭中只剩了滿臉驚慌的奴僕。

花月以為自己會被帶到李景允身邊，所以尚算平靜，可等她到了京兆尹府，被關在候審堂裡的時候，她才發現李景允不在。

「妳怎麼也來了？」柳成和滿面愁容地坐在裡頭，一看見她，眼睛都瞪圓了。

花月被推進柵欄裡，四處打量幾眼，然後衝他笑了笑：「府裡搜出半個紅封，我便跟著來了。」

倒吸一口涼氣，柳成和震驚地問：「從三爺房裡搜出來的？」

捏著袖口的手慢慢收緊，花月心裡跳得厲害，咬唇點了點頭：「是我沒放對地方。」

「完了完了。」柳成和頭疼地靠去牆上，直揉額角，「若是沒在他房裡找到銀票還好說，真要是找到了，那三爺在劫難逃。」

心口「咯噔」一聲，她低頭看著自己的手指，指節捏得根根泛白：「到底……是怎麼一回事？」

許是被關在這兒也無聊，柳成和左右看了看，過來同她小聲解釋：「三爺收的紅封是觀山上的規矩，他也不想拿，但拿了長公主那邊才會安心，說到底也是賣長公主一個人情罷了，誰曾想這回長公主身邊有了叛徒，說是什麼前朝遺奴，愣是要拖咱們下水。」

「本來咱們有太子撐腰，是不該怕的，但此番難就難在三爺收的是長公主的錢，太子未必肯出手相救。再加上長公主不滿三爺突然納妾，三爺栽在這兒，真沒那麼好脫身。」

他長吁短嘆，加之語氣凝重，聽得花月也忍不住跟著難受起來。

「他在牢裡，會吃苦嗎？」她聲音極輕地問。

柳成和搖頭：「這誰知道？原本是要開堂會審的，但不知為什麼，京兆尹府突然大門緊閉，外頭好像來了不少的人。」

面前這人沉默了，巴掌大的臉上蒼白無血色，她神情還算鎮定，但睫毛顫動，雙手絞在一起，身子也在微微發抖。

就是一個普通無助又可憐的小姑娘嘛，三爺到底看上她什麼了？

柳成和搖頭，移開了目光。

「柳公子。」小姑娘突然喚了他一聲，聲音裡有些遲疑。

他也算久經紅塵的人，知道女人這個時候一般都會說什麼，直接揮手打斷她道：「妳不用太擔心，三爺都安排好了，就算他真的出了事，也不會殃及妳分毫。」

「公子誤會了。」花月抬眼看他，「妾身是有一事，想請公子幫忙。」

柳成和更不耐煩了：「能讓妳全身而退，已經是仁至義盡，妳還想要什麼？」

微微一頓，她笑了笑，認真地道：「妾身想找個機會，見一見告狀的那個前朝遺奴。」

「……」柳成和轉過頭來，滿臉莫名其妙。

他們待的地方是候審堂，待會兒要上公堂的人都會暫時關在這裡，所以就算花月不說，那個人也是要過來的。

他看向殷花月，發現這小姑娘好像已經沒了先前那樣的慌張，她就著稻草跪坐下來，背脊挺直、脖頸優雅，雙眸甚至綻出了他覺得很陌生的光。

李景允站在門窗緊閉的大堂裡，有些睏倦地打了個呵欠。

他身上還有酒味未散，京兆尹皺眉看著他，也不敢站得太近，只道：「此事還是不宜鬧大。」

「為何？」他抬眼，「缺人證還是缺物證？在下都可以給柳大人送來。」

這是人證物證的事兒嗎？柳太平臉都綠了，先有奴僕來告徐家嫡子，後有將軍府嫡子直接來告當朝長公主，他這地方是京兆尹府，又不是金鑾大殿，哪裡審得了這麼大的案子？

李三公子也是瘋了，壓根與他無關的事，上頭也不過是想欺負欺負軟柿子，拿徐家開刀，誰曾想他竟是直接自首，並且還說三年間長公主行賄於他不下五萬白銀。

這能審嗎？他不要腦袋，他一大家子還要活路呢。

長公主身邊的面首急匆匆地趕了過來，此時在這兒站著，也只能笑著說好話：「三公子，這與長公主可沒什麼關係，是小的給的紅封。」

「你哪兒來的銀子，柳大人不敢問，當今聖上還不敢問麼？」李景允痞笑，微醺地將手捏作杯狀，朝他敬了敬，「還真別說，龍大人也是有錢啊，大把的銀子往民間青樓灑，要是長公主知道，也不知會是怎麼個下場。」

龍凜聽著，臉也綠了：「你……你怎麼……」

「在下最愛去的就是棲鳳樓，可撞著您不少回。」他唏噓，「公主金枝玉葉，哪裡比不上枝間海棠紅了？」

柳太平輕咳一聲，正色道：「公堂之上，莫要說些風月之事。」

李景允轉過頭來，慵懶地道：「那就升堂啊，我還有師爺在外頭等著呢。」

「這個……」柳太平看了一眼龍凜。

這人來，定是帶著長公主的意思來的，就看他怎麼說了。

龍凜臉上還有些惱色，但他看向李景允的眼裡已經滿是顧忌。猶豫一二，他將李景允拉至旁邊低聲道：「三公子，這真沒必要，徐家小門小戶的，哪用得著您這麼大動干戈？讓令尊知道了，少不得又要慪氣。您今日就先回府，這兒我替您收拾了，如何？」

李景允皮笑肉不笑地回：「這才哪兒到哪兒啊，我還準備去金鑾殿上給陛下請個安呢。」

臉色一變，龍凜沉了眼：「三公子，有些事不是您一己之力就能改變得了的，今日就算您要替人頂罪，徐長逸這受賄之罪也是人證物證俱在，等李將軍過來，您只能回府。」

原來是在這兒等著他，李景允點頭，揮開他看向柳太平：「那就趁著我爹沒來，升堂吧。」

驚堂木被他捏在手裡轉了一圈，「啪」地落在長案上，緊閉的大門頓開，衙差從兩側湧進來，杵著長板齊呼：「威——武——」

柳太平面露難色，看向龍凜，後者一狠心，朝他點了頭。

長嘆一聲，柳太平坐上了主位，剛要讓宣被告，突然就見得捕頭疾步進來道：「大人，李將軍到了，小的也攔不住。」

他話落音，就被身後的人推到了旁邊。

李景允眼神一暗，對面龍凜倒是笑了出來，連忙迎上去道：「將軍來了，快將三公子請回去吧，他又無罪，在這兒站著，妨礙柳大人審案。」

李守天跨進門來，目光陰沉地掃了李景允一眼，然後往觀審席一站：「不用管我，我只是來聽聽審，看看我將軍府犯了何錯，以至於沒有聖旨就要被搜家。」

心裡一跳，柳太平苦了半張臉，他想解釋那不是他的意思，可烏紗帽已經戴上了，他這坐主位的，也沒有再低頭哈腰之理。

強撐著一口氣，柳太平宣了長公主身邊的奴才進來。

「李將軍也別太生氣，此事跟將軍府無關，就是徐家惹了麻煩。」龍凜站去李守天身邊笑道，「您看這奴才，要告的也是徐長逸，三公子只是意氣用事，非要與兄弟共進退。」

李守天將信將疑地看向李景允，後者站在跪著的奴才身邊，面無表情。

「堂下之人，將要告之事重新稟上。」柳太平拍案，旁邊的師爺拿著筆，都沒打算再記口供，反正這奴才每次說的話都一樣。

結果這回，這奴才磕頭起身，說的卻是：「奴才自首，奴才受人威脅，故意誣告徐家公子，徐家公子是冤枉的。」

此話一出，滿堂皆靜。

龍凜是第一個反應過來的，他跳起來就要朝那奴才衝過來，誰曾想李景允動作比他果斷，身子一側就將人給擋住了。

「你繼續說。」他低頭道，「將實情說出來，爺保你不死。」

小奴才身子顫了顫，結結巴巴地道：「前些日子有人拿了一包銀子來，要奴才來狀告徐家公子，還要奴才說銀票是一位姑娘給的，奴才也不知道是什麼意思，但那人威脅奴才若是不從就不能活命，奴才只能照辦。」

「那你現在為何又突然改口。」柳太平一拍驚堂木，「你可知這是戲弄公堂之罪？」

「奴才……奴才良心不安。」他呼呼磕了兩個頭，眼珠子亂轉，「奴才怕照做了最後也不得善終，還要拖累無辜之人下水，不如實話實說，求大人給個公道！」

龍凜聽得大怒，上前就罵：「你這刁奴，竟敢在這公堂之上大放厥詞！」

「奴才所言，句句屬實。」他畏懼地看了龍凜一眼，又埋下頭去，「奴才只是個下人，為何要去賄賂徐公子？有什麼好處？」

「你……」龍凜不忿，可看一眼旁邊站著的李守天，他也不敢亂來，只能退後兩步，朝柳太平使眼色。

誰想柳太平壓根沒抬眼看他，自然也不懂他的意思，只沉聲道：「如此一來，此案便只能作廢。」

「這怎麼要作廢？」李景允笑道，「不是還有個教唆污蔑之罪麼？大人接著審啊，看是何方神聖設了局來誣陷徐家，還敢威脅到長公主的身邊人。」

柳太平看他一眼，道：「那要另外立案，擇日再審。」

「徐家人呢?」他笑意慢慢收斂,「既然案子都立不了了,那人也該放了吧。」

遠遠瞥見後頭面目嚴肅的李將軍,柳太平也沒想多爭執,揮手讓師爺寫文書上稟,又讓捕頭帶手令去放人。

一場來勢洶洶的災禍,最後竟是以鬧劇的形式收尾,柳太平請了李守天去談話賠罪,李景允也就跟著衙差離開了公堂。

「三公子。」衙差小聲道,「您身邊那兩位,還在候審堂等著。」

兩位?李景允點頭,心想溫故知許是也聞聲趕過來了。

結果推開門,他看見了殷花月。

這人縮在柵欄裡的角落,身子小小的一團,要不是衣裳料子顏色淺,跟後頭漆黑的牆壁格格不入,他幾乎是發現不了那兒還有個人。

又好氣又好笑,他徑直走過去掰開柵欄上的鎖,三步並兩步跨去她面前蹲下,伸手探了探她的額頭。

花月是在閉目養神,被他一碰就睜開了眼,清凌凌的眼眸帶著一絲迷茫,直直地看進他的眸子裡。

「……」

心口一撞,李景允收回了手,不甚自在地斥道:「妳怎麼來這兒了?」

看了看他身後,又拉著袖子看了看他身上,確定沒什麼傷,花月才長出一口氣,低聲道:「他們在東院翻出了紅封,妾身便跟著來了。」

「與妳有什麼關係？」他擰眉，「大難臨頭不知道跑，還上趕著往裡鑽？」

「那紅封是妾身沒放好地方，公子若是因此被定罪，也是妾身的錯。」花月坐直了身子，餘光瞥見門外站著的衙差，連忙拉著他的袖子壓低聲音道，「妾身已經跟人說好了，他不接著告，您便死不承認見過紅封，就說是妾身的私房錢即可。」

看著她這著急的模樣，李景允眼底墨色微動，撐著柵欄慢慢悠悠地在她身邊坐下來，惆悵地道：「恐怕不成啊。」

「為何？」她有些慌了，撐起身子抓住他的手臂，極力勸道，「你有將軍府護著，只要有人肯頂罪，他們一定不會再追究。」

「如此一來，爺倒是脫身了。」他側頭睨著她，「妳呢？」

花月一笑，掰著手指跟他有條有理地道：「妾身至多不過被關幾日，您只要無妨了，也能想法子救妾身出去，況且，這案子只要告密的人收了聲，也就不會再翻出多大的風浪來。」

她自認為這計畫天衣無縫，可不知道為什麼，面前這人神色沒有絲毫讚賞，反而是搖了搖頭，唏噓地道：「天真。」

「妳收的銀票上有暗押，來歷一清二楚，如何作得私房錢？替爺頂罪，那妳就要被關進天牢。天牢可不是什麼好地方，要受刑的。」

他闔眼看著她，意味深長地道：「受刑妳也敢去？」

幾乎是毫不猶豫地，花月點頭道：「那些地方，妾身比您熟悉，妾身去，總比您去來得好。」

眼神灼灼，篤定而堅決。
盯著她看了一會兒，李景允不動聲色地別開臉望向別處，嘴角控制不住地往上揚了揚。
他自認不是個好哄的人，但想起這人有多怕死，再看看眼下她這視死如歸的表情，他心裡像是突然湧起了溫水，先前墜落下去的東西被溫暖的水一蕩，又晃晃悠悠地浮了上來。
好像也不是完全不在意他吶。
「三爺。」一直躲在旁邊看熱鬧的柳成和憋不住了，「咱們要不先離開這兒，您再慢慢與小嫂子說道？」
花月一愣，困惑地抬頭問：「能離開這兒了？」
柳成和失笑搖頭：「小嫂子妳就是太傻，才總被三爺耍得團團轉，咱們要是不能離開這兒，三爺哪能專程過來在這兒待著與咱廢話啊，早被人押走了。」
李景允側頭，半闔著眼覷著他。
「……但是，眼下情況好像也不容樂觀。」話鋒一個急轉，柳成和嚴肅地道，「總之先出去，咱們再好生商議。」
應了一身，李景允拂了衣擺上的碎草，將身邊的小東西也拎起來：「走了。」
花月有些遲疑：「妾身不用留下來交代紅封的事情？」
「不用。」李景允轉身往外走，「肚子餓了，回去用膳。」
他與柳成和走在前頭，身後那人好像還有些迷糊，磨磨蹭蹭地落了後。

「那奴才是怎麼回事?」李景允也沒催她，反倒是趁著她沒跟上來，小聲問了柳成和一句。

提起這茬，柳成和來了精神：「三爺您是沒瞧見，您家裡這小丫頭跟會妖術似的，那奴才來候審堂一見著她就中了邪了，她說什麼那奴才就聽什麼。拚著不要命告的黑狀啊，轉頭竟願意毀了口供。」

李景允皺眉：「她都說什麼了?」

「我在旁邊聽著，什麼也沒說啊，就問他能不能幫個忙，改一改供詞，那奴才居然答應了。」柳成和撓了撓下巴，「除了會妖術也沒別的能解釋。」

腦海裡劃過一個東西，李景允抿唇，若有所思。不過只片刻，他就又問：「她為什麼這麼做?」

「還能為什麼?擔心您唄，一聽說您出事了，小臉都白得跟紙似的。」柳成和嘖嘖搖頭，「先前瞧著還覺得她頗為冷淡，到底是患難見真情啊。」

李景允一聽，眉梢輕挑，眼波明亮。

他也不想高興得太明顯，就只板著臉道：「畢竟是爺納的人，心自然是貼著爺的。」

這話裡的得意勁兒是藏也藏不住，若是身後有個尾巴，怕是能把天給捅個窟窿。

柳成和嫌棄地打了個寒顫，搓著自己的胳膊道：「三爺，咱們都是風月場裡打滾的人，能別在一棵樹上吊死麼?」

冷淡地看他一眼，他搖頭：「沒養過狗的人是不會明白的。」

柳成和：「……」

關養狗什麼事?

「爺這兒還有點忙，你去接徐長逸，順便將徐老爺子送回府。」李景允推了他一把，「這兩日沒事就別到處亂晃，收著點風頭。」

「哎……」柳成和想抗議，結果三爺直接不理他了，轉頭半躬下身子，朝著落在後頭的殷花月拍了拍手：「過來。」

迷茫的小狗子乖順地追到了他的身邊，仰頭看他，黑白分明的眼睛清澈又無辜。

他輕吸一口氣，還是決定不要臉一回：「脫身是脫身了，但這案子沒結，又立了個新的，妳現在回去夫人身邊，若是追查起來，少不得要連累夫人。」

花月一愣，眉頭皺得死緊：「那妾身暫時搬離將軍府，等案子結了再回來？」

「也不必。」他摸著下巴深思熟慮地道，「就且在東院住著，若有變數，也好知會一聲。」

想想很是有道理，她垂眼，悶聲道：「多謝公子。」

食指抵住她的腦門，他嘆息著安慰：「無妨，妳也別往心裡去。」

花月不知道他是自首來給人頂罪的，只當是她把紅封放錯了地方，導致他差點被定罪，心裡哪裡安定得下來，面上是端著儀態，可眼眶卻是微微發紅。

這下他倒是當真有些過意不去了：「哎，這不是沒事了麼？」

「妾身也沒說有事。」她倔強地抿著唇，「能平安歸府就好。」

李景允哭笑不得：「妳眼睛怎麼紅了？」

「風吹的。」

「那鼻尖呢？」

「冷的。」

她有些惱羞成怒，抬眼瞪著他道：「公子在意這些做什麼。」

輕笑出聲，李景允目光掃過她的臉，落在她嫣紅的唇上，呢喃道：「我當妳是心疼我呢。」

微微一滯，花月狼狽地別開頭：「公子好端端的，哪用得著下人心疼。」

遺憾地嘆了口氣，李景允還想再調侃她，卻見前頭的府衙大門敞開，有幾個人疾步走了進來。為首的那個一身星辰長袍，手握乾坤羅盤，眼神冷冽非常。他步子極大，一眨眼就走到了他跟前，堪堪與他平視。

臉上的笑意消失殆盡，李景允回視他，剛想開口，就見這人突然伸出手，朝他身後一拉。淺青的裙擺揚起，寬大的衣袖跟著翻飛，花月還沒反應過來，整個人就朝前撲了過去。

第36章　有難處就說出來

京兆尹府門口有一棵柏樹，生得翠綠繁茂，花月撲過去的時候，正好面朝著它，能看見它被修剪得齊整的枝葉，和被風吹得微微晃動的頂梢。

她覺得沈知落就跟這樹差不多，死板又孤傲，每回遇見他，他都像個悲憫的救世者，拉扯她的力氣極大，像是想把她拉出什麼沼澤深淵。

然而，深淵的另一頭，有人也拉住了她。

李景允淡淡地收攏手將她往回帶，另一隻手朝沈知落捏著她的手腕下猛地一擊。

虎口一麻，沈知落鬆開了手。

「大司命。」李景允看見他心情就不是很好，連帶著語氣也冷淡，「這是我的妾室。」

收回手揉了揉腕子，沈知落笑了，紫瞳裡嘲弄之意十足：「妾室？與奴婢也沒什麼兩樣，高興起來逗弄一二，遇著事了，便推出來擋災。三公子，天下女子何其多，您非收她做什麼。」

「這話應該問您啊，您怎麼就非要跟我收了的人拉拉扯扯？」他不悅地將人帶回身後，看向他的眼裡盡是尖銳的刀鋒，「從前事從前畢，您再早與她認識十幾年，她現在也跟您沒關係。」

風吹樹動，前庭裡莫名的蕭索了起來，花月搓了搓手臂，從李景允身後伸出半個腦袋：「其實……」

「妳閉嘴。」

吵起來互不相讓的兩個人，在吼她這件事上達成了空前的一致，花月噎住，悻悻地將頭又收了回去。

「您還有事嗎？」李景允不耐煩了，「我這兒趕著帶人回家。」

沈知落眼含嘲意地看他一眼，又轉身看向門外站著的那個人：「你帶她，還是帶那一位？」

韓霜站著門外，正好奇地往這邊看，撞見他望過來的目光，她一愣，強撐著笑意行了一禮。

李景允冷了臉：「那一位與我有什麼干係。」

手裡羅盤轉了一圈，沈知落撫著上頭的花紋低聲道：「你會在這兒站著，都得歸功於她。」

心念一動，他轉眼看向面前這人。

沈知落身上有他極為不喜歡的孤冷氣息，但他說這句話的時候語氣很平靜，像陌生人在街上擦肩而過，隨意的一句低語。

他說完也沒看他，只朝他身後看過去，沉聲道：「千百條性命抵不上一時衝動，妳早晚會死在他手裡。」

這話是說給她的，花月低頭聽著，臉上沒什麼變化。

只是，抓著她手的人力氣又大了兩分，她被捏得生疼，手腕上那一圈肌膚也熱得發膩。

下意識地掙了掙，她將自個兒的手收了回來，輕輕揉了揉。

身前的人背脊一僵，空落的掌心慢慢收緊，掩進了袖口裡。

「不勞大司命費心了。」李景允心情好像突然就變得很差，語氣冰涼地吐出這句話，袖袍一揮便悶頭往外走。

花月見狀，連忙小步跟上。

沈知落站著沒動，一雙眼平視前方，只在她經過他身側的時候低聲道：「妳早晚會明白，我沒有騙過妳。」

羅盤上的銅針被風吹動，嘩啦啦指向了一個坎字，花月瞥了一眼，沒有應聲，裙擺在風裡一扯，捲著的邊兒劃了個弧，輕飄飄地就從他眼皮子底下溜走了。

熱鬧的京兆尹府很快就被遠遠拋在了身後，李景允帶著她回了將軍府，路上一句話也沒說。

花月看著，只當他是在想韓霜的事，乖巧地保持了安靜，直到回到東院主屋，她才上前替他褪了外袍。

「將軍應該知道了今日之事。」將外袍掛去一旁的屏風上，花月低聲地與他稟告，「所以待會兒，您也許還要再去一趟書房。」

面前的人沒應聲，朝著窗外站著，墨瞳微微瞇起來，似乎在想事情。

知道他情緒不高，花月噤了聲，輕手輕腳地就想退出去。

結果，剛將門打開一條縫，身後就突然伸過來一隻手，越過她的頭頂，「啪」地將門闔上了。

花月一愣，肩膀跟著就是一緊。

身子被翻轉過來，狠狠抵在了門扇上，她抬頭，正好看見他覆下來的臉。

李景允的下頜線條很是優雅好看，尤其是側仰著壓上來的時候，像遠山連天，勾人心魂。可那雙眼睛裡沉甸甸的，半分光也透不出來。

呼吸間尚有酒香盈盈，他張口抵開她的唇齒，溫柔又暴戾地吻她，粗糲的手掌撐開她的手指，一根一根地交疊穿插，死死扣緊。

花月悶哼了一聲，想躲，可下一瞬，這人捏住了她的下巴，更深地糾纏她。

靡靡的動靜在這空寂的屋子裡顯得格外清晰，花月耳根漸紅，微惱地掙扎，力氣大起來連自己都不顧。

於是就聽得「啰」地一聲響，她手指一痛，眉心驟然攏起。

身上這人動作僵了僵，終於離開了她的唇瓣，一雙眼幽深地看下來，帶著七分惱恨和兩分慌張：「亂動什麼？」

花月無奈：「公子，山雞被殺之前還會撲騰兩下，您突然……還不讓妾身動一動？」

她的眼眸還是那麼乾淨，半分情欲也沒有，輕輕柔柔的語調，像指腹抹出來的琵琶聲，落在人心口，又癢又麻。

喉結動了動，他低咒了一聲。

門外有奴僕灑掃路過，懷裡這人身子驟然緊繃，貼著門一動不動，一雙眼緊張地瞪著他。

他視若無睹，只將她手從背後拉出來，沒好氣地問：「擰哪兒了？」

臉上發熱，花月還有些沒反應過來，只小指動了動。

李景允低眼看下去，摸著她的指骨一節一節地輕輕按揉，確定沒有擰傷，才又冷哼一聲，重新湊近她。

「公子。」她有些哭笑不得，「妾身能不能問一句為什麼？」

眉梢痞氣地挑了挑，他看著她的眼睛，低沉地道：「猜。」

花月為難極了，將他生氣前後的事仔細想了一遍，試探地道：「沈大人說今日之事與韓小姐有關，您在生氣？」

雪白的虎牙露出來，狠狠地咬住她頸邊嫩肉，花月「啊」了一聲，餘光瞥見外頭晃動的人影，又連忙伸手將自己的嘴給捂住，琥珀色的眼眸驚慌地亂轉，身子也不停地掙扎。

「猜錯了，再猜。」身上這極不講道理的孽障咬過癮了，下巴抵在她耳側，懶洋洋地箍住她的腰身。

花月很想發火，可一眼看進他那黑不見底的眼眸裡，這火也發不出來。掙扎無果，她自暴自棄地道：「那您就是對沈大人有意見，順帶遷怒於妾身。」

他在她耳邊嗤笑了一聲，噴出來的氣息灑在她耳蝸裡，她右臂上跟著就起了一層顫慄。

「妳是他什麼人，爺看他不順眼，為什麼一定要遷怒妳？」他不甚在意地捲起她的鬢髮，「爺可不做那拈酸吃醋的事兒，無趣。」

想想也是，拈酸吃醋都是閨門小肚雞腸的姑娘做的，他這樣的公子哥，身邊要多少人有多少人，怎麼可能在意這些。

花月點頭，想起沈知落的話，還是決定勸勸他：「公子雖然與沈大人總不對付，但他眼光一向很準，輕易也不會妄言，這次紅封之事，公子若是想查，可以聽聽沈大人的話。」

「……」

心頭火燒得更甚，李景允抵著她，反倒是笑了：「妳不是看他不順眼？」

「不順眼是一回事。」花月輕聲道，「該聽的還是要聽。」

胸腔笑得震了震，他膝蓋用力，抵開她的雙腿，咬牙貼在她耳側道：「小爺不會聽，妳也別想。」

強烈的侵略氣息從他身上傳過來，花月瞳孔微縮，脖頸僵直泛白。牙關再度被他擠開，她嗚咽了半聲，被他統統堵回了喉嚨裡。

氣息相融，抵死纏綿。

理智告訴殷花月，她這是在做錯事，分明只是有名無實的側室，哪能與人這麼親近。可是他薄唇含上來，溫熱的觸感熨燙了她的嘴角，將她最後存著的一點理智都燒了個乾淨。

輕輕顫著的手，緩緩朝他背後的衣料伸了去，想給他抓出些褶皺，想像她現在的心口一樣，把它擰成一團。

「腿軟了？」他鬆開她，輕聲呢喃著問。

花月抖著腿，梗著脖子答：「沒有，站久了很累。」

身上這人笑起來，眼裡像是烏雲破日，終於透出了光。

他就著這個姿勢將她抱起來，幾步走到軟榻邊，仰身往上一躺，她跟著就倒去了他身上，青色的裙擺捲上來，揉進他深色的衣擺裡。

「公子。」花月想平靜地開口，但吐出來的聲音，怎麼聽都帶著點顫，「您喜歡妾身嗎？」

李景允半闔了眼枕在厚厚的軟墊上，聞言沒有答，只輕輕啄了啄她的眼皮。

「喜歡嗎？」她固執起來，又問了一遍。

李景允覺得好笑，輕輕搖了搖頭，然後鉗住她的下頷，仰頭又想覆上去。

身上這人卻突然偏開了頭。

她撐在他身上的手顫了起來，極輕極緩，不過只一陣，她就將手收了回去，跪坐在他身側，雙手交疊放在腿上。

「怎麼？」懷裡突然一空，他不悅地側頭。

身邊這人朝他笑了笑，溫軟地頷首道：「將軍快回來了，您應該先去書房候著。」

先前的旖旎氣氛被這話一吹就散了個無影無蹤，李景允沒好氣地翻了個白眼：「我爹知道我納的人是妳，指不定正想著怎麼把妳扔出府去，妳倒是好，還替他惦記著事兒呢？」

「正事要緊。」她將他扶起來，伸手撫了撫他背後衣裳上的褶皺，眼神平靜，「妾身在這兒候著。」

直覺告訴李景允，好像有哪裡不對勁，可掃一眼殷花月，這人神色如常，姿勢恭敬，也沒何處不妥。

納悶地接過外袍穿上，他將人拉過來，又在她額上彈了彈：「爺待會兒就回來。」

「是。」她柔聲應下，萬分順從地朝他行了個禮。

李景允一步三回頭地走了，大門闔上，屋子裡恢復了寂靜。

軟榻上的人沉默地坐著，過了許久，才長長地吐出一口氣，她捏著衣袖擦了自己的唇，又將裙擺重新理好，然後起身去主院，拿先前放過去的東西。

路過西小門的時候，花月遠遠看見有人在餵狗。

旺福除了她，向來對旁人都凶惡得很，所以霜降站得很遠，將饅頭一點一點地拋過去，看牠張口接得正好，便會笑兩聲。

打量了片刻，花月朝那邊走了過去。

旺福一看見她就不理霜降了，舌頭吐出來，對著她的方向直搖尾巴。

霜降跟著看過來，見著是她，瞇著眼就笑：「您可回來了，說去給將軍送湯，結果一轉眼就不見了人，夫人還在找您呢。」

花月看著她，抿唇道：「我還要在東院住些日子。」

臉上的笑容一頓，霜降看著她，眼神漸漸充滿不解。

「妳不是一向最惦記夫人嗎？」她道，「人都回來了，還留在東院做什麼？」

「有些事沒處理完。」

手裡的饅頭被揉碎，霜降垂眸看了兩眼，突然道：「您去觀山的時候那邊就有風聲傳過來，說您跟三公子太過親近，恐怕會誤事。我不信，還將小采罵了一頓，說您是刀尖上活下來的人，哪裡還會感情用事。」

「所以您現在，是要打我的臉嗎？」

霜降是與她一起從宮裡進將軍府來的人，很長一段日子裡，兩人是相依為命的，所以她說什麼，花月都知道是為她好的。

她從她手裡拿過稀碎的饅頭，走過去餵給旺福，聲音極輕地道：「不會。」

「那妳這一身裝束是做什麼？」霜降冷笑，語氣刻薄起來，「想用美人計上位，好試試走另一條路子？」

微微有些難堪，花月摸了摸旺福的腦袋：「性命攸關之時做的選擇，並非心甘情願。」

霜降狐疑地看著她。

長嘆一口氣，花月回頭，將觀山上發生的事挑了一二說與她聽，霜降起先還不信，可聽到長公主的時候，她沉默了。

「你……」猶豫半晌，霜降問，「妳對三公子，當真沒有別的感情？」

能有什麼別的感情呢，她低笑，目光落在旺福頭上，反問她：「妳來餵旺福，是因為喜歡牠嗎？」

「不是。」霜降老實地答，「我就是看廚房裡有剩的饅頭，又剛好閒著無事，就來逗逗牠。」

摸著旺福的手僵了僵，很快又繼續往下順毛，花月聲音很輕，幾乎是呢喃地道：「對啊，都是閒著沒事逗弄一二罷了，哪來的什麼感情。」

這回答霜降很是滿意，她又笑了起來，拉著她的手道：「您忙完就快些回來吧，聽那邊的消息說，好像找到了什麼重要的東西，咱們這些七零八落的人，也許很快就能重新凝聚在一起。」

重要的東西？花月想了想：「跟沈知落有關嗎？」

「似乎就是他找到的。」霜降撇嘴，「雖然我也不喜歡他，但常大人都能接受的人，一定不會是真的背叛了大皇子。」

提起常歸，花月有那麼一點心虛，即使上回沒有她，常歸也成不了事，但兩人已經算是撕破了臉，往後要再遇見，也不知會是個什麼光景。

亂七八糟一大堆事攪合在一起，花月有點煩。

回到東院的時候，她面色看起來依舊平靜，替李景允準備好了晚膳，又替他鋪好了被褥。

李景允連連看了她好幾眼，問：「妳在想什麼？」

花月隨口就答：「身為妾室，自然在想公子您。」

毫無感情的話，像極了酒桌上應付外客的敷衍。

他聽得不高興極了，伸手將人拉過來，仔細打量她。

殷花月原本身板就弱，只氣勢看著足，一副外強中乾色厲內荏的模樣。來了東院之後，傷病更多，整個人活生生瘦了一大圈。他伸手比劃，發現她的臉真跟他的手掌一樣大了。

「妳沒吃飯？」他皺眉。

懷裡的人笑了笑：「吃過了。」

「那為什麼不長肉？」他捏捏她的臉蛋，又掐掐她的腰，眉峰高高地攏起來，「再吃點。」

桌上酒肉豐盛，是他的晚膳，花月看著搖了搖頭：「身分有別，妾身上不得桌子。」

李景允氣樂了：「行，妳別上桌子，妳就坐爺腿上，爺給妳布菜。」

眼看著他真的開始動作了，花月捏了捏自己的袖口，莫名其妙地問了一句：「您不覺得這舉止太過親近了？」

筷子一頓，李景允若無其事地繼續夾菜：「親近怎麼了，妳有個側室的頭銜呢。」

「可妾身也不是真的側室。」她轉頭看進他的眼裡，「四下無人的時候，不是應該與主僕相去無幾嗎？」

他斜了她一眼，眼尾盡是戲謔：「哪個奴才能為主子豁出命去？」

花月認真地答：「妾身為夫人也能。」

「……」

高興了一整日的事兒，就被她這麼輕飄飄的一句話澆了個透涼。李景允放下筷子，眼神有些沉：「妳給爺找不自在？」

「妾身不敢。」她低頭，姿態一如既往的謙卑，「只是怕公子一時興起，忘了分寸，以後難以自處。」

「還真是體貼。」他握緊了她的腰，聲調漸冷，「可到底是怕爺難自處，還是怕妳自己動心思？」

心裡緊了緊，花月朝他露出一個毫無破綻的笑容：「妾身自然是懂分寸的。」

一股子火從心底冒上來，李景允覺得荒謬。他與她已經這麼親密，這人憑什麼還懂分寸？好幾回的耳鬢廝磨意亂情迷，難不成就他一個人沉浸其中？

仔細想想，好像還真是……她醉酒的時候，什麼也不知道。

閉了閉眼，李景允鬆了手。

花月飛快地站起來立在一側，替他盛飯布菜：「您先吃一些吧，今天忙來忙去都沒顧得上進食。」

拿起筷子，他沒吭聲，一雙眼幽深地盯著桌上某一處。

這一頓飯吃得格外的慢，花月沒有再開口，他也沒有再說話。碗筷收盡之後，他神色如常地抬眼看她：「妳今晚就在這屋子裡睡，爺不動妳。」

花月點頭，回房去抱了她的被褥來。

晚上的時候，溫故知過來了一趟，他欣慰地看著同處一屋的這兩人，然後凝重地開口：「查出來了，韓霜幹的。」

李景允平靜地喝著茶：「她怎麼想的？」

「估摸是想用那紅封挑撥您二位的關係，來個『夫妾本是同林鳥，大難臨頭各自飛』。」溫故知攤手，「誰料您沒上當。」

「繞這麼大個彎子，她也不嫌累。」李景允很是不耐煩，「你也跟她遞個信，讓她別白費功夫，沒用。」

「也不是沒說過，那位死心眼，有什麼辦法？」溫故知嘆了口氣，「不過我是沒想到，她這小腦袋，竟也能扯前朝之事，要知道咱們太子是最忌諱這個的，扯它出來，必定斷了您後路，還挺妙。」

神色微動，李景允突然轉頭看了花月一眼。

那人安靜地站在隔斷處，似乎在走神，琥珀色的眸子垂著，眼睫輕輕眨動，像個瓷做的娃娃一般。

收回目光，他聽得溫故知繼續道：「不過說來也怪，韓霜像是篤定小嫂子跟前朝有關似的，準備的這陷阱又毒又辣，一旦她被坐實了身分，那不管是長公主還是太子殿下，許是都不會放過她。」

說著，他轉頭問花月：「小嫂子，妳是前朝之人嗎？」

花月捏著手看了李景允一眼，後者朝她點頭，示意她隨便說。

猶豫一二，她點了點頭：「先前在宮裡……伺候過大魏的主子。」

「難怪，也不知道她哪裡來的消息，我都不知道這事兒。」溫故知嗤笑搖頭，「女人的嫉妒心果然可怕。」

「這事傳出去沒什麼好處。」李景允道，「你能壓就壓了。」

「我明白。」溫故知點頭，「明日約了要去給韓霜診脈，我也就不久留了，您二位好生歇著。」

李景允將他送到門口，溫故知回頭看了一眼，壓低聲音道：「不是我要說小話，三爺，畢竟是身邊人，有什麼話早些問清楚，也免得將來誤會。」

頷首表示聽見了，李景允將他推出了大門。

花月站在原地發呆，像是想起了什麼，臉色不太好看。他默不作聲地看著，褪了外袍，又熄了燈。

「爺給妳一晚上的時間。」他心平氣和地道，「妳要是有難處，說出來，爺給妳解決。若是不說，就休怪出事之後爺不幫妳。」

Instagram　Plurk

國家圖書館出版品預行編目資料

不學鴛鴦老（上） / 白鷺成雙 著 . -- 第一版 . --
臺北市 : 未境原創事業有限公司 , 2025.02
面；　公分
ISBN 978-626-99199-4-9(上冊 : 平裝). --
857.7　　114000233

不學鴛鴦老（上）

作　　者：白鷺成雙
發 行 人：林緻筠
出 版 者：未境原創事業有限公司
發 行 者：未境原創事業有限公司
E-mail：unknownrealm2024@gmail.com
地　　址：台北市中正區重慶南路一段 61 號 8 樓
8F., No.61, Sec. 1, Chongqing S. Rd., Zhongzheng Dist., Taipei City 100, Taiwan
電　　話：(02) 2370-3310　　　　傳　　真：(02) 2388-1990
印　　刷：京峯數位服務有限公司
律師顧問：廣華律師事務所 張珮琦律師
總 經 銷：聯合發行股份有限公司
地　　址：新北市新店區寶橋路 235 巷 6 弄 6 號 2 樓
電　　話：(02)2917-8022

-版權聲明

本書版權為黑岩文化授權未境原創事業有限公司獨家發行電子書及繁體書繁體字版。
若有其他相關權利及授權需求請與本公司聯繫。
未經書面許可，不可複製、發行。

定　　價：299 元
發行日期：2025 年 02 月第一版